Liana et les Rêves Forgés par l'Épreuve

Liana et les rêves forgés par l'épreuve

Léa Poupelin

© 2025 Léa Poupelin
Édition : BoD · Books on Demand,
31 avenue Saint-Rémy, 57600 Forbach,
bod@bod.fr
Impression : Libri Plureos GmbH,
Friedensallee 273, 22763 Hamburg (Allemagne)

ISBN : 978-2-3226-1343-4

Dépôt légal : mai 2025

Ce roman est inspiré de faits réels.

Toutefois, pour des raisons de respect de la vie privée et de narration, les noms, les lieux et certains événements ont été modifiés ou réimaginés.

Bien que celui-ci puise dans des expériences réelles, il reste une œuvre de fiction romancée.

Toute ressemblance avec des personnes existantes ou ayant existé n'est pas entièrement fortuite.

« En application de l'art. L.137-2.-I. du code de la propriété intellectuelle, toute reproduction et/ou divulgation de parties de l'oeuvre dépassant le volume prévu par la loi est expressément interdite »

Un mot de l'autrice

Écrire ce roman a été une manière de poser des mots sur des émotions, des souvenirs, des blessures et des rêves.

Ce n'est pas une autobiographie, mais c'est une histoire nourrie de réalité, de vécu, de ce que l'on tait souvent, et de ce que l'on ressent profondément.

À travers le parcours de Liana, j'ai voulu raconter la force de ceux et celles qui avancent malgré les épreuves, les enfants qui grandissent trop vite, les mères qui tiennent debout pour tout le monde, les silences lourds et les liens qui nous sauvent.

Ce livre est pour celles et ceux qui se sont déjà sentis seuls, perdus, ou en lutte contre un monde qui ne leur faisait pas de place.

C'est une histoire de résilience, de liens familiaux, d'amitié, d'amour, de départs et de recommencements.

Merci à toutes les personnes qui croient en cette histoire, qui prennent le temps de lire et de partager.

Merci à ceux qui se reconnaîtront dans ces pages.

Merci à ma famille.

Et à toi maman qui me regarde de là-haut.

Ce livre est un peu à moi, mais il est aussi pour vous.

Léa Poupelin

Table des matières

Chapitre 1 1

Chapitre 2 12

Chapitre 3 19

Chapitre 4 28

Chapitre 5 35

Chapitre 6 42

Chapitre 7 52

Chapitre 8 60

Chapitre 9 68

Chapitre 10 77

Chapitre 11 88

Chapitre 12 99

Chapitre 13 113

Chapitre 14 124

Chapitre 15 135

Chapitre 16 150

Chapitre 17 158

Chapitre 18 166

Chapitre 19 175

Chapitre 20 193

Chapitre 21 205

Chapitre 22 213

Chapitre 23 218

Chapitre 24 229

Chapitre 25 238

Chapitre 26 247

Chapitre 27 255

Chapitre 28 268

Chapitre 29 284

Chapitre 30 294

Chapitre 31 302

Chapitre 32 309

Chapitre 33 318

Chapitre 34 332

Chapitre 35 338

Chapitre 36 353

Chapitre 37 360

Chapitre 38 364

Chapitre 39 368

Chapitre 40 377

Chapitre 41... 385

Chapitre 42... 396

Chapitre 43... 410

Chapitre 44... 415

Chapitre 45... 425

Chapitre 46... 433

Chapitre 47... 443

Chapitre 48... 449

Chapitre 49... 456

Chapitre 50... 470

x

CHAPITRE 1

Le silence dans la maison n'était jamais complet. Même dans les rares moments où les six enfants dormaient à l'étage, un grincement de parquet, une plainte étouffée ou le murmure du vent à travers les fenêtres anciennes brisait l'illusion de calme. Mais ce soir-là, ce n'était pas le vent qui faisait trembler les murs.

Dans la cuisine, la lumière jaune d'une ampoule usée illuminait la silhouette tendue de la mère, Annie. Elle tenait un couteau de cuisine, non pas pour se défendre, mais pour découper les pommes de terre qu'elle transformait en repas pour ses six enfants. Son compagnon, qui aurait dû être un soutien, était là aussi, une ombre colérique, éructant des mots qu'aucun enfant ne devrait jamais entendre.

Liana avait à peine 6 ans. À cet âge, on ne comprend pas tout, mais on ressent tout. Tapie derrière la porte du salon, elle serrait la main de son petit frère, qui avait 4 ans. Il la regardait avec ses grands yeux pleins de peur, cherchant une explication qu'elle ne pouvait pas lui donner. Chaque éclat de voix dans la cuisine faisait trembler ses petites mains dans les siennes. Elle voulait lui dire que tout irait bien, mais au fond, elle n'en savait rien.

Et puis, un jour, sa mère a décidé que cela suffisait. Elle n'a pas crié, elle n'a pas supplié. Elle a simplement pris ses affaires et les a emmenés. Pas tout de suite, bien sûr. Elle a attendu un moment où il était parti, où le monde semblait respirer un peu mieux, pour enfin s'échapper.

Ils sont partis avec presque rien. Une valise pour sept, une voiture vieille et bruyante, et une promesse muette : « Nous serons libres. » Mais la liberté avait un prix, et leur mère l'a payé cher.

***

La voiture cahotait sur la route sombre, rythmée par le bruit irrégulier du moteur. À l'arrière, ils étaient entassés, Liana, son frère et ses grandes sœurs, enveloppés dans des couvertures trop fines pour le froid de cette nuit-là. Leur mère, au volant, gardait le regard fixé droit devant elle. Ses mains agrippaient le volant avec une force qui trahissait l'angoisse qu'elle essayait de cacher.

Liana ne sait plus combien de temps ils ont roulé. Les lumières des lampadaires défilaient sur leurs visages, dessinant des ombres mouvantes qui semblaient danser avec le silence. Son petit frère s'était endormi contre elle, sa tête posée sur son bras, sa respiration paisible contrastant avec l'agitation de son esprit.

Quand la voiture s'est arrêtée devant une maison dont la façade défraîchie témoignait d'années de vie, la maman a coupé le moteur et s'est tournée vers eux. Son regard était fatigué, mais déterminé.

— On est arrivés, mes amours, murmura-t-elle.

La maison était grande, bien plus qu'ils ne l'avaient imaginé. Quatre chambres. De l'espace pour tous, même si les pièces étaient vides et froides. C'était comme un grand souffle après des années d'étouffement.

Leur mère les fit entrer, déposant leurs maigres affaires dans un coin. Il n'y avait presque rien : des matelas posés à même le sol, quelques couvertures, et une vieille table dans la cuisine. Pourtant, cette maison était un refuge. Elle les rassembla dans le salon, éclairé par une petite lampe de poche qu'elle avait apportée.

— Écoutez-moi bien, dit-elle, sa voix douce mais ferme. Cette maison, elle est à nous. Ce sera dur, mais on va s'en sortir. Ensemble.

Liana fixa son visage fatigué mais fort, et elle voulait la croire. Elle voulait que ce soit vrai.

Cette nuit-là, ils se sont endormis tous ensemble, blottis dans une seule pièce, parce que le chauffage ne fonctionnait pas encore. Mais pour la première fois depuis longtemps, il n'y avait ni cris, ni peurs, ni ombres menaçantes.

***

Le matin suivant, le froid s'était infiltré jusque dans leurs os. Liana ouvrit les yeux, serrée contre ses sœurs et son petit frère sous une montagne de couvertures. Maxime dormait encore, sa petite main agrippée à la manche de son pull. Elle bougea doucement pour ne pas le réveiller, mais il ouvrit les yeux et la regarda, encore ensommeillé.

— Il fait froid… murmura-t-il.

Elle passa un bras autour de ses épaules et frotta doucement son dos.

— Je sais. Viens, on va se réchauffer avec du chocolat et du pain.

Dans un coin de la pièce, la plus grande de la fratrie était déjà levée. Elle repliait soigneusement les couvertures et jetait un coup d'œil aux plus jeunes pour s'assurer qu'ils allaient bien. Depuis toujours, c'était elle qui prenait soin des autres, veillant sur eux comme une seconde maman.

Dans la cuisine, leur mère s'affairait. L'odeur du café flottait dans l'air, un mince filet de vapeur s'échappant de la bouilloire cabossée. Elle leur tendit des tartines de pain avec un peu de confiture.

— Mangez bien, après on va voir pour l'école.

Liana attrapa une assiette et s'assit à côté d'Estelle. Sa sœur et elle étaient inséparables depuis toujours. Elles n'étaient pas jumelles comme leurs grandes sœurs, mais elles avaient cette connexion particulière, ce langage silencieux que seuls ceux qui se connaissent par cœur peuvent comprendre.

Elles échangèrent un regard. Pas besoin de mots : elles savaient que cette journée serait importante.

L'inscription à l'école fut une épreuve. La secrétaire les regardait avec un mélange de curiosité et de lassitude.

— Vous êtes nouvelle dans la ville ? demanda-t-elle à leur mère.

— Oui, nous venons d'emménager , répondit Annie, la voix posée mais ferme.

La femme griffonna des notes sur un formulaire.

— Vos enfants peuvent commencer dès demain. Avez-vous pensé à la cantine ?

Leur mère hésita.

Liana, assise entre Estelle et Maxime, sentit la tension monter. Elles savaient déjà la réponse.

— Ils rentreront manger à la maison, trancha-t-elle.

Elles échangèrent un regard avec Estelle. Cela voulait dire qu'il faudrait courir pour rentrer à midi, préparer quelque chose rapidement, puis repartir. Mais elles ne dirent rien. Elles avaient appris à comprendre les non-dits.

Les premiers jours furent fatigants. L'école était un nouveau monde à apprivoiser. Liana s'accrochait, aidée par Estelle qui veillait toujours sur elle, et Maxime qui lui souriait dès qu'ils se croisaient dans la cour. Les jumelles, elles, étaient inséparables et semblaient presque avoir leur propre bulle.

À la maison, la vie s'organisait aussi. Leur mère trouva rapidement un travail comme femme de ménage à la mairie. Quand elle rentrait, les mains rougies par les produits ménagers, elle s'asseyait quelques minutes avant d'aller préparer le dîner.

Les repas étaient simples. Souvent des pommes de terre : en purée, sautées, à l'eau… Parfois, une voisine leur donnait un peu de légumes, et leur mère faisait tout pour varier. Mais Liana s'en moquait. Ce qui comptait, c'était qu'ils soient ensemble.

Un soir, alors qu'ils étaient tous assis autour de la vieille table bancale, leur mère posa ses couverts et les regarda un à un.

— Je sais que ce n'est pas facile. Mais on va s'en sortir. Un jour après l'autre.

La plus grande sœur hocha la tête, comme pour confirmer. Les jumelles se lancèrent un regard complice. Liana serra la main d'Estelle sous la table, et Maxime posa sa tête contre son bras.

Ils étaient ensemble. Et c'était tout ce qui comptait.

Liana n'aimait pas spécialement l'école. Elle n'avait jamais eu le temps de s'y attacher. Trop de déménagements, trop de changements d'établissements, toujours l'impression d'être « la nouvelle ». Mais cette fois, elle savait qu'ils allaient rester ici.

Le premier jour, elle s'était assise au fond de la classe, discrète, observant les autres enfants rire et discuter comme s'ils se connaissaient depuis toujours. À côté d'elle, Estelle lui lançait un regard rassurant. Elles n'étaient pas dans la même classe, mais savoir que sa sœur n'était pas loin l'apaisait un peu.

Puis, il y eut Cléo.

Cléo, c'était cette fille qui semblait avoir une lumière propre à elle. Les cheveux attachés en une tresse toujours impeccable, un sourire facile et une manière de parler qui attirait l'attention sans qu'elle ne force jamais. Liana apprit vite qu'elle était la fille d'un professeur, ce qui lui valait un certain respect de la part des autres élèves.

Ce jour-là, alors que Liana sortait ses affaires, un garçon assis derrière elle ricana.

— Tu t'es perdue en arrivant ici ou quoi ?

Elle serra les dents, ignorant la remarque. Elle n'avait pas envie de répondre, pas envie de se battre pour prouver quoi que ce soit.

— Tais-toi, Paul. Tu dis toujours n'importe quoi.

La voix de Cléo claqua dans la salle comme une évidence. Liana leva les yeux et vit la fillette s'asseoir à côté d'elle avec un sourire amusé.

— Salut, moi c'est Cléo. Tu veux être ma copine ?

C'était aussi simple que ça. Et à partir de ce jour-là, elles devinrent inséparables. Cléo n'avait pas peur de dire ce qu'elle pensait, et elle n'avait jamais l'air gênée de traîner avec Liana, même si celle-ci ne portait jamais de vêtements neufs et n'allait pas en vacances comme les autres enfants. Au contraire, elle l'intégrait partout, l'entraînait dans ses jeux, la défendait quand il le fallait.

Elles partageaient tout : les secrets chuchotés dans la cour, les longues discussions sur leurs rêves d'avenir, les après-midis à refaire le monde. Pour la première fois, Liana avait l'impression d'avoir une vraie meilleure amie.

Pendant ce temps, la maison vivait au rythme du travail de leur maman.

Elle rentrait fatiguée, les épaules lourdes, mais avec un léger soulagement dans le regard. Son salaire tombait enfin, et avec les aides de l'État, elle pouvait souffler un peu. Pas trop, mais assez pour que les enfants aient toujours quelque chose à manger.

Mais la réalité restait compliquée. Les factures arrivaient par piles épaisses, des lettres qu'elle ouvrait avec un soupir. Le chauffage coûtait cher. L'électricité aussi. Une grande famille, ça voulait dire plus de dépenses, plus de repas à préparer, plus de vêtements à acheter.

Certaines fins de mois étaient plus difficiles que d'autres. Il arrivait que leur mère doive choisir entre payer une facture en retard ou acheter de quoi remplir le frigo. Parfois, les enfants le ressentaient.

Un soir, alors qu'ils terminaient de dîner, Liana vit sa mère fixer son assiette, le regard absent.

— Ça va, maman ?

Elle sursauta légèrement, puis força un sourire.

— Oui, ma chérie.

Mais Liana savait que non. Elle savait qu'elle comptait mentalement ce qu'il restait dans l'enveloppe des dépenses. Qu'elle pensait déjà à la liste de courses en se demandant comment faire pour tenir jusqu'à la fin du mois.

Elle croisa le regard d'Estelle. Elles n'avaient pas besoin de parler. Elles comprenaient.

Ce soir-là, dans le noir de la chambre, alors qu'elle est allongée dans son lit à côté d'Estelle, et qu'en entendant la respiration paisible de sa sœur, elle se fait cette promesse.

Un jour, ils n'auraient plus à se soucier de tout ça

CHAPITRE 2

Liana n'était jamais allée chez Cléo. Elle l'avait imaginée, bien sûr. Cléo lui parlait parfois de sa maison, de son chat qui passait son temps à dormir sur le canapé, de son père qui corrigeait des copies le soir dans son bureau, de sa mère qui préparait toujours des gâteaux.

Alors, quand Cléo l'invita un mercredi après-midi, Liana sentit son ventre se nouer légèrement.

— Viens, ce sera trop bien ! On pourra faire nos devoirs ensemble… enfin, si on a envie !

Cléo avait dit ça en riant, comme si c'était la chose la plus normale du monde. Mais pour Liana, ce n'était pas anodin. Elle n'allait jamais chez les autres. Pas parce qu'elle ne voulait pas, mais parce qu'elle savait que chez elle, c'était différent. Moins joli. Plus bruyant. Plus… compliqué.

Mais Cléo insistait, et Liana finit par dire oui.

Quand elle arriva devant la maison de son amie, elle eut un petit choc. Ce n'était pas un château, loin de là, mais c'était une vraie maison de famille, chaleureuse et ordonnée. Une allée en gravier, une porte d'entrée peinte en bleu clair, des rideaux propres aux fenêtres.

Cléo ouvrit la porte et l'entraîna à l'intérieur sans cérémonie.

— Maman ! C'est Liana !

Une femme souriante apparut dans l'embrasure de la cuisine.

— Ah, bonjour, ma chérie ! Tu veux un goûter ?

Liana hocha timidement la tête.

Quelques minutes plus tard, elle se retrouva assise à la table de la cuisine, un chocolat chaud fumant devant elle et une assiette de biscuits maison entre elles deux.

— C'est trop bon, murmura-t-elle en croquant dans un biscuit.

Cléo haussa les épaules.

— Ma mère adore cuisiner. On en a tout le temps.

Liana n'osa pas dire qu'elle, chez elle, les gâteaux étaient un luxe, quelque chose d'exceptionnel. Qu'un chocolat chaud, elle n'en buvait que rarement.

Après le goûter, Cléo l'emmena dans sa chambre. C'était une pièce lumineuse, avec des posters sur les murs, une bibliothèque remplie de livres et un lit couvert de coussins colorés.

— Viens voir ça !

Cléo ouvrit une boîte et en sortit un carnet à la couverture rigide.

— C'est mon journal secret. Enfin, pas trop secret, vu que je vais te le montrer.

Elle l'ouvrit et Liana découvrit des pages remplies de dessins, de petits textes écrits en pattes de mouche, de souvenirs collés avec du scotch.

— Tu écris tout ça ? demanda Liana, fascinée.

— Oui ! Parfois, j'écris ce que je ressens. Ça m'aide quand je suis triste ou en colère.

Liana effleura les pages du bout des doigts. Elle n'avait jamais pensé à écrire ses pensées. Chez elle, il n'y avait pas de place pour ça. Tout allait trop vite, il fallait s'adapter, avancer.

— Si tu veux, on peut en faire un ensemble ! proposa Cléo avec enthousiasme.

Liana sentit un sourire naître sur son visage.

— Oui, j'aimerais bien.

Ce jour-là, en rentrant chez elle, Liana avait la tête pleine d'images. Elle avait vu un autre monde, un monde où les goûters étaient sucrés, où les chambres étaient des refuges et où l'on pouvait poser sur le papier ce que l'on avait sur le cœur.

Elle ne savait pas encore comment, mais une chose était sûre : elle voulait, un jour, pouvoir offrir ce genre de douceur à sa propre famille.

Liana avait encore la tête pleine de son après-midi chez Cléo lorsqu'elle franchit la porte de la maison. L'odeur familière des pommes de terre en train de cuire la ramena aussitôt à la réalité.

Dans la cuisine, leur mère s'affairait au-dessus des casseroles, les traits tirés, un billet à la main. Estelle et la plus grande sœur étaient déjà là, en train de mettre la table, pendant que les jumelles jouaient dans le salon.

— Ça s'est bien passé ? demanda Estelle en croisant son regard.

Liana hocha la tête. Elle hésita à raconter les biscuits, la chambre lumineuse, le journal secret. Mais quelque chose l'en empêcha. Comme si parler de tout ça ferait ressortir encore plus les différences entre chez Cléo et chez elles.

Leur mère posa le billet sur la table et se massa les tempes.

— C'est quoi ? demanda la plus grande sœur en s'approchant.

— Une facture. Encore une.

Liana sentit l'atmosphère s'alourdir immédiatement. Ce n'était pas la première fois qu'elle entendait ce mot, mais elle savait que ce n'était jamais une bonne nouvelle.

— Il va falloir faire attention encore un peu, dit-elle en essayant de sourire.

Ils faisaient déjà attention. Ils faisaient toujours attention.

Les jours passèrent, rythmés par l'école, les corvées à la maison et les soirées où leur mère comptait l'argent dans l'enveloppe des dépenses. Liana n'osait pas poser de questions, mais elle voyait bien que certains jours, Annie était plus silencieuse, plus fatiguée.

Un matin, alors qu'elle partait à l'école avec Estelle, elle l'entendit murmurer :

— J'aimerais bien aider…

Liana tourna la tête vers elle.

— Comment ça ?

— Je ne sais pas. Travailler un peu, trouver un moyen d'aider maman.

Liana resta silencieuse. Elle comprenait ce sentiment. Elle aussi voulait aider. Mais elles étaient encore trop jeunes.

Elles n'avaient pas d'autre choix que d'attendre.

Et d'espérer que demain serait un peu plus facile qu'aujourd'hui.

***

Les choses avaient changé. Lentement, mais sûrement.

Au début, c'étaient des détails : un chariot un peu plus rempli quand elles revenaient des courses, des repas plus variés, du poulet qui remplaçait parfois les pommes de terre et les œufs du soir. Puis, il y avait eu les meubles. Une table plus grande pour que tout le monde puisse manger ensemble sans se serrer, un canapé un peu plus confortable dans le salon, et même une télévision d'occasion que leur mère avait réussi à acheter. Liana n'avait pas remarqué tout de suite à quel point leur quotidien devenait plus simple. C'était en voyant sa mère un soir, assise dans la cuisine, une tasse de café entre les mains et un regard plus apaisé, qu'elle s'en rendit compte.

— Ça va, maman ? demanda-t-elle en s'asseyant en face d'elle.

Annie hocha la tête.

— Oui, ma chérie. Ça va mieux.

Elle travaillait plus d'heures maintenant, et avec les aides qu'elle percevait, elle pouvait enfin respirer. Les factures étaient payées à temps, le loyer aussi. Elle avait même réussi à mettre un peu d'argent de côté.

Puis il y eut la voiture.

Quand elle leur annonça qu'elle avait obtenu un prêt et qu'elle allait enfin pouvoir acheter une voiture neuve – ou presque –, ce fut une explosion de joie dans la maison.

— Fini la vieille guimbarde qui cale tous les trois matins ! s'exclama la plus grande sœur en riant.

— On va enfin pouvoir avoir du chauffage dedans ? demanda Estelle en plaisantant.

Leur mère sourit.

— Oui, et même une vraie radio !

Le jour où elle revint avec la voiture, toute la fratrie se précipita dehors pour la voir. Elle n'avait rien d'exceptionnel, mais pour eux, c'était un symbole. Une preuve que, petit à petit, la vie s'améliorait.

Bien sûr, tout n'était pas parfait. L'argent restait une préoccupation constante, et elle devait toujours jongler entre les dépenses. Mais il y avait moins d'angoisse dans son regard. Moins de nuits passées à compter les pièces pour finir le mois.

Et pour la première fois depuis longtemps, Liana se surprit à croire que, peut-être, l'avenir leur réservait de belles choses.

CHAPITRE 3

Le bruit des mobylettes résonnait dans la rue, accompagné de rires et de discussions à voix basse sous les fenêtres. Liana, allongée sur son lit, entendait tout. Elle partageait sa chambre avec Estelle, mais ce soir-là, sa sœur dormait déjà.

Adèle et Alix, elles, étaient toujours debout. À travers la porte entrebâillée, on distinguait des chuchotements et des éclats de rire.

Depuis qu'elles étaient entrées au collège, les jumelles s'étaient entourées d'amis. Des garçons, des filles, des visages qu'on croisait de plus en plus souvent devant la maison. Certains arrivaient à vélo, d'autres en scooter, moteur ronronnant sous la fenêtre de leur chambre, attendant qu'elles descendent.

— Vous comptez sortir encore longtemps ? lança Amélia en passant devant leur porte.

— On ne fait rien de mal, répondit Alix en riant.

— Ça commence comme ça, marmonna leur grande sœur avant de disparaître dans sa chambre.

Amélia, elle, avait d'autres préoccupations. Elle voyait quelqu'un. Un garçon dont elle ne parlait qu'à demi-mot, mais qu'elle retrouvait régulièrement. Elle commençait à sortir, à aller à des soirées. Elle se maquillait un peu plus, s'habillait autrement.

— T'es vraiment obligée de mettre ça ? demanda un soir Liana en la voyant enfiler une jupe courte.

Amélia haussa un sourcil, un sourire en coin.

— Et toi, t'es obligée de poser autant de questions ?

Liana fit la moue, mais au fond, elle comprenait. Chacune avançait à son rythme.

Petit à petit, la maison changeait. Moins silencieuse, plus animée. Plus bruyante, aussi.

Et avec tout ça, Liana sentait que leur monde, autrefois si fermé, s'ouvrait lentement vers autre chose.

Liana observait ses sœurs avec fascination. Amélia qui se préparait pour une soirée, Adèle et Alix qui riaient à la fenêtre en parlant aux garçons en bas… Tout ça l'amusait, mais parfois, une petite pointe d'envie venait s'immiscer. Elles avaient l'air d'avoir tellement de liberté, tellement d'assurance.

Elle, elle n'en était pas encore là. Elle restait à sa place, entre l'enfance et l'adolescence, à cheval entre le monde insouciant qu'elle partageait avec Cléo et celui plus mystérieux et excitant de ses sœurs aînées.

Mais il y avait quelque chose qu'elle adorait : l'ambiance nouvelle qui régnait dans la maison.

Le salon, autrefois silencieux en dehors des repas, était devenu un lieu vivant. Les amis d'Adèle et Alix venaient souvent. Parfois, ils s'installaient autour de la table, d'autres fois, ils traînaient dehors en riant, leurs mobylettes garées en ligne devant la maison.

Leur mère, loin de s'en agacer, les intégrait. Elle leur préparait des goûters, leur proposait du chocolat chaud en hiver, du sirop bien frais en été.

— Alors, vous passez une bonne journée ? demandait-elle avec un sourire, posant un plat de biscuits sur la table.

Les garçons et les filles, au début un peu intimidés, avaient vite pris l'habitude.

— Merci, Madame ! répondaient-ils en piochant joyeusement dans l'assiette.

Liana adorait ça. Voir la maison remplie de monde, entendre les rires, sentir cette chaleur nouvelle qui n'existait pas avant.

Elle se rendait compte que sa mère, malgré la fatigue du travail et les responsabilités, trouvait le moyen de rendre leur foyer accueillant. Elle aimait voir Amélia s'installer sur le canapé avec son copain, Adèle et Alix discuter avec leurs amis, et même Maxime, bien plus jeune, tenter de s'incruster dans les conversations en bombant le torse comme un grand.

Elle se sentait bien. Même si elle ne faisait pas encore partie de ce monde, elle aimait en être témoin.

Et quelque part, elle savait que son tour viendrait.

***

L'odeur du chocolat chaud flottait dans la petite maison. Leur mère, fatiguée mais souriante, était penchée sur la table du salon, emballant des cadeaux avec soin. Ce n'étaient pas des paquets énormes, ni des cadeaux hors de prix, mais elle avait fait son maximum. Comme toujours.

Chaque année, c'était la même histoire : l'argent manquait, mais l'amour, lui, ne manquait jamais.

Le lendemain, malgré le froid qui filtrait par les fenêtres mal isolées, la maison résonnait des rires des enfants. Le sapin, un peu bancal mais décoré avec fierté, trônait dans un coin du salon. Sous ses branches, les cadeaux tant attendus attendaient d'être ouverts.

— Maman, merci ! s'écria Maxime en découvrant un camion en plastique rouge.

Liana, elle, avait reçu toutes les Barbies qu'elle avait demandées. Elle ne savait pas comment sa mère faisait, mais elle avait toujours tout ce qu'elle souhaitait.

Pour la première fois depuis longtemps, il n'y avait ni cris, ni peurs, seulement la joie d'un Noël en famille.

Quelques semaines plus tard, une sortie en ville avait été prévue. Ce genre de journée était rare, et Liana trépignait d'impatience.

Elles étaient toutes les trois : Liana, Estelle et leur mère. Elles avaient parcouru plusieurs magasins, admirant les décorations de Noël encore suspendues dans les vitrines.

Puis, dans un grand magasin de jouets, Liana la vit.

Une poupée magnifique, avec de longs cheveux blonds soyeux et une robe de princesse bleu pâle.

— Maman, je la veux ! s'écria-t-elle, les yeux brillants.

Sa mère regarda la poupée, puis Liana.

— D'accord, ma chérie. Je vais te l'acheter, dit-elle finalement, malgré le poids des factures qui l'attendait à la maison.

Le cœur de Liana fit un bond. Elle ne comprenait pas comment sa mère pouvait se le permettre, mais elle savait qu'elle avait une nouvelle poupée à la maison.

Cette nuit-là, Liana s'endormit en serrant la poupée contre elle, le sourire aux lèvres.

***

Les mois passèrent, et avec eux, la vie de la famille continuait de s'améliorer. Leur mère, toujours occupée entre son travail de femme de ménage à la mairie et ses responsabilités à la maison, semblait avoir retrouvé un peu de sérénité. Pourtant, un changement inattendu se profilait à l'horizon.

C'était une soirée de printemps, et les fleurs commençaient à éclore, parant les arbres de couleurs dorées. Leur mère avait décidé de sortir pour prendre un café avec une collègue. Bien que Liana et ses sœurs aient toujours eu leurs doutes sur ces sorties, elles comprenaient qu'elle avait besoin de temps pour elle.

Le soir venu, la maison était remplie des rires et des chuchotements des enfants qui jouaient ensemble. Quand elle rentra, il y avait une lueur différente dans son regard.

— Les filles, dit-elle en souriant, j'aimerais vous présenter quelqu'un.

Elles échangèrent des regards curieux. Qui pouvait bien être cet homme ? Leur mère les avait toujours élevées seule, et l'idée qu'un autre homme fasse son entrée dans leur vie était à la fois excitante et un peu effrayante.

Un homme d'une quarantaine d'années, aux cheveux poivre et sel et au sourire chaleureux, entra dans la pièce. Il se présenta comme François. Sa voix était douce, et ses manières étaient bienveillantes.

— Je suis ravi de faire votre connaissance, dit-il, en s'accroupissant pour se mettre à la hauteur de Maxime, qui le regardait avec curiosité.

— Tu aimes les voitures, petit ? demanda-t-il en montrant le camion rouge que Maxime venait de recevoir à Noël.

La tension dans la pièce s'évanouit peu à peu. François s'intéressait aux enfants, leur posant des questions sur leurs jouets et leurs activités préférées. Liana observa sa mère, et elle pouvait voir une étincelle de bonheur dans ses yeux, quelque chose qu'elle n'avait pas vue depuis longtemps.

Les semaines suivantes, François se rendait régulièrement à la maison. Il apportait avec lui un peu de joie et de légèreté, comme une brise nouvelle. Il aidait même Liana et ses sœurs avec leurs devoirs, partageant des anecdotes amusantes de son enfance.

Un jour, alors qu'ils s'étaient tous installés dans le salon pour une soirée de jeux de société, Liana sentit un mélange de joie et d'inquiétude. Elle avait toujours été très proche de sa mère, et l'idée que François puisse prendre une place importante dans sa vie l'angoissait un peu.

Sa mère, le regard plein de tendresse, lui avait pris la main.

— Tu sais, ma chérie, il est important que je sois heureuse aussi. François est gentil et respecte notre famille.

Liana hocha la tête, mais dans son cœur, elle avait encore du mal à accepter ce changement. Elle observa les rires de ses sœurs, l'amitié naissante entre François et eux, et, peu à peu, elle commença à se détendre.

À travers les rires et les histoires, la maison s'emplissait de chaleur, et, pour la première fois, Liana ressentait que peut-être, juste peut-être, une nouvelle lumière pouvait entrer dans leur vie.

CHAPITRE 4

Quelques années avaient passé, et la maison, autrefois vide et froide, s'était remplie de rires et de chaleur. François était devenu une présence rassurante pour tous. Les dimanches, il préparait des repas en famille, s'asseyait à leur table avec leur mère, partageant des anecdotes et des rires. Les enfants, d'abord hésitants, avaient fini par l'accepter comme un membre de la famille. Ils s'amusaient ensemble, et même Liana, qui avait d'abord vu d'un mauvais œil l'arrivée de cet homme dans leur vie, s'était habituée à sa présence. François savait comment jouer avec Maxime, inventer des histoires avec les jumelles, et apporter un peu de douceur à Estelle, souvent perdue dans ses pensées.

Liana se sentait heureuse de voir sa mère sourire à nouveau. Elle avait l'impression qu'une bulle de bonheur s'était formée autour d'eux, comme une protection contre les difficultés du passé. Mais ce bonheur fut de courte durée. Un jour, leur mère rentra à la maison, le visage grave, et l'atmosphère légère se transforma.

— Les médecins ont trouvé quelque chose, annonça-t-elle d'une voix tremblante. François a un cancer.

Les mots résonnaient dans l'esprit de Liana, un écho effrayant qu'elle ne pouvait pas saisir. Les jours qui suivirent furent teintés de crainte et d'incertitude. François subit des traitements, mais la maladie s'accrochait à lui, le rendant de plus en plus faible. Les enfants étaient partagés entre l'espoir et la peur, regardant leur mère se battre pour maintenir la maison en équilibre.

Chaque visite à l'hôpital était un moment de douleur silencieuse. Ils essayaient de garder une façade joyeuse pour lui remonter le moral, mais derrière les sourires se cachaient des larmes, des peurs inavouées. Leur mère, forte en apparence, pleurait parfois dans sa chambre, les portes fermées, laissant échapper sa tristesse à l'abri des regards de ses enfants.

Finalement, François s'éteignit un matin, paisiblement, entouré de ceux qu'il aimait. La maison qui avait vibré de vie et de bonheur sombra dans un silence pesant. Les enfants, le cœur lourd, réalisèrent qu'un autre chapitre de leur vie venait de se fermer. Liana, en particulier, ressentait un vide immense. Elle se souvenait des rires, des histoires et de la tendresse qu'il avait apportés, mais maintenant, tout cela semblait si lointain.

Leur mère tenta de se montrer forte pour ses enfants, mais elle ne pouvait dissimuler sa douleur. C'était un moment de fracture dans leur famille, mais aussi l'occasion de se rassembler et de se soutenir mutuellement. Chacun devait trouver sa manière de traverser cette épreuve, de pleurer François et de se souvenir de lui.

***

Les jours suivant le décès de François étaient teintés d'une grisaille pesante. La maison, autrefois remplie de rires et de chaleur, semblait maintenant porter le poids du silence. Leur mère, bien que déterminée à maintenir un semblant de normalité, était souvent perdue dans ses pensées, son regard se perdant dans le vide. Elle continuait à travailler dur, multipliant les heures en tant que femme de ménage à la mairie pour subvenir aux besoins de la famille. Pourtant, chaque soir, elle rentrait chez eux avec une fatigue visible, comme si le poids du monde reposait sur ses épaules.

Liana avait remarqué qu'elle commençait à prendre un verre de vin, puis deux, pour s'aider à décompresser. Au début, c'était discret, un petit verre après le travail, mais avec le temps, cela devenait plus fréquent. Elle sentait une inquiétude grandissante en elle, mais elle ne savait pas comment l'aborder. Ses sœurs et elle échangèrent des regards inquiets, sans oser en parler.

Amélia, de son côté, vivait sa propre tempête. Au lycée, elle avait commencé à fréquenter un groupe de filles qui l'entraînait dans un monde d'excès. Sorties en boîte, cigarettes entre les doigts, et verres à la main, elle semblait s'éloigner de la maison. Les disputes avec leur mère devenaient fréquentes, chaque confrontation révélant une fracture de plus en plus profonde entre elles.

— Pourquoi tu ne me comprends pas, maman ? s'était-elle exclamée un soir, ses yeux brillants de rébellion. J'ai besoin de vivre, de profiter de la vie !

Leur mère, épuisée par le deuil, tentait de garder son calme, mais la tension montait rapidement.

— Tu es encore une enfant, Amélia. Tu ne sais pas ce que c'est que de perdre quelqu'un. La vie n'est pas juste des fêtes et des rires !

Cette querelle résonnait dans la maison, écho d'une douleur partagée, mais jamais vraiment exprimée. Liana se sentait tiraillée entre ses sœurs et sa mère. Elle savait que toutes souffraient à leur manière, mais la rancœur et le chagrin créaient des murs invisibles entre elles.

Les soirées à la maison devenaient de plus en plus silencieuses, et Liana, blottie dans sa chambre avec Estelle, réfléchissait à la manière de rassembler la famille. Elle se souvenait des moments heureux avec François, des rires partagés, et se promettait de ne pas laisser la tristesse l'emporter.

Peu à peu, elle comprenait que chacun devait faire son deuil à sa manière, mais elle ne pouvait s'empêcher d'espérer qu'un jour, leur maison retrouverait sa chaleur d'antan.

Les semaines passaient, et la tension dans la maison fluctuait comme un pendule. Amélia, maintenant en couple avec Julien, s'éloignait peu à peu de la famille. Ses sorties fréquentes et ses soirées avec ses amis prenaient le pas sur les dîners familiaux, et son rire résonnait de moins en moins dans la maison. Liana, observant sa sœur, se sentait partagée entre l'admiration et l'inquiétude. Amélia semblait plus vivante que jamais, mais cette vie trépidante cachait une réalité plus sombre.

Un soir, alors que Liana était blottie dans le canapé avec un livre, Amélia entra, son visage rayonnant. Elle se dirigea vers Liana, un sourire mystérieux aux lèvres.

— Tu sais, j'ai quelque chose à te dire, commença Amélia, hésitante.

Liana leva les yeux, son cœur battant la chamade. Elle avait appris à craindre ces moments, à pressentir les nouvelles qui pouvaient tout changer.

— Quoi ? demanda-t-elle, le souffle court.

— Je... je suis avec Julien, et je pense que je suis enceinte.

Le silence s'installa dans la pièce, lourd de sens. Liana ne savait pas quoi dire. Elle voulait encourager sa sœur, mais la réalité de cette annonce l'emplissait d'une peur sourde.

— Est-ce que tu es sûre ? murmura-t-elle finalement.

Amélia hocha la tête, les larmes aux yeux. Ce moment marquait un tournant, un pas dans l'inconnu qui allait bouleverser leurs vies.

À l'opposé de cette tempête émotionnelle, leur mère reprenait pied. Après avoir lutté contre ses démons, elle avait trouvé une forme de paix, s'immergeant dans son travail et renouant des liens avec ses enfants. Elle avait commencé à participer à un groupe de soutien pour les personnes en deuil, découvrant peu à peu comment avancer.

Un soir, leur mère était assise à la table, un verre d'eau devant elle, une expression de calme sur le visage. Lorsque Liana lui annonça la nouvelle d'Amélia, l'angoisse apparut sur ses traits. Elle se leva, ses mains tremblantes.

— Amélia, tu dois comprendre que c'est une grande responsabilité, dit-elle, sa voix empreinte de souci. Es-tu prête à devenir mère ?

Amélia, la tête haute, répondit d'une voix ferme :

— Je ne sais pas si je le suis, mais je ferai tout ce qu'il faut. Je veux ce bébé.

Le regard de leur mère se radoucit, mais une ombre de tristesse traversa son visage. Elle savait que cette décision aurait des conséquences sur la vie de sa fille et sur toute la famille.

La situation se compliquait. Alors que Liana s'inquiétait pour sa sœur, elle ne pouvait s'empêcher de se demander si Amélia serait capable de gérer ce nouveau rôle.

CHAPITRE 5

Les jours avaient filé comme des nuages gris dans le ciel d'hiver. La grossesse d'Amélia était devenue un sujet brûlant à la maison, émaillé de tensions et de silences lourds. Chaque fois que le ventre d'Amélia se faisait plus proéminent, il semblait porter le poids de secrets inavoués et de disputes qui s'accumulaient.

Liana observait sa sœur avec un mélange d'admiration et de frustration. Amélia, autrefois si pleine de vie, avait pris l'habitude de sortir de plus en plus souvent, entraînant Julien dans une spirale de soirées arrosées et de promesses à peine murmurées. Liana, quant à elle, avait l'impression de devenir la grande sœur, essayant de garder un équilibre fragile au sein de la famille.

— Tu es sûre que tu veux aller à cette soirée ? demanda Liana un jour, alors qu'Amélia s'apprêtait à sortir.

— C'est juste un moment de détente, Liana. Je peux encore être moi-même, même enceinte, lui rétorqua Amélia, les yeux brillants d'un mélange de défi et de peur.

Liana serra les poings. Elle savait que cette réplique cachait une peur profonde. Amélia se battait contre des vagues qu'elle ne pouvait pas toujours contrôler. Les tensions avec leur mère ne faisaient qu'empirer. À chaque fois qu'Amélia rentrait tard, Annie ne pouvait s'empêcher de faire des commentaires, exacerbant les cris et les larmes.

— Tu n'es pas une enfant, Amélia, s'écriait-elle, désespérée. Tu dois penser à ta future vie de mère !

Mais Amélia balayait les mots d'un revers de main. Les disputes éclataient souvent dans le petit salon, emportant avec elles les rêves de tranquillité. Liana se sentait piégée entre sa sœur et sa mère, cherchant à apaiser les esprits sans jamais vraiment trouver les mots justes.

Les soirées de Liana étaient désormais rythmées par l'angoisse de devoir choisir un camp. Alors que sa mère s'efforçait de maintenir un semblant de stabilité, Liana commençait à ressentir une certaine solitude. Elle voyait ses sœurs s'éloigner, chacune à sa manière, et la peur de perdre Amélia la rongeait.

Elle se surprenait à rêver d'un avenir où tout serait simple. Les conversations qu'elle avait avec Cléo, sa meilleure amie, étaient devenues une bouffée d'air frais. Cléo lui parlait de ses propres projets, de ses aspirations, et Liana se sentait tiraillée entre l'envie de grandir et la nécessité de s'occuper de sa famille.

Un soir, après une dispute particulièrement vive entre Amélia et leur mère, Liana trouva sa sœur assise sur les marches du porche, la tête entre les mains. Liana s'approcha, hésitante.

— Amélia, ça va ? demanda-t-elle doucement.

Amélia leva les yeux, les larmes aux bords.

— Je ne sais pas comment tout gérer. J'ai l'impression de perdre le contrôle.

Liana s'assit à ses côtés, la chaleur de leur proximité brisant le froid ambiant.

— Tu n'es pas seule, tu sais. On est tous là pour toi.

Amélia soupira, sa colère semblant se dissiper lentement.

— Mais je ne veux pas être un fardeau. Tout le monde a déjà assez à gérer.

— Tu n'es pas un fardeau, insista Liana. Nous sommes une famille, et on va traverser ça ensemble.

Cette promesse, Liana la sentait au fond de son cœur. Elle savait que les défis étaient loin d'être terminés, mais à cet instant, elle voulait croire en un avenir où l'amour et la solidarité pourraient l'emporter sur les tempêtes.

Les jours passèrent, et bien que les conflits subsistent, Liana se sentait un peu plus forte. Elle savait que sa voix comptait, qu'elle pouvait aider Amélia à retrouver son chemin, tout en construisant son propre avenir.

**

Quelques mois avaient passé depuis l'annonce de la grossesse d'Amélia. Le ventre de sa sœur s'était arrondi, mais au-delà de l'apparence physique, c'était une boule d'émotions qui s'était installée dans leur maison. Liana ne savait pas si c'était l'excitation, l'angoisse ou une combinaison des deux, mais l'arrivée imminente de ce bébé changeait tout.

Le jour de l'accouchement, l'atmosphère était électrique. Leur mère était à la fois anxieuse et joyeuse. Elle avait préparé un petit sac pour Amélia, rempli de vêtements et de petites affaires pour le bébé. Ils étaient tous réunis, Liana, Estelle, Maxime et les jumelles, dans la salle d'attente de la maternité, le cœur battant à tout rompre. Julien était déjà sur place, nerveux, se balançant d'un pied sur l'autre. Ses parents, quant à eux, avaient décidé de couper les ponts, refusant de soutenir leur fils après ce qu'ils considéraient comme une grave erreur. Cela pesait lourdement sur ses épaules.

Les heures passaient lentement, et finalement, un cri perça le silence. L'infirmière sortit de la salle d'accouchement avec un sourire radieux.

— Vous pouvez aller la voir, elle a eu un petit garçon !

Ils entrèrent tous dans la chambre, et là, ils virent Amélia, épuisée mais radieuse, tenant dans ses bras ce petit être fragile. Elle l'appelait Malo, un nom qu'elle avait choisi depuis longtemps. Julien était à ses côtés, tout en fierté, mais Liana pouvait voir une lueur d'inquiétude dans son regard.

Les jours qui suivirent furent un tourbillon. Amélia semblait avoir pris un chemin difficile, ne restant pas longtemps à la maison. Elle préférait sortir avec Julien, fêter l'arrivée de leur fils avec ses amis plutôt que de s'occuper de Malo. Liana et ses sœurs, se retrouvaient souvent à changer les couches, à bercer le bébé pendant que leur mère travaillait. C'était une responsabilité énorme pour elles, mais elles étaient déterminées à veiller sur Malo.

Les tensions montèrent rapidement. Leur mère essayait de comprendre Amélia, de lui faire voir la réalité des choses, mais chaque conversation se terminait en dispute. Amélia, entre ses sorties et ses escapades, ne semblait pas réaliser que Malo avait besoin d'elle. À chaque retour à la maison, elle faisait comme si de rien n'était, riant et racontant ses aventures, tandis que ses sœurs, à l'intérieur, sentaient le poids des responsabilités sur leurs épaules.

— Amélia, il faut que tu restes ici, qu'on s'occupe de Malo ensemble, dit Liana un jour, la voix tremblante de colère. Tu es sa mère, pas une copine qui fait la fête !

Elle lui lança un regard de défi, ses yeux reflétant l'angoisse et l'insouciance.

— Je fais ce que je veux, Liana. Tu ne comprends pas.

Liana savait qu'au fond, elle luttait contre ses propres démons, la pression de la maternité combinée à son désir de rester jeune et libre. Mais Malo n'était pas une option. C'était un enfant, et elles devaient tous assumer leurs rôles dans cette nouvelle réalité.

Les nuits s'enchaînaient, et dans le silence de la maison, Liana berçait Malo en lui chantant des berceuses. Elle pensait à ce que serait leur vie désormais. Serait-elle toujours ainsi, entre tensions et responsabilités, alors qu'Amélia semblait échapper à ses devoirs ? Elle devait garder espoir, mais elle ne savait pas combien de temps elles pourraient continuer ainsi.

Les liens familiaux étaient mis à l'épreuve, et il fallait qu'elles trouvent un moyen de rétablir l'équilibre, avant qu'il ne soit trop tard.

CHAPITRE 6

Les jours se transformaient en semaines, et la situation à la maison devenait de plus en plus tendue. Leur mère, malgré son épuisement, continuait de s'occuper de Malo. Elle se levait chaque matin, fatiguée, mais déterminée à lui donner le meilleur. Liana et ses sœurs, faisaient de leur mieux pour l'aider, mais elles ressentaient un profond déséquilibre. Amélia, de son côté, semblait ignorer tout cela.

Un jour, alors qu'elles étaient réunies dans le salon, Amélia est entrée, une lueur de détermination dans ses yeux. Elle avait une nouvelle qu'elle semblait impatiente d'annoncer.

— Je pars, a-t-elle dit simplement. Julien et moi avons trouvé un appartement. **Nous allons vivre ensemble avec Malo.**

Le choc de ces mots résonna dans la pièce. Liana échangea un regard inquiet avec Estelle, puis avec sa mère. C'était comme si un coup de tonnerre venait de frapper.

— Quoi ?! s'écria Annie, la voix tremblante d'émotion. Tu ne peux pas faire ça, Amélia ! Tu es sa mère, tu dois assumer tes responsabilités ici !

Amélia, loin de se laisser intimider, répliqua avec arrogance :

— Je sais ce que je fais ! Je suis prête à être une mère. On a trouvé un petit boulot pour nous aider. Malo mérite mieux que cette vie ici.

Liana avait l'impression que le sol s'effondrait sous ses pieds. Comment pouvait-elle prendre une décision aussi précipitée sans tenir compte de ce qui était le mieux pour Malo ? Ce n'était pas juste une aventure, mais la vie d'un enfant.

— Et qui s'occupera de lui si tu pars ? murmura Liana, le cœur lourd. Nous ne pouvons pas simplement l'abandonner !

— Je ne l'abandonne pas ! Je vais m'en occuper, lui et moi, ensemble ! répondit-elle, sa voix se renforçant avec chaque mot.

Leur mère, désormais les larmes aux yeux, tenta de garder son calme.

— Amélia, je comprends que tu veuilles être indépendante, mais tu n'as pas idée des défis qui t'attendent. Malo a besoin d'une mère présente.

Mais Amélia était déjà déterminée. Elle se leva et commença à rassembler quelques affaires, comme si elle avait pris cette décision depuis longtemps.

Les jours qui suivirent furent un tourbillon d'émotions contradictoires. Amélia et Julien se mirent à emballer leurs affaires, et Liana et ses sœurs, étaient tiraillées entre la tristesse de les voir partir et l'espoir qu'ils puissent enfin prendre leur responsabilité.

Le jour du départ, la maison était silencieuse, sauf pour le bruit des cartons. Malo, bien que si petit, semblait déjà comprendre qu'un changement allait se produire. Annie le tenait dans ses bras, les larmes aux yeux.

— Sois prudente, Amélia. Nous serons toujours là pour vous, quoi qu'il arrive, dit-elle, sa voix brisée par l'émotion.

Amélia acquiesça, son regard hésitant. Liana savait qu'elle était partagée entre la peur et l'excitation. En un dernier regard, elle caressa le visage de Malo avant de s'éloigner, un mélange de soulagement et d'angoisse sur le visage.

Alors qu'elle quittait la maison, Liana se sentit perdue. Était-ce le bon choix ? Malo serait-il bien là-bas ? Et Amélia, parviendrait-elle à gérer cette nouvelle vie ? Dans un mélange de tristesse et d'inquiétude, Liana réalisa qu'ils venaient de franchir un cap crucial. La famille était en train de se redéfinir, et elle ne savait pas ce que l'avenir leur réservait.

Les jours se succédaient paisiblement dans la maison. Les rires des enfants résonnaient à travers les murs, mêlés aux bruits familiers de la cuisine où leur mère préparait le petit déjeuner. Liana, Estelle et Maxime se préparaient pour l'école, tandis qu'Adèle et Alix, les jumelles, se disputaient amicalement sur le choix de leur tenue. C'était devenu une routine bien huilée, un ballet matinal qui remplissait la maison de vie et de couleurs.

Liana avait trouvé son rythme à l'école. Elle se concentrait sur ses études, désireuse de réussir et de donner le meilleur d'elle-même. Les professeurs l'appréciaient pour sa diligence et sa curiosité. Dans la cour de récréation, elle passait du temps avec ses amis, dont Cléo, sa meilleure amie, qui était toujours à ses côtés. Elles discutaient de tout et de rien, partageant des secrets et des rêves d'avenir. Liana se sentait chanceuse d'avoir une amitié aussi forte et sincère.

Les jumelles, Adèle et Alix, avaient également leur groupe d'amis. Leur relation fusionnelle leur permettait de partager chaque moment, que ce soit à l'école ou à la maison. Alix, particulièrement brillante, se démarquait par ses résultats scolaires, tandis qu'Adèle avait un sens inné de la créativité. Elles passaient souvent leurs soirées à discuter de leurs projets, des jeux vidéo et des histoires qu'elles voulaient écrire.

Maxime, quant à lui, s'épanouissait à l'école. Bien qu'il soit encore jeune, il montrait déjà des signes de curiosité et d'intelligence. Leur mère veillait à ce qu'il ait le soutien dont il avait besoin pour s'adapter à la vie scolaire, et il était toujours impatient de partager ses nouvelles découvertes.

Elle, de son côté, continuait à travailler dur en tant que femme de ménage à la mairie. Elle avait réussi à établir un équilibre dans sa vie, jonglant entre ses horaires de travail et ses responsabilités familiales. Son sourire s'était élargi au fil des mois, et elle semblait plus sereine. Les enfants avaient remarqué les efforts qu'elle faisait pour leur offrir un cadre stable et aimant.

Bien que la vie reprenne son cours, l'absence d'Amélia se faisait parfois sentir. Les nouvelles de sa sœur étaient rares. Annie parlait de temps en temps de son départ, mais sans amertume, car elle voulait que sa fille soit heureuse, même si cela signifiait s'éloigner. Les filles espéraient qu'un jour Amélia reviendrait pour partager ses expériences et les nouvelles de Malo.

Le quotidien continuait, rythmé par les devoirs, les activités scolaires et les moments en famille. Les liens entre les enfants se renforçaient, et ils trouvaient du réconfort dans leur proximité. Chaque jour apportait son lot de rires, de défis et de souvenirs partagés, leur rappelant que, malgré les épreuves, ils formaient une famille unie, prête à affronter les aléas de la vie.

Le bruit des couverts résonne dans la petite cuisine. La table est pleine ce soir : Adèle et Alix racontent une anecdote du collège en riant, Maxime, concentré, joue avec son morceau de pain, et Liana écoute, un sourire en coin. Estelle, assise à côté d'elle, suit la conversation avec amusement. Leur mère s'affaire autour d'eux, remplissant les verres, veillant à ce que chacun ait assez dans son assiette. Un moment simple, mais précieux.

— Allez, mangez pendant que c'est chaud, dit-elle en passant une main affectueuse sur la tête de Maxime.

Ce sont ces instants qui font oublier les difficultés. Où tout semble normal. Mais derrière le sourire de leur mère, il y a une fatigue qu'elle dissimule.

Quelques jours plus tard, le contraste est brutal.

Liana l'attend devant le cabinet médical. Quand sa mère sort, elle a un sourire, mais ses yeux ne trompent pas. Un sourire trop forcé, des lèvres crispées.

— Tout va bien, dit-elle rapidement. Un petit souci, mais on va régler ça.

Mais Liana sent l'angoisse. Ce soir-là, elle surprend une conversation téléphonique. Sa mère parle à une amie, sa voix tremble.

— Ils ont trouvé quelque chose… J'attends les analyses.

Le cœur de Liana se serre.

***

Les semaines passent. La famille oscille entre le quotidien et l'inquiétude. Puis le diagnostic tombe : c'est un cancer.

Au début, il y a l'espoir. Les médecins parlent de traitements, de chances de rémission. La mère est combative. Elle continue à s'occuper de la maison, à plaisanter avec ses enfants.

— Je vais me battre, dit-elle avec un clin d'œil. Vous croyez quoi ?

Elle commence les traitements. Les enfants voient les effets, mais elle minimise. Elle cache sa fatigue autant qu'elle le peut.

Mais les cheveux tombent. La peau devient plus pâle. Les repas en famille sont parfois silencieux, parfois pleins d'énergie, comme si tout le monde s'accrochait aux bons jours.

Estelle est particulièrement attentive. Elle aide à débarrasser la table sans qu'on lui demande, veille à ce que leur mère ne fasse pas trop d'efforts. Un soir, alors qu'elles sont seules dans leur chambre, elle murmure à Liana :

— Tu crois que ça va aller ?

Liana aimerait répondre oui, mais elle se contente d'un hochement de tête.

Noël arrive. L'ambiance est joyeuse, la maison illuminée. La mère tient bon. Elle refuse que la maladie gâche ce moment. Sous le sapin, comme chaque année, Liana et ses frères et sœurs trouvent leurs cadeaux. Leur mère a encore une fois tout fait pour que la magie opère.

— Tu ne te rends pas compte… murmure Liana à Estelle. On dirait qu'elle n'est même pas malade.

— Elle est plus forte que ça, répond sa sœur.

Elles veulent y croire.

Les mois passent, le cancer recule… puis revient. Un autre diagnostic. Un autre combat. Cette fois, le corps de leur mère est plus fragile. L'espoir devient plus dur à tenir.

— Je vais encore me battre, dit-elle. Mais sa voix est plus faible.

Liana l'aide de plus en plus. Au début, c'était juste des petits gestes : apporter un verre d'eau, s'assurer qu'elle mange. Puis c'est devenu quotidien. L'habiller certains jours. L'aider à se lever.

Quand on embauche une femme de ménage, la réalité frappe. Leur mère ne peut plus assumer. Elle ne travaille plus. L'État aide, mais le poids est là.

Les enfants grandissent trop vite. Liana le sent.

Un matin, elle entre dans la chambre de sa mère.

— Ça va, maman ?

La réponse tarde.

— Ça ira…

Mais Liana sait que non.

Et pourtant, elle s'accroche, comme toute la famille. Parce que malgré la peur, malgré la douleur, il y a toujours ces instants suspendus où ils rient ensemble, où ils oublient, ne serait-ce qu'un instant, que le temps est compté.

CHAPITRE 7

Les après-midis d'hiver étaient devenues un mélange de rires et d'inquiétude, mais la chaleur de la maison ne faiblissait pas. Les jumelles, Adèle et Alix, avaient pris l'habitude de se réunir avec Liana et Maxime dans le salon après l'école. Ils décidaient ensemble de préparer des goûters qu'ils servaient à leur mère, essayant de lui redonner le sourire.

Un jour, alors que la neige tombait doucement à l'extérieur, Liana avait eu l'idée d'organiser une petite fête de l'amitié à la maison.

— On pourrait faire un chocolat chaud et des crêpes ! avait-elle proposé avec enthousiasme.

Les jumelles, toujours prêtes à relever un défi culinaire, s'étaient immédiatement mises à la tâche. Elles avaient rigolé en versant trop de pâte dans la poêle, créant une pile de crêpes un peu trop dorées mais délicieuses.

La maman, assise dans son fauteuil, les observait avec des yeux brillants. Malgré la fatigue qui se lisait sur son visage, elle avait réussi à sourire en entendant les éclats de rire de ses enfants.

— Vous êtes de véritables chefs, mes petits ! avait-elle dit, sa voix douce résonnant dans la pièce.

Maxime, avec son innocence d'enfant, avait décidé d'ajouter une touche de magie à l'après-midi. Il avait cherché des décorations dans la maison, trouvant des guirlandes et des bougies. En un rien de temps, le salon avait pris des airs de fête.

—Regardes, maman ! s'était-il s'exclamé en montrant fièrement son œuvre.

Les enfants s'étaient regroupés autour de la table, les crêpes fumantes au milieu, et avaient commencé à discuter de leurs journées, de l'école, de leurs amis. La mère avait écouté attentivement, riant à leurs histoires, s'accrochant à chaque moment de joie qu'ils apportaient dans la maison.

— On est une super équipe, n'est-ce pas ? avait déclaré Liana en levant son verre de chocolat chaud.

Les autres avaient acquiescé avec des sourires complices, conscients que même si les temps étaient durs, ils trouvaient encore des raisons de rire ensemble.

La maison, bien que marquée par l'absence de certains rituels d'autrefois, continue de vibrer au rythme des rires et des voix des enfants. Les jumelles, Adèle et Alix, prennent de plus en plus de responsabilités. Elles cuisinent avec enthousiasme, préparant des plats réconfortants, tout en se moquant gentiment des nouvelles recettes qu'elles tentent d'improviser. Maxime, avec son esprit joueur, n'hésite pas à faire des blagues pour alléger l'atmosphère.

Liana, bien que désireuse de poursuivre ses études, trouve un équilibre entre l'école et ses nouvelles responsabilités. Elle s'assure que sa mère ait toujours un sourire sur le visage. Elle s'est arrangée pour que ses professeurs soient au courant de la situation familiale, et elle a même pris l'initiative de se renseigner sur les cours en ligne, pour continuer à apprendre à la maison lorsque cela est nécessaire.

Les visites de l'infirmière deviennent une routine. Liana est là, à chaque fois, observant avec curiosité et respect la manière dont les soins sont administrés. La mère, bien qu'affaiblie, garde un esprit combatif. Elle continue de raconter des histoires drôles de sa jeunesse, cherchant à apporter un peu de légèreté à leur quotidien. Ses enfants lui rendent cet effort en créant des moments de joie, des jeux improvisés ou des soirées film.

Les anniversaires et les fêtes de fin d'année sont encore célébrés, mais d'une manière différente. Chaque enfant contribue, selon ses capacités. Ils décorent la maison avec des guirlandes faites maison et préparent des petits cadeaux, se réjouissant des moments simples passés ensemble.

Les liens entre eux se renforcent. Ils partagent des rituels : le vendredi soir est réservé à un repas spécial où chacun est invité à amener un plat qu'il a appris à cuisiner. Ces moments deviennent des refuges, leur permettant de se rappeler que, malgré les défis, la vie continue et que l'amour qui les unit est plus fort que tout.

***

Les jours se succèdent, et bien que la maladie de la mère pèse sur leurs épaules, une force indéfectible émerge de cette épreuve. Un soir, alors qu'ils sont réunis autour de la table, Annie prend la parole, son regard empreint de douceur et de détermination.

— Je sais que les temps sont durs, mais je veux que vous sachiez que chaque jour qui passe, je me bats pour vous, pour notre famille. Et je souhaite que nous continuions à vivre pleinement, malgré tout.

Les enfants, attentifs, échangent des regards chargés d'émotion. Amélia, bien que distante ces derniers temps, ressent l'importance de ces mots.

— On pourrait faire un tableau de nos rêves, non ? Pour se rappeler ce qui compte vraiment , propose-t-elle avec un léger sourire.

C'est ainsi que, dans les jours qui suivent, une grande feuille de papier est accrochée au mur du salon. Chacun y écrit ou dessine ses rêves : Maxime veut devenir astronaute, Liana rêve d'écrire un livre, tandis qu'Adèle et Alix imaginent des aventures à travers le monde. Même la mère, après une hésitation, se joint à eux, inscrivant son désir de voir ses enfants réaliser leurs ambitions.

Ces rêves, exposés aux yeux de tous, deviennent un symbole d'espoir et de solidarité. Les enfants s'engagent à soutenir les aspirations de chacun. Liana commence à écrire de petites histoires, Maxime passe des heures à dessiner des étoiles et des planètes, et les jumelles s'entraînent à cuisiner des plats du monde entier, inspirées par leurs rêves de voyages.

Les soirées deviennent des moments de partage où chacun présente ses progrès. Ils rient, discutent, et la maison se remplit de chaleur. La mère, bien que fatiguée, trouve de la force dans ces instants. Elle les encourage, les félicite, et ses sourires illuminent son visage, lui redonnant un peu de vitalité.

Cette dynamique apporte une nouvelle lumière dans leur quotidien. Chaque rêve devient une promesse d'avenir, une manière de célébrer la vie malgré les épreuves. Ensemble, ils comprennent que même dans les moments sombres, l'amour et l'espoir peuvent briller intensément.

***

Les semaines se succèdent, et la santé de la mère continue de fluctuer. Certains jours, elle est pleine d'énergie, partageant des rires et des histoires avec ses enfants. D'autres, elle est épuisée, s'endormant sur le canapé, laissant les enfants gérer leur quotidien.

Liana, qui a pris l'habitude de s'occuper de sa mère et des tâches ménagères, commence à ressentir la pression de cette responsabilité. Bien qu'elle ait toujours été heureuse de le faire, l'absence de temps pour elle-même se fait ressentir. Ses amis lui manquent, et les activités qu'elle aimait semblent s'éloigner.

Un soir, après avoir préparé le dîner, Liana se retrouve avec Estelle sur le balcon.

— J'ai l'impression de devoir grandir trop vite, Estelle. Je ne veux pas laisser maman tomber, mais parfois, j'aimerais juste être une enfant.

Estelle, toujours empathique, l'écoute attentivement.

— C'est normal de se sentir ainsi. Mais n'oublie pas que nous sommes tous là pour nous soutenir. Tu peux toujours nous parler. Cette conversation crée un lien encore plus fort entre elles.

Parallèlement, les jumelles, Adèle et Alix, ressentent aussi le poids de la situation. Alors qu'elles essaient d'aider autant qu'elles le peuvent, leurs études commencent à en pâtir. Amélia, bien qu'absente, revient occasionnellement pour voir comment va la famille. Mais son esprit est souvent préoccupé par sa propre vie, ce qui crée un léger fossé avec ses sœurs.

Un jour, lors d'un repas où l'ambiance est plus tendue que d'habitude, un échange éclate. Les jumelles expriment leur frustration de ne pas avoir assez d'aide de la part d'Amélia, qui, selon elles, semble s'être éloignée de leurs responsabilités familiales. Amélia, de son côté, se défend en disant qu'elle a aussi ses propres luttes à gérer.

Le conflit continu, mais au lieu de se déchirer, ils finissent par trouver un terrain d'entente. Chacun réalise que la pression que l'autre ressent est réelle. Ce moment de vulnérabilité les rapproche encore plus, renforçant leur solidarité.

Bien que la situation soit difficile, ils comprennent qu'ils doivent faire face ensemble. Liana, avec l'aide de ses sœurs, décide de prendre un moment pour elle, de sortir avec ses amis un soir, réalisant que prendre soin de soi est tout aussi important que prendre soin des autres.

CHAPITRE 8

Un week-end à Disneyland Paris

Les enfants étaient en émoi, les yeux pétillants d'excitation à l'approche de leur sortie tant attendue à Disneyland Paris. Pour la première fois depuis longtemps, la famille allait vivre un week-end de bonheur et d'évasion. Liana, Maxime, Estelle et les jumelles, Adèle et Alix, s'étaient réveillés tôt ce matin-là, impatients de découvrir le monde féerique qu'ils avaient vu tant de fois à la télévision.

La mère, bien qu'affaiblie par sa maladie, avait pris soin de préparer chaque détail pour que ce week-end soit inoubliable. Ils montèrent tous dans la voiture, l'ambiance joyeuse emplissant l'espace, tandis qu'elle conduisait avec détermination vers le parc.

À leur arrivée, ils furent accueillis par les éclats de rires et les cris de joie des autres visiteurs. Liana sentit son cœur s'alléger alors qu'elle voyait les personnages de Disney déambuler, des princesses aux héros de dessins animés. Les enfants se précipitèrent vers les attractions, leurs rires résonnant dans l'air.

Ils passèrent la journée à faire des manèges, à déguster des glaces et à prendre des photos avec Mickey Mouse. La mère, bien qu'éprouvée, avait un sourire lumineux sur son visage. Elle savait combien ces moments de joie étaient précieux pour ses enfants. Ils partagèrent un repas ensemble, racontant des anecdotes et riant aux éclats. Ce week-end à Disneyland fut plus qu'une simple sortie ; c'était un répit bienvenu, une bulle de bonheur au milieu des épreuves qu'ils traversaient.

Un pèlerinage à Lourdes

Quelques semaines plus tard, la famille se prépara pour un autre voyage, mais cette fois, c'était un pèlerinage à Lourdes. Leur mère, croyante, avait toujours voulu faire ce voyage pour demander l'aide divine dans sa lutte contre la maladie. Elle espérait qu'en se rendant à ce lieu sacré, un miracle pourrait se produire.

Leur arrivée à Lourdes fut empreinte de respect et d'émotion. Le sanctuaire était illuminé par des bougies allumées, et l'atmosphère était imprégnée de prières et d'espoir. Les enfants, bien que conscients des difficultés de leur mère, partageaient sa foi et son espoir.

Ils participèrent aux différentes cérémonies, allant à la grotte où Bernadette Soubirous avait vu la Vierge. La mère encouragea chacun à formuler un vœu, une prière sincère pour la santé et le bonheur de la famille. Les enfants se mirent à prier avec ferveur, serrant les mains de leur mère, unis dans l'espoir d'un avenir meilleur.

L'un des moments forts fut le bain d'eau froide, symbole de purification et de guérison. La mère, avec un mélange d'angoisse et de détermination, entra dans l'eau. Les enfants restèrent à l'écart, la regardant avec admiration. Ils savaient à quel point cela représentait pour elle. En sortant, elle avait une expression sereine sur le visage, comme si une partie de son fardeau s'était allégée.

Ces deux sorties avaient renforcé les liens entre les membres de la famille. Disneyland avait apporté une dose de magie et de rire, tandis que Lourdes leur avait offert un moment de profonde connexion spirituelle. Même si Amélia était absente, la solidarité et l'amour entre Liana, Maxime, Estelle, et les jumelles étaient palpables.

Chaque jour, ils continuaient à faire face aux défis, mais ces souvenirs de joie et d'espoir demeureraient gravés dans leurs cœurs, leur rappelant que, même dans l'adversité, il était possible de trouver des instants de bonheur.

La maison était remplie d'un mélange de joie et de mélancolie, alors que la famille préparait l'anniversaire de la mère, qui fêtait ses 39 ans. C'était un moment habituellement joyeux, mais cette année, un nuage sombre planait sur la fête. La maladie avait épuisé son corps, et malgré ses efforts pour sourire, on sentait que la fatigue pesait lourd sur ses épaules.

Les enfants avaient fait de leur mieux pour préparer une surprise. Estelle, Maxime, Liana, et les jumelles, Adèle et Alix, s'étaient rassemblés en secret pour décorer la salle avec des ballons et un gâteau fait maison. La soirée avançait, et la mère était touchée par leurs attentions. Mais au fond, elle savait que chaque jour était une lutte, une bataille pour profiter de ces instants de bonheur.

Une semaine plus tard, alors que la famille se remettait à peine de cette journée si spéciale, la mère se sentit encore plus fatiguée. Malgré tout, elle continua à préserver une ambiance chaleureuse pour ses enfants. Le 15 mars, elle ferma les yeux, fatiguée de se battre, et sombra dans un sommeil dont elle ne se réveillerait jamais.

Ce matin-là, Liana avait laissé un pendentif à l'une des jumelles pour leur maman, espérant qu'elle lui porterait chance. Mais alors qu'elle attendait le retour de sa mère, un pressentiment l'assaillit. Quand elle apprit la nouvelle du décès, son cœur se serra.

La nuit de la veille, tandis que les adultes se réunissaient pour pleurer leur perte, Estelle, Maxime et Liana étaient restés à l'écart au McDonald's, ne comprenant pas pleinement l'ampleur de la tragédie. Ils se sentaient seuls, perdus dans cette douleur qu'ils ne savaient pas comment exprimer.

Le lendemain, le 16 mars, jour de son douzième anniversaire, Liana se réveilla avec l'espoir de célébrer, mais la réalité fut cruelle. Elle n'avait pas fait son anniversaire, emportée par la peine de perdre sa mère. Le vide laissé par cette absence était immense, et elle aurait tant voulu lui dire au revoir, même si cela aurait été difficile. Les souvenirs de sa mère, ses sourires, et son amour inconditionnel l'entouraient, mais maintenant, elle devait apprendre à vivre sans elle.

***

Le lendemain matin, Liana se réveilla avec une sensation étrange dans son ventre. La maison était étrangement silencieuse, et l'absence de rires et de voix résonnait dans les murs. Elle s'assit sur son lit, le cœur lourd, et se souvint des derniers instants passés avec sa mère.

Estelle et Maxime étaient encore endormis dans la chambre voisine. Liana se leva et se dirigea vers la cuisine, espérant retrouver un semblant de normalité. Mais l'air était lourd, et l'odeur du café qui avait été préparé par Amélia n'apportait pas le réconfort habituel. Au lieu de cela, il évoquait une réalité cruelle : leur mère n'était plus là.

Amélia était déjà debout, les yeux cernés par la fatigue et la tristesse. Les jumelles, Adèle et Alix, étaient également présentes, leurs visages empreints d'une mélancolie profonde. Elles s'étaient toutes réunies autour de la table, mais l'absence de leur mère pesait sur leurs épaules. Le petit Malo, le fils d'Amélia, jouait innocemment dans son coin, sans se douter de la tempête émotionnelle qui secouait sa famille.

Liana se mit à jouer avec le pendentif qu'elle avait laissé à sa mère. C'était un bijou qu'elle avait acheté avec son premier argent de poche, et elle l'avait offert à sa mère comme symbole de leur lien. Aujourd'hui, ce pendentif représentait un souvenir douloureux, un rappel de ce qu'elles avaient perdu.

Amélia, en voyant Liana avec le pendentif, s'approcha et lui prit doucement la main.

— On doit rester soudées, Liana. Maman aurait voulu ça.

Sa voix était tremblante, mais il y avait une force sous-jacente qui touchait Liana.

Les jours passèrent, et les ombres du deuil s'étendaient dans leur maison. Les moments ordinaires prenaient une teinte différente sans la présence chaleureuse de leur mère. Les enfants, bien que pleins de chagrin, trouvèrent un moyen de se soutenir les uns les autres.

Maxime devint un pilier pour Liana. Il la réconfortait, et ensemble, ils se remémoraient les souvenirs joyeux qu'ils avaient partagés avec leur mère. Estelle, quant à elle, se montra très protectrice envers ses petits frères et sœurs, prenant en charge le ménage et veillant à ce que Malo ait tout ce dont il avait besoin.

Malgré leur chagrin, la vie continuait, et la famille devait faire face à la réalité. Les jumelles prenaient de plus en plus de responsabilités, préparant les repas et organisant la maison. Amélia, bien qu'elle ait ses propres luttes, faisait de son mieux pour s'occuper de Malo et soutenir ses sœurs.

Leur mère aurait voulu les voir s'entraider, et même si la douleur était omniprésente, l'amour et la solidarité entre les frères et sœurs leur donnèrent la force de continuer. Ils comprirent qu'ensemble, ils pouvaient surmonter cette épreuve, même si cela demanderait du temps et des efforts.

CHAPITRE 9

Le retour à l'école de Liana était un moment qu'elle redoutait. Elle avait toujours été une élève studieuse, mais cette fois-ci, la douleur de la perte de sa mère pesait lourdement sur ses épaules. En entrant dans la cour, elle ressentit un mélange d'appréhension et de tristesse. Les rires et les conversations des autres élèves lui semblaient lointains et irréels.

Ses amis, cependant, l'accueillirent avec bienveillance. Cléo, sa meilleure amie, l'embrassa chaleureusement.

— Je suis là pour toi, Liana. On va surmonter ça ensemble.

Ces mots réconfortants apportèrent un peu de lumière dans la noirceur qui l'entourait.

À la maison, les jumelles avaient commencé à mettre un peu d'ordre dans les affaires de leur maman. La maison, bien que remplie de souvenirs, était devenue une responsabilité que Liana et ses sœurs devaient partager. Amélia, malgré ces difficultés, avait pris la décision de vivre sa vie, et Liana respectait cela, mais elle ne pouvait s'empêcher de ressentir un vide.

Un jour, alors qu'elle rentrait de l'école, Liana fut surprise de voir une enveloppe de convocation glissée sous la porte. Elle l'ouvrit lentement et lut les mots qui la glaçaient : une convocation au tribunal pour un conseil de famille. Les autorités s'inquiétaient de la situation des enfants après le décès de leur mère, surtout concernant l'avenir de Maxime, Estelle et elle.

Le lendemain, au tribunal, l'atmosphère était pesante. Les lumières fluorescentes et le silence pesant du lieu ajoutaient à l'angoisse qui grandissait en elle. Estelle, Maxime et elle se tenaient main dans la main, unis face à l'inconnu. Le juge, une femme d'âge mûr, les observa avec un regard perçant.

— Nous devons discuter de la situation de ces enfants suite au décès de leur mère. Les jumelles, bien que presque majeures, n'ont que 17 ans, et il est crucial de s'assurer que les plus jeunes soient dans un environnement stable et sûr.

Sa voix résonnait dans la salle, mais Liana ne pouvait s'empêcher de ressentir un profond désespoir.

Les discussions s'enchaînèrent, et les membres de leur famille furent appelés à témoigner. Chacun évoquait la force de la fratrie et leur détermination à rester ensemble. Malgré tout, la peur d'être séparés planait au-dessus d'eux comme une ombre menaçante.

Amélia, bien qu'absente ce jour-là, avait envoyé un message à ses sœurs : « Restez fortes, je suis là avec vous. » Ces mots résonnaient dans l'esprit de Liana. Elle savait qu'Amélia essayait de prendre ses responsabilités, mais l'incertitude sur leur avenir les hantait.

À la fin de la journée, le juge leur annonça qu'elle prendrait une décision dans les jours à venir. Liana, Estelle et Maxime sortirent du tribunal, le cœur lourd mais unis. Le chemin était semé d'embûches, mais ils étaient déterminés à lutter pour rester ensemble. Leur amour fraternel était leur force, et ils savaient qu'ils devraient s'accrocher les uns aux autres dans les moments difficiles à venir.

***

Les jours passaient, et avec eux, l'angoisse s'épaississait dans la maison. Liana, Estelle et Maxime se réveillaient chaque matin en portant le poids de l'incertitude. Le procès se profilait à l'horizon, et l'idée que le juge puisse décider de les séparer les terrifiait. La maison, autrefois remplie de la présence rassurante de leur mère, semblait plus vide que jamais.

Désormais, ce sont Adèle et Alix qui prenaient en charge les finances. Elles faisaient de leur mieux pour gérer les factures et s'assurer que la maison continue de tourner, mais la situation était tendue. Elles avaient beau être encore étudiantes, elles tentaient de prendre quelques petits boulots en parallèle pour ramener un peu d'argent. Malgré leurs efforts, il arrivait que l'électricité ou le chauffage soient limités pour éviter des factures trop lourdes. Les fins de mois étaient difficiles, et chaque dépense devait être calculée.

Mais malgré tout, la vie continuait. Chaque matin, Liana, Estelle et Maxime enfourchaient leurs vélos pour aller à l'école ensemble. Sur le chemin, ils parlaient de tout et de rien, cherchant à garder une certaine normalité dans cette période troublée.

— J'espère qu'on ne va pas avoir un contrôle de maths aujourd'hui… , soupirait Maxime.

— Au pire, dis que tu as oublié ton cahier, ça marche parfois , répondait Liana en riant doucement.

Ces petits moments légers leur permettaient d'oublier, ne serait-ce qu'un instant, la tristesse qui pesait sur eux.

Les jumelles, elles, jonglaient entre l'école, les courses, le ménage et l'éducation des plus jeunes. Elles tentaient de garder une routine stable, pour éviter que Liana et Maxime ne se sentent trop perdus. Elles leur préparaient des repas, s'assuraient qu'ils fassent leurs devoirs, et tentaient de garder un semblant de vie de famille.

Le soir, une fois les devoirs terminés, tout le monde se retrouvait dans le salon. Ils parlaient parfois de leur mère, se remémorant des souvenirs heureux, mais toujours avec le sourire.

— Tu te souviens quand elle nous préparait des crêpes le dimanche matin ? lançait Estelle.

— Oui, et elle râlait quand on les mangeait plus vite qu'elle ne pouvait les faire , répondait Liana, un éclat de nostalgie dans la voix.

Malgré la douleur et l'incertitude, ils continuaient d'avancer ensemble. Ils s'accrochaient les uns aux autres, parce qu'ils n'avaient pas le choix. L'attente du verdict était longue et pesante, mais une chose était certaine : quoi qu'il arrive, ils affronteraient cette épreuve unis.

Liana, Estelle et Maxime sont assis côte à côte sur les bancs du tribunal. Face à eux, les jumelles, tendues, attendent le verdict. Depuis des jours, elles se battent pour prouver qu'elles peuvent assumer leurs rôles de tutrices. Leur dossier est solide, elles l'espèrent du moins.

Le juge ajuste ses lunettes et pose son regard sur eux. Son ton est posé, presque bienveillant, mais la suite de ses paroles brise en un instant l'espoir fragile qui tenait encore.

— Une demande a été faite. Une solution alternative a été proposée pour éviter un placement en foyer.

Un silence pesant s'abat dans la salle. Liana fronce les sourcils. Une solution ? Qui aurait pu proposer quelque chose ?

— **Le père des enfants s'est manifesté.**

Les cœurs manquent un battement. Amélia serre les poings, Adèle et Alix échangent un regard abasourdi. Liana sent sa gorge se nouer. Leur père. Cet homme qu'elle ne connaît presque pas, cet inconnu qui n'a jamais fait partie de leur vie.

— Il s'est présenté à nous avec un projet clair : il souhaite récupérer ses trois plus jeunes enfants, Liana, Estelle et Maxime, afin de respecter une promesse qu'il dit avoir faite à leur mère.

Les jumelles ne peuvent pas se retenir plus longtemps.

— C'est une blague ?! lâche Alix, furieuse.

Adèle est plus posée, mais son regard est noir.

— Monsieur le juge, cet homme a été absent toute notre vie. Il ne s'est jamais soucié de nous. Comment peut-on lui confier nos frères et sœurs du jour au lendemain ?

Le juge lève la main pour ramener le calme.

— Je comprends votre colère. Mais il a été formel : sur son lit de mort, votre mère lui aurait demandé de prendre soin des trois plus jeunes si quelque chose lui arrivait. Il veut honorer cette promesse.

— Et il était où avant ?! explose Amélia.

— Il a refait sa vie. Il vit désormais dans une grande ville à une heure et demie d'ici, avec sa nouvelle compagne et leurs deux enfants. Il affirme pouvoir leur offrir un cadre stable.

Un silence glacial s'abat sur la salle.

Liana baisse les yeux. Tout cela est irréel. Ce père, ce fantôme du passé, allait devenir son tuteur.

Estelle, à côté d'elle, garde le dos droit, mais son visage est fermé. Maxime regarde les adultes sans comprendre l'ampleur de la situation.

— Nous pouvons nous en occuper, murmure Alix. Nous avons tout organisé…

— Vous n'avez que dix-sept ans, répond calmement le juge. Et le Code civil est clair. Vous n'êtes pas en âge légal de prendre en charge vos frères et sœurs.

Le coup de massue tombe. Il n'y a rien à faire.

— Cette décision est injuste, lâche Adèle, la voix tremblante.

Le juge ne répond pas. Il referme son dossier et annonce la conclusion :

— Liana, Estelle et Maxime iront vivre chez leur père.

Les mots résonnent dans la pièce. C'est fini.

Liana sent les larmes monter, mais elle refuse de pleurer devant eux. Elle ne veut pas de cette nouvelle vie.

Les jumelles se tournent vers eux et s'agenouillent devant les trois plus jeunes. Leurs visages sont remplis de tristesse et de rage contenue.

— On vous promet qu'on reviendra vous chercher, dit Adèle en serrant les mains de Liana et Estelle.

— Ce n'est pas terminé, ajoute Alix. On va faire appel.

Elles y croient, elles veulent y croire.

Mais pour l'instant, le verdict est tombé.

Et le départ est inévitable.

CHAPITRE 10

Les valises sont ouvertes sur les lits, mais personne n'a envie de les remplir. Liana, Estelle et Maxime plient leurs vêtements mécaniquement, comme s'ils pouvaient retarder l'inévitable. Amélia et les jumelles les aident en silence. Chaque vêtement rangé est une déchirure de plus.

Maxime ne comprend pas bien. Il demande plusieurs fois si c'est vraiment obligé. S'il ne peut pas rester ici. Liana et Estelle n'ont pas de réponse à lui donner.

Dans la maison, l'ambiance est lourde. Tout le monde essaie d'être fort, mais les regards sont humides, les voix tremblantes. Les jumelles se veulent rassurantes, mais Liana les surprend à essuyer furtivement leurs larmes.

Puis, il arrive.

Le père se tient sur le pas de la porte. Un inconnu. Un homme qu'ils ne connaissent qu'à travers des souvenirs flous et des histoires racontées. Il les observe, puis adresse un bref salut.

Amélia ne bouge pas. Elle le fixe avec une froideur glaciale. Elle ne lui adresse même pas un regard quand il tente de lui parler.

— Prenez vos affaires, on y va, dit-il simplement.

Les adieux sont précipités. Un câlin rapide, des mots chuchotés. « On viendra vous chercher », « On ne vous abandonnera pas », « Tenez bon.»

Avant de partir, Liana sort discrètement un pendentif de sa poche et le glisse dans la main d'Alix.

— Gardez-le pour nous, chuchote-t-elle.

Alix hoche la tête, incapable de parler.

Puis, la voiture démarre. Leurs sœurs deviennent des silhouettes dans le rétroviseur. Liana regarde jusqu'à ce qu'elles disparaissent. Un sentiment de vide total s'installe en elle.

Le trajet dure une éternité. Ils ne vont pas vers une nouvelle maison. Ils vont vers l'inconnu.

Quand ils arrivent, Liana est frappée par l'ambiance du quartier. Des barres d'immeubles grises, des cages d'escaliers sombres, des cris d'enfants qui résonnent entre les bâtiments. Rien à voir avec la maison qu'ils ont quittée.

L'appartement est petit, impersonnel. Les murs sont blancs, sans âme.

Dans leur chambre exiguë, trois lits sont alignés : un lit superposé et un lit simple à côté. Un espace étroit, sans chaleur. Ils devront tous dormir là, entassés, dans une pièce où l'air semble manquer.

La belle-mère les accueille avec un sourire poli, mais distant. Deux enfants courent dans le salon, les demi-frères et sœurs de Liana, qu'elle ne connaît pas.

L'un d'eux, à peine plus haut que trois pommes, s'approcha de Maxime avec curiosité.

— C'est toi mon grand frère ?

Maxime sourit et hocha la tête.

— Oui, c'est moi.

Liana observa la scène en silence. Maxime, lui, voulait y croire. Il voulait croire que leur père avait changé, qu'ils allaient enfin former une vraie famille, que tout cela ne serait pas un énième abandon.

À peine installés, leur père leur annonça qu'il y aurait des règles à respecter ici.

— Vous êtes chez moi maintenant. Je veux du respect. On ne parle pas mal, on ne répond pas, et on participe à la vie de la maison.

Sauf que ce qu'il appelait « participer », c'était surtout s'assurer que tout soit fait pour lui.

Dès le premier soir, alors que leur belle-mère préparait le dîner, il s'installa confortablement dans le canapé, une jambe croisée sur l'autre, la télécommande à la main.

— Liana, va me chercher une fourchette.

Elle hésita un instant, mais se leva tout de même. Lorsqu'elle revint avec le couvert, il ne prit même pas la peine de la remercier.

— Estelle, ramène-moi un verre d'eau.

Estelle serra la mâchoire, mais elle obéit aussi. C'était comme ça ici. Il ne levait pas le petit doigt. Sa femme cuisinait, ses enfants le servaient. Il était chez lui, et tout le monde devait s'y plier.

Maxime, lui, ne semblait pas voir les choses de la même façon. Il se plaisait à aider son petit frère et sa petite soeur, à jouer avec eux, à voir leur père tous les jours. Ça lui faisait du bien, malgré tout.

— Il nous a pris avec lui, c'est qu'il veut bien s'occuper de nous, non ? lança-t-il un soir, l'espoir brillant dans ses yeux.

Liana et Estelle échangèrent un regard. Elles, elles savaient déjà. Elles savaient que leur père n'avait pas changé. Il n'avait pas pris cette décision par amour, mais par obligation, peut-être même par fierté. Mais Maxime voulait croire au miracle.

Alors elles ne dirent rien. Elles le laissèrent rêver. Pour lui, pour qu'il ait au moins ça.

L'inscription à l'école se déroula sans heurts. Liana, avec son talent pour les études, s'était déjà fait remarquer. Elle avait hâte de partager ses connaissances avec ses nouveaux camarades, et elle se sentait prête à relever le défi. À sa grande joie, elle fut félicitée pour son intelligence et son sérieux, ce qui lui permit de se faire rapidement des amis. Les rires des enfants résonnaient dans la cour de récréation, apportant une lueur d'espoir à son cœur.

Les journées s'enchaînaient, et bien que la nouvelle vie ait ses défis, Liana et ses frères et sœurs commençaient à s'y habituer, cherchant leur place dans cet environnement étranger. Les éclats de rire de leur petit frère et de leur petite sœur apportaient un peu de légèreté à leur quotidien, mais le souvenir de leur mère restait présent, leur rappelant d'où ils venaient.

Les jours passaient, et la routine s'installait progressivement dans leur nouvel appartement. Liana, Estelle et Maxime tentaient de s'adapter à ce quotidien qui ne leur ressemblait pas. Chaque matin, ils se réveillaient dans la petite chambre où ils dormaient à trois, en se frottant les yeux, prêts à affronter une nouvelle journée.

Les repas étaient un moment révélateur des différences qui commençaient à les frapper. Au petit-déjeuner, les enfants de la belle-mère se régalaient de produits de qualité, des confitures artisanales et des céréales haut de gamme, tandis que Liana, Estelle et Maxime se contentaient de pains de mie bas de gamme et de confiture industrielle. Le goût du chocolat chaud était remplacé par une poudre instantanée peu savoureuse. Ce contraste, bien que subtil, creusait un fossé entre eux et leur belle-famille, rappelant chaque jour les sacrifices qu'ils avaient faits.

Le père, quant à lui, semblait de moins en moins présent. Après quelques jours d'adaptation, il annonça qu'il devait s'absenter pour un voyage en Afrique, laissant les enfants dans l'incertitude. Ils se regardèrent, inquiets. Que signifiait ce départ ? Était-ce un voyage pour travailler, ou pour fuir ses responsabilités familiales ? Liana avait du mal à comprendre pourquoi il ne restait pas pour les aider à s'installer.

À l'école, la vie continuait. Liana et Estelle commencèrent à se faire des copines, mais elles s'aperçurent rapidement que certaines d'entre elles n'étaient pas de très bonne fréquentation. Les filles, séduites par une apparence de liberté et de rébellion, les incitaient à faire des bêtises, à se moquer des règles et à ignorer les conséquences. Liana et Estelle étaient tiraillées entre l'envie de s'intégrer et le besoin de rester fidèles à leurs valeurs.

Malgré tout, elles prenaient le temps d'appeler les jumelles pour donner des nouvelles de leur quotidien. Dans ces conversations, elles racontaient leurs journées, leurs nouvelles copines, mais aussi les différences de traitement qui pesaient sur elles. Les jumelles les écoutaient avec attention, leur offrant un soutien et une oreille attentive, même à distance. Ces échanges réconfortants leur permettaient de se sentir un peu moins isolées dans cette nouvelle vie.

Chaque soir, alors qu'elles se blottissaient dans leur lit, les souvenirs de leur ancienne maison et de leur mère revenaient en mémoire. Elles savaient que la vie avait changé, mais elles espéraient secrètement retrouver un jour un quotidien qui leur ressemblerait à nouveau.

Quelques semaines après son départ, leur père revint à la maison pour une courte période. Il ne prit pas la peine de leur demander comment ils allaient ni s'ils s'étaient bien adaptés. Non, il avait autre chose en tête.

— Demain matin, on va à la mairie, annonça-t-il d'un ton ferme. Vous allez porter mon nom.

Liana, Estelle et Maxime échangèrent des regards incrédules.

— Quoi ? demanda Estelle, les bras croisés.

— Vous avez toujours porté le nom de votre mère. Maintenant, vous vivez sous mon toit, vous êtes ma famille. Il est temps que ça change.

Liana sentit une boule lui serrer la gorge. Elle n'avait jamais ressenti d'appartenance à cet homme. Porter son nom ? C'était comme effacer une partie d'elle-même, de son passé, de leur mère.

— Non, répondit-elle, catégorique.

Maxime hésita un instant, baissant les yeux vers le sol. L'idée d'être enfin reconnu par son père pouvait être tentante, mais il savait que ce n'était qu'une illusion.

— Moi non plus, déclara-t-il.

Estelle secoua la tête.

— On a déjà un nom. Celui de notre mère. On n'en changera pas.

Le père fulmina. Il s'emporta, cria, menaça, mais les trois restèrent inflexibles. Finalement, après une dispute qui n'aboutit à rien, il laissa tomber, furieux.

Après cet épisode, l'ambiance à la maison se détériora encore plus vite. La belle-mère, déjà peu chaleureuse, devint exécrable. Les disputes avec leur père éclataient chaque jour. Des cris résonnaient dans l'appartement, brisant le peu de tranquillité qu'il pouvait encore y avoir.

Un soir, après une énième dispute où la belle-mère hurla qu'elle n'en pouvait plus, leur père fit ses valises.

— Je repars en Afrique. Je ne sais pas quand je reviendrai.

Il ne prit même pas la peine d'adresser un mot à ses enfants avant de partir.

Dès que leur père fut parti, Liana, Estelle et Maxime appelèrent les jumelles.

— On ne tient plus, lâcha Estelle d'une voix tremblante.

— Il faut que vous nous sortiez de là, ajouta Liana.

Les jumelles avaient déjà tout prévu. Depuis plusieurs semaines, elles avaient fait appel de la décision de justice et avaient enfin obtenu un rendez-vous avec le juge. À quelques semaines de leur majorité, elles savaient qu'elles avaient une chance d'obtenir gain de cause.

Le verdict tomba comme une libération : le juge leur donna l'autorisation de récupérer leurs frères et sœurs.

— On arrive, promit Adèle au téléphone.

Elles ne perdirent pas de temps. Le jour convenu, alors que leur père était encore en Afrique, elles débarquèrent en bas de l'immeuble, accompagnées de leurs petits copains et de plusieurs amis avec des camions pour récupérer toutes les affaires.

La belle-mère ouvrit la porte, stupéfaite en voyant les jumelles devant elle, une lettre officielle du juge à la main.

— On vient chercher nos frères et sœurs, déclara Alix d'un ton glacial.

— Vous n'avez pas le droit ! s'étrangla la belle-mère.

— Si, justement, on a le droit.

Elle tenta de protester, mais l'ordre du juge était clair. Furieuse, elle claqua la porte de sa chambre pendant que Liana, Estelle et Maxime rassemblaient leurs affaires en hâte.

Ils descendirent les escaliers avec des sacs à la main, le cœur battant, mais un sentiment de soulagement grandissant à chaque pas. Quand ils montèrent dans les camions, la belle-mère ne sortit même pas pour les voir partir.

Alors que la voiture démarrait, Maxime regarda une dernière fois l'immeuble qui s'éloignait.

— On rentre à la maison, souffla Estelle.

Liana serra la main de sa sœur. Oui, ils rentraient enfin chez eux.

CHAPITRE 11

La route du retour se fit dans un mélange de soulagement et d'excitation. Dans les camions, Liana, Estelle et Maxime étaient silencieux, absorbés par l'idée qu'ils allaient enfin quitter cet endroit où ils n'avaient jamais trouvé leur place. Les jumelles avaient tenu leur promesse. Elles étaient venues les chercher, accompagnées de leurs compagnons, et désormais, tout allait être différent.

Lorsqu'ils traversèrent la ville où ils avaient grandi, un sentiment familier les envahit. Ce n'était pas un retour à l'identique, mais un retour à la maison quand même. Seulement, une chose était différente : ils n'allaient pas tous habiter sous le même toit.

Les jumelles avaient désormais leur propre vie, chacune en couple, et elles avaient tout organisé pour pouvoir accueillir les trois plus jeunes dans les meilleures conditions possibles. Estelle allait vivre avec Adèle et son compagnon, tandis que Liana et Maxime allaient s'installer chez Alix et le sien.

Quand ils descendirent du camion, l'atmosphère était bien différente de celle qu'ils avaient quitté un an plus tôt. Cette fois, ils revenaient, non plus comme des enfants perdus, mais avec une nouvelle chance.

Liana observa la maison devant laquelle elle venait d'arriver. Ce n'était pas celle de leur enfance, mais quelque chose dans l'accueil d'Alix et de son compagnon la fit se sentir en sécurité.

— Tu vas voir, on a tout préparé pour vous, lui dit Alix avec un sourire chaleureux. Ça va bien se passer.

Dans la nouvelle maison, il y avait de l'espace pour chacun. Liana et Maxime allaient partager un bout de vie ensemble, sous le regard bienveillant d'Alix et de son compagnon. Cette sœur-là, studieuse et rigoureuse, tenait à maintenir une discipline de fer. Il fallait ranger sa chambre, respecter les horaires des repas, et les devoirs passaient avant tout. De son côté, Estelle s'installait chez Adèle, qui bien que responsable, était plus souple.

— On est bien là, hein ? souffla Maxime en déposant son sac dans sa nouvelle chambre.

— Ouais, je crois qu'on l'a enfin, notre chance de souffler.

Le lendemain, une autre surprise les attendait. Les jumelles avaient fait en sorte qu'ils soient inscrits dans de nouveaux établissements privés.

— On voulait que vous ayez les meilleures chances possibles, expliqua Adèle en les accompagnant à leur premier jour.

Liana ressentit un mélange de trac et d'excitation en franchissant les grilles du lycée privé où elle allait désormais étudier. Ici, tout était différent. Les bâtiments, les élèves bien habillés, l'ambiance studieuse… Rien à voir avec l'ancien collège du quartier difficile où elle avait passé ses dernières années.

Dès les premiers cours, elle comprit que le niveau était plus exigeant. Mais cela ne lui faisait pas peur. Elle était déterminée à prouver qu'elle avait sa place ici.

Rapidement, elle se fit remarquer pour son sérieux et sa rapidité d'apprentissage. Un professeur la félicita même en fin de journée :

— On voit que tu as un bon niveau, Liana. Continue comme ça.

À la pause, elle fit la connaissance de quelques élèves. Contrairement à son ancienne école, où les relations se forgeaient souvent dans la méfiance, ici, on venait lui parler naturellement.

— T'étais où avant ? demanda une fille curieuse.

— Un autre lycée, mais je viens de revenir en ville.

— Eh ben, bienvenue. Ici, tu vas voir, si tu bosses bien, y'a moyen de s'en sortir.

Liana hocha la tête. Elle était là pour ça.

Mais l'école n'était pas le seul endroit où elle attirait l'attention. Parmi ses nouvelles connaissances, un garçon se démarqua. Il s'appelait Nathan. Un sourire franc, une manière de parler qui la faisait rire. Très vite, ils se rapprochèrent. Ce fut son premier copain, son premier vrai sentiment de légèreté après toutes ces années de tumulte.

De leur côté, Maxime et Estelle s'adaptaient aussi à leurs nouvelles écoles. Maxime, qui avait toujours eu du mal à se sentir à sa place, semblait plus épanoui ici. Il s'accrochait à l'idée qu'une nouvelle vie s'offrait à eux.

Les jours passèrent, et petit à petit, ils trouvèrent leurs repères dans cette nouvelle organisation.

Chaque soir, ils se retrouvaient tous ensemble pour dîner, que ce soit chez Adèle ou chez Alix. Même s'ils étaient séparés dans deux maisons différentes, ils formaient toujours une seule et même famille.

— Vous savez quoi ? dit un soir Maxime en piquant une frite dans l'assiette de Liana. Ça fait du bien de ne plus avoir à servir le « roi » à table.

Ils éclatèrent de rire. Oui, ils étaient enfin libres de vivre comme ils l'entendaient.

Liana leva les yeux vers ses grandes sœurs. Elles avaient tant fait pour eux. Elles s'étaient battues pour les sortir de là, et maintenant, elles leur offraient une vraie chance.

Elle se fit une promesse silencieuse : ne jamais gâcher cette opportunité.

La nuit était tombée depuis longtemps lorsque Liana quitta le domicile de Nathan où elle avait mangé. Les rues étaient désertes, seules les lumières des réverbères éclairaient son chemin. Elle hâtait le pas, impatiente de retrouver la chaleur de son foyer, sa sœur Alix et son frère Maxime. Estelle, elle était chez son petit ami.

En approchant de sa maison, une lueur inhabituelle attira son attention. Des gyrophares bleus et rouges illuminaient la façade, projetant des ombres inquiétantes sur les murs. Son cœur s'emballa, une angoisse sourde montant en elle.

Elle se mit à courir, le souffle court, et découvrit une ambulance et un camion de pompiers stationnés devant chez elle. Des voisins étaient rassemblés, chuchotant entre eux, les visages graves.

— Qu'est-ce qui se passe ? demanda-t-elle, la voix tremblante, en s'adressant à Mme Durant, leur voisine.

Mme Durant posa sur elle un regard empli de compassion.

— Ma chère, je… je ne sais pas comment te le dire…

Avant qu'elle ne puisse terminer sa phrase, la porte de la maison s'ouvrit brusquement, laissant apparaître Alix ravagé par les larmes.

— Liana ! s'écria-t-elle en se précipitant vers sa sœur.

Liana sentit une boule se former dans sa gorge.

— Alix, qu'est-ce qui se passe ? Où est Maxime ?

Alix éclata en sanglots, incapable de parler. Un pompier s'approcha alors, le visage grave.

— Mademoiselle, votre frère a été transporté d'urgence à l'hôpital. Il a ingéré une grande quantité de médicaments.

Le monde de Liana s'effondra en un instant.

— Non... Maxime... murmura-t-elle, les larmes coulant sur ses joues.

Elle se tourna vers Alix, cherchant des réponses.

— Comment est-ce possible ? Il n'a rien laissé paraître...

Alix secoua la tête, le visage déformé par la douleur.

— Je ne sais pas... Je l'ai trouvé inconscient dans sa chambre... Il y avait une boîte de somnifères vide à côté de lui...

Liana sentit une vague de culpabilité l'envahir.

— Comment avons-nous pu ne rien voir ?

Un voisin s'approcha timidement.

— Parfois, ceux qui souffrent le plus sont les meilleurs pour le cacher...

Liana hocha la tête, consciente de la vérité de ces mots.

— Nous devons aller à l'hôpital.

Alix acquiesça, essuyant ses larmes.

— Oui, allons-y.

Elles montèrent dans la voiture, le trajet se déroulant dans un silence lourd, seulement interrompu par les sanglots étouffés d'Alix.

À leur arrivée à l'hôpital, une infirmière les accueillit avec un sourire compatissant.

— Vous êtes la famille de Maxime ?

Liana hocha la tête.

— Oui, comment va-t-il ?

L'infirmière les guida vers une salle d'attente.

— Le médecin viendra vous parler dès que possible.

L'attente était insupportable. Chaque minute semblait une éternité. Liana serrait la main d'Alix, tentant de lui transmettre un peu de force.

Enfin, le médecin entra, le visage sérieux.

— Votre frère est stable pour le moment. Nous avons effectué un lavage d'estomac à temps.

Liana sentit un soulagement mêlé d'angoisse.

— Pourquoi a-t-il fait ça ?

Le médecin soupira.

— Il est difficile de comprendre les raisons exactes. Parfois, la douleur est trop grande, et ils pensent que c'est la seule issue.

Alix éclata de nouveau en sanglots.

— Nous aurions dû voir les signes…

Le médecin posa une main réconfortante sur son épaule.

— Ne vous blâmez pas. Beaucoup de personnes cachent leur souffrance. L'important maintenant est d'être là pour lui.

Liana hocha la tête, déterminée.

— Nous serons là. Nous ferons tout pour l'aider à traverser cette épreuve.

Le médecin sourit légèrement.

— C'est exactement ce dont il a besoin. Votre soutien sera essentiel dans sa guérison.

Après un moment, l'infirmière revint.

— Vous pouvez le voir maintenant, mais il est encore très faible.

Liana et Alix entrèrent dans la chambre, le cœur lourd.

— Maxime, tu es réveillé, murmura Liana, les larmes aux yeux.

Il tourna lentement la tête vers elle, une expression de regret traversant son visage.

— Je suis désolé…

Alix saisit sa main, la serrant avec douceur.

— Ne t'excuse pas, Maxime. L'important, c'est que tu sois là avec nous.

Les jours suivants furent dédiés à la récupération physique de Maxime. Cependant, une tension persistait, une conversation non dite flottant dans l'air. Un après-midi, alors que Liana était seule avec lui, elle décida d'aborder le sujet.

— Maxime, je sais que c'est difficile, mais peux-tu me dire ce qui t'a poussé à… faire ça ?

Il détourna le regard, fixant un point invisible sur le mur.

— C'est… c'est maman. Son absence me pèse tellement. Et avec papa… enfin tu vois. Rien ne s'est passé comme je le souhaitais.

Liana sentit son cœur se serrer.

— Pourquoi ne nous as-tu rien dit ? Nous sommes là pour toi.

Maxime haussa les épaules, une larme roulant sur sa joue.

— Je ne voulais pas être un fardeau.

Liana prit une profonde inspiration, cherchant les mots justes.

— Tu n'es pas un fardeau, Maxime. Nous t'aimons. Mais nous devons trouver une solution pour que tu te sentes mieux.

Il hocha lentement la tête.

— Je… je pense que parler à quelqu'un pourrait m'aider. Une psychologue, peut-être.

Un sourire doux éclaira le visage de Liana.

— C'est une excellente idée. Nous te soutiendrons dans cette démarche.

Quelques jours plus tard, après des discussions avec les médecins, il fut convenu que Maxime rentrerait à la maison. Le jour de sa sortie, une atmosphère mêlée de joie et d'appréhension régnait.

De retour chez eux, Maxime s'arrêta sur le seuil, inspirant profondément l'air familier.

— C'est bon d'être à la maison, murmura-t-il.

Alix posa une main sur son épaule.

— Nous sommes heureux de te retrouver ici.

Liana s'approcha, un sourire encourageant sur les lèvres.

— Nous allons traverser cela ensemble, Maxime. Un jour à la fois.

Il les regarda, une lueur d'espoir dans les yeux.

— Merci. Je vous promets que je ne recommencerai plus.

Les jours qui suivirent furent marqués par des rendez-vous chez la psychologue, des conversations profondes et une volonté commune de reconstruire. Maxime retourna même à l'école . Il allait beaucoup mieux et ensemble, ils savaient qu'ils pouvaient surmonter les épreuves.

CHAPITRE 12

Les journées de Liana étaient rythmées par les cours, les devoirs et ses moments avec Nathan. Depuis son entrée au lycée, elle s'accrochait avec détermination. Les épreuves qu'elle avait traversées lui avaient forgé un caractère de battante, et elle ne comptait pas laisser son avenir lui échapper. Elle voulait devenir journaliste. Elle se voyait déjà parcourir le monde, poser des questions percutantes, écrire des articles engagés. Ses professeurs la soutenaient, admirant sa rigueur et sa curiosité naturelle.

Son petit cocon familial était bien différent de celui qu'elle avait connu. Vivre avec Alix et son compagnon n'était pas toujours simple. Alix était stricte et organisée, exigeant que tout soit en ordre et que les règles soient respectées. Pas de sorties à l'improviste, pas de retard sans prévenir.

Un soir, alors qu'elles rangeaient la cuisine après le dîner, Liana se risqua à poser une question :

— Dis, Alix… est-ce que je pourrais sortir vendredi soir ? Y a une soirée avec des potes du lycée.

— C'est où ? Avec qui ? Et tu rentres comment ? répondit sa sœur, les bras croisés.

— C'est chez une fille de ma classe, elle habite pas loin. Nathan sera là, il pourra me ramener.

— Nathan, Nathan… souffla Alix en levant les yeux au ciel. Ça devient sérieux, entre vous ?

Liana rougit légèrement. Peut-être…

Alix hésita, puis soupira. Bon… mais pas après minuit. Et si y a un problème, tu m'appelles.

— Merci, promis !

À l'inverse, chez Estelle, l'ambiance était bien plus détendue. Un jour où elles s'étaient retrouvées toutes les trois après les cours, Estelle lança en riant :

— T'as de la chance de pas être chez nous, Liana. Hier soir, on a fait une soirée crêpes jusqu'à minuit, et Adèle nous a même laissé boire un peu de cidre.

Liana sourit en secouant la tête. Ouais, ben chez Alix, si je ne fais pas mon lit un jour, j'ai droit à un regard noir jusqu'au lendemain.

— T'inquiète, c'est pour ton bien, la taquina Estelle. Mais franchement, tu veux vraiment devenir journaliste ?

— Ouais, carrément ! J'adore écrire et poser des questions. J'ai envie de raconter des histoires, des vraies.

— C'est trop bien, approuva Estelle. Moi, je ne sais même pas encore ce que je veux faire…

Dans ce quotidien bien réglé, Nathan était son échappatoire. Ils se retrouvaient aussi souvent que possible, partageant des moments de complicité. Un après-midi, alors qu'ils traînaient au parc, il lui prit la main et déclara, les yeux pétillants :

— J'ai envie qu'on passe un week-end ensemble, juste toi et moi. Ça te plairait ?

— Un week-end ? Sérieux ? Liana sourit timidement. T'as une idée d'où ?

— On pourrait aller à la mer ou à Paris… ou même juste prendre une chambre quelque part, histoire de souffler.

L'idée fit battre son cœur plus vite. Passer du temps avec lui, loin de tout…

Leur relation évolua naturellement, jusqu'à ce soir où tout bascula. C'était une première pour eux deux, un moment d'intimité où l'appréhension laissa place à la tendresse.

Nathan était doux, attentionné, et elle se sentit en confiance. Après cela, ils étaient plus proches que jamais.

Mais malgré cette bulle de bonheur, Liana savait qu'elle devait se débrouiller financièrement.

Un soir, lors du dîner, elle déclara :

— J'ai décidé de me trouver un boulot.

Alix la regarda, surprise. T'as le temps pour ça avec les cours ?

— J'en ai besoin, répondit-elle avec sérieux. Je veux passer mon permis, et je veux le payer moi-même.

Alix hocha lentement la tête, son regard s'adoucissant. Si c'est vraiment ce que tu veux… mais ne néglige pas tes études.

Et ainsi, chaque week-end, Liana enchaîna les heures en tant que serveuse le vendredi et le samedi soir, et caissière le dimanche matin. Le rythme était épuisant, mais elle tenait bon. Elle économisait chaque centime pour payer son permis, étape par étape.

Elle décrocha son code du premier coup. Une petite victoire qui la rapprochait un peu plus de l'indépendance dont elle rêvait.

L'année de terminale était bien entamée, et Liana sentait le poids des décisions à venir peser sur ses épaules. Nathan était toujours là, fidèle et amoureux. Ses cours de conduite avançaient bien, et elle voyait enfin le bout du tunnel pour son permis. Mais ce qui l'occupait le plus, c'était son avenir.

Elle avait toujours voulu être journaliste. Depuis toute petite, elle aimait écrire, poser des questions, raconter des histoires. Alors, elle avait commencé à se renseigner sur les écoles de journalisme. Mais plus elle avançait dans ses recherches, plus un obstacle lui sautait aux yeux : l'argent.

Un soir, après le dîner, elle s'installa sur le canapé avec son ordinateur et soupira en regardant les frais de scolarité des grandes écoles.

— Encore en train de fouiller sur les écoles ? demanda Alix en s'asseyant à côté d'elle.

— Ouais… Elle montra l'écran à sa sœur. Regarde ça. C'est hors de prix.

— Tu pourrais demander un prêt étudiant, non ?

Liana secoua la tête. Je ne veux pas commencer ma vie avec une dette sur le dos. Et même avec un prêt, faut payer le loyer, la bouffe…

Alix croisa les bras, réfléchissant. Et alors, tu fais quoi ? Tu baisses les bras ?

— Bien sûr que non. Mais faut que je trouve une autre solution.

Le lendemain matin, alors qu'elle buvait son chocolat chaud, elle feuilleta distraitement un journal local. Une petite annonce attira son attention :

"Famille franco-anglaise vivant en Angleterre recherche jeune fille au pair. Logée, nourrie, rémunération intéressante. Possibilité d'améliorer son anglais. Début en juillet."

Son cœur rata un battement. L'Angleterre ?

Elle replia le journal et le glissa dans son sac, son esprit en ébullition. L'idée lui sembla d'abord folle. Partir à l'étranger, seule, loin de tout ce qu'elle connaissait… Mais plus elle y pensait, plus ça faisait sens. Elle n'avait pas de famille à charge, pas d'appartement à payer. Elle pourrait apprendre l'anglais, s'ouvrir à un nouveau monde. Et qui sait ? Peut-être que cette expérience lui ouvrirait d'autres portes.

Le soir même, elle en parla à Nathan alors qu'ils marchaient dans le parc.

— L'Angleterre ? Sérieusement ? fit-il en s'arrêtant net.

— Pourquoi pas ? répondit-elle en haussant les épaules. Je n'ai pas les moyens de faire une école ici. Je pourrais bosser là-bas, apprendre l'anglais, et peut-être revenir avec un meilleur bagage.

Nathan la fixa un instant, visiblement troublé. Mais... et nous ?

Liana baissa les yeux. Elle savait que ce sujet allait être délicat.

— Je t'aime, Nathan. Mais je dois penser à mon avenir.

— Et moi, je fais quoi, si tu pars ?

Elle sentit son cœur se serrer. Elle tenait à lui, mais elle refusait de renoncer à ses ambitions.

Quelques jours plus tard, elle en parla aux jumelles et à Estelle.

— T'es vraiment prête à partir seule, comme ça ? demanda Adèle, sceptique.

— Oui. Je n'ai rien qui me retient ici.

— Nous, on est là, quand même, intervint Estelle avec un sourire triste.

Liana prit sa main. Je sais... Mais je veux voir autre chose. J'ai besoin de ça.

Finalement, après plusieurs jours d'hésitation, elle envoya un e-mail à la famille franco-anglaise.

Les jours passent, et Liana ne peut s'empêcher de jeter un œil à sa boîte mail. Enfin, un message apparaît. Elle le lit avec avidité, et son cœur s'emballe en découvrant que la famille franco-anglaise l'accepte pour une semaine d'essai en tant que fille au pair. « Ça y est, c'est le moment de voir si cette aventure est faite pour moi », pense-t-elle, un sourire rayonnant sur son visage.

Le jour de son départ arrive. Dans l'avion, elle repense à tout ce qu'elle a traversé, à la vie qu'elle a reconstruite avec ses sœurs. Elle se sent prête à embrasser un nouveau chapitre. À son arrivée en Angleterre, elle est accueillie par une famille charmante, qui l'emmène dans leur maison. Les enfants, une petite fille de quatre ans et un garçon de deux ans, l'accueillent avec enthousiasme.

— Bonjour, Liana ! On va bien s'amuser ! s'exclame la petite fille en lui faisant un grand sourire. Liana sourit, se sentant déjà appréciée.

Au cours de la semaine, Liana s'investit pleinement dans son rôle. Elle joue avec les enfants, les emmène au parc, et même prépare des gâteaux avec eux. Les rires résonnent dans la maison, et elle réalise qu'elle aime vraiment être en contact avec ces enfants. Chaque jour, elle apprend un peu plus sur leur culture, sur leur mode de vie, et sur l'anglais. À la fin de la semaine, la famille lui annonce qu'ils souhaitent qu'elle rejoigne leur foyer officiellement.

— Nous serions ravis de t'accueillir, Liana. Tu es parfaite pour notre famille !

Liana rentre en France, le cœur léger, impatiente de partager cette nouvelle avec ses sœurs. Elles l'écoutent avec admiration, le regard brillant d'excitation.

— Tu es incroyable, Liana ! s'écrie Estelle.

— Tu vas vivre une aventure de dingue !

De retour à la réalité française, Liana s'attaque à ses examens. En mai, elle passe son permis de conduire et l'obtient du premier coup. C'est un moment de triomphe, qu'elle célèbre avec ses sœurs et Nathan autour d'un bon repas.

— À nous les balades en voiture ! dit Maxime en riant.

Ensuite, c'est le moment de se préparer pour le BAC. Les semaines sont remplies de révisions, de stress, mais aussi de rires et de soutien entre amis. Liana jongle entre ses études et son travail de serveuse, mais elle garde le cap. Les épreuves approchent, et avec elles, l'angoisse. Elle se rappelle de ses rêves de devenir journaliste, et cette pensée la pousse à persévérer.

Puis vient le 2 juillet, le jour des résultats. La nuit précédant l'annonce, Liana ne trouve pas le sommeil. Elle tourne et se retourne dans son lit, se remémorant ses efforts. Finalement, le lendemain, elle se rend au lycée avec ses sœurs. L'atmosphère est électrique.

Lorsque son nom est enfin appelé, elle se fige, le cœur battant. Elle déchire l'enveloppe et lit les mots tant attendus : « Félicitations, vous avez réussi votre BAC ! » Un cri de joie s'échappe de ses lèvres, suivi de l'éclat de rire de ses sœurs. Elles se tombent dans les bras, célébrant cette étape qui les rapproche encore un peu plus de leur avenir.

— C'est incroyable, Liana ! Tu es prête pour ta nouvelle vie ! dit une des jumelles, les yeux brillants de fierté. La joie se propage dans la maison, et Liana sait qu'elle est à un tournant de sa vie.

Avec le BAC en poche, son départ pour l'Angleterre approche, et elle se sent prête à conquérir le monde. « Je vais réaliser mes rêves », se promet-elle en regardant le ciel, pleine d'espoir pour l'avenir.

Le jour du départ de Liana pour l'Angleterre est enfin arrivé. Le soleil brille sur la ville, mais dans son cœur, elle ressent une mélancolie. Sa famille est rassemblée dans le jardin, prête à lui dire au revoir. Estelle, Maxime, Amélia , Malo et les jumelles sont là, leurs sourires masquant à peine leur tristesse.

— C'est le début d'une nouvelle aventure, Liana ! dit Amélia, le regard plein de fierté.

Liana embrasse chacune de ses sœurs, se promettant de rester en contact.

— Je vous enverrai plein de photos et de nouvelles, je vous le promets ! s'exclame-t-elle, la voix tremblante. Elle ressent la chaleur de leur soutien, mais une partie d'elle sait qu'elle laisse derrière elle une vie qu'elle a tant aimé.

Alors qu'elle se prépare à monter dans le taxi, elle aperçoit Nathan au loin, son cœur se serre. Il s'approche, un sourire timide sur les lèvres. Leur relation a été une source de joie dans sa vie, mais aujourd'hui, la réalité de leur séparation pèse sur eux comme un nuage sombre.

— Liana… commence-t-il, la voix empreinte d'émotion.

— Je suis tellement fier de toi. Tu vas réaliser de grandes choses, j'en suis sûr. Ses yeux brillent d'admiration, mais aussi d'inquiétude.

— Je sais, mais… Liana hésite, cherchant les mots justes.

— Tu vas me manquer. Une larme glisse sur sa joue, et Nathan la prend dans ses bras. Elle sent sa chaleur, son parfum, et cette étreinte semble suspendre le temps.

— Promets-moi que tu m'écriras. Que tu ne m'oublieras pas. murmure Nathan, la voix tremblante.

— Je t'attendrai, quoi qu'il arrive.

— Je te le promets, Nathan, répond Liana, bien qu'elle sache que la distance compliquera leur relation. Leur amour a été pur et sincère, mais elle sent qu'elle doit suivre son chemin, même si cela signifie laisser une partie d'elle-même derrière elle.

Le taxi klaxonne, et le chauffeur l'invite à monter. Elle se retourne, balayant la scène du regard, gravant dans sa mémoire chaque sourire, chaque regard inquiet.

— Je vais y arriver, Nathan ! crie-t-elle, sa voix pleine de détermination, mais aussi de tristesse.

Elle monte dans la voiture, le cœur lourd, et le taxi s'éloigne lentement. À travers la fenêtre, elle aperçoit Nathan, debout, les bras ballants, son expression une mélancolie profonde. Elle se force à sourire, mais les larmes coulent maintenant librement.

« Je ne peux pas tourner le dos à mon rêve, » se dit-elle, mais l'angoisse de la séparation la ronge. Quelles seront les conséquences de ce choix ?

Le paysage défile à toute vitesse, et alors qu'elle s'éloigne de son passé, Liana ressent un mélange de joie et de tristesse. Elle est sur le point de commencer une nouvelle vie, mais une partie de son cœur restera toujours en France, avec sa famille…et avec Nathan.

Alors qu'elle regarde par la fenêtre, son esprit est déjà tourné vers l'avenir. « Je vais devoir être forte. » se murmure-t-elle.

Le taxi tourne au coin de la rue, et la silhouette de Nathan disparaît peu à peu, mais son image reste gravée dans son cœur. Elle sait que cette aventure l'attend, et même si l'avenir est incertain, elle est prête à l'affronter.

Dans son esprit, une nouvelle histoire commence, mais elle sait que son amour pour Nathan la suivra, l'inspirant à chaque pas. « À bientôt, Nathan. » souffle-t-elle en fermant les yeux, prête à embrasser son destin.

CHAPITRE 13

L'aéroport lui semblait étrangement familier cette fois-ci. Plus de stress à l'idée de prendre l'avion, plus de nervosité face aux annonces en anglais qui résonnaient dans les haut-parleurs. Liana savait déjà comment ça fonctionnait. Son premier voyage à Londres, quelques mois plus tôt, lui avait permis de se faire une idée du trajet et de la famille qui l'attendait à l'arrivée.

Mais aujourd'hui, tout était différent. Ce n'était plus une simple visite. Elle ne repartait pas dans quelques jours. Cette fois, elle quittait tout pour de bon.

Elle resserra la lanière de son sac et prit une profonde inspiration. Son vol était appelé à l'embarquement. Pas de retour en arrière. Elle monta à bord et s'installa près du hublot, regardant distraitement les passagers prendre place. Lors du décollage, elle sentit toujours cette sensation étrange dans l'estomac, mais ce n'était plus la peur. Juste une montée d'adrénaline, un mélange d'excitation et d'appréhension.

Après un vol sans encombre, l'atterrissage à Londres-Gatwick se fit en douceur. Liana récupéra rapidement ses affaires et se dirigea vers la sortie, cherchant du regard les visages familiers.

Et là, elle les vit. Caroline et Marc, postés près des barrières, lui adressèrent un large sourire en la voyant arriver.

— Liana ! s'exclama Caroline en l'attrapant dans une étreinte chaleureuse.

— Hello ! répondit-elle avec un sourire, soulagée de retrouver des visages connus.

Marc, plus réservé, lui adressa un signe de tête amical avant de prendre sa valise.

— Le vol s'est bien passé ? demanda Caroline en récupérant son sac.

— Oui, très bien, c'était rapide.

— Super ! Allez, en route, tu dois être fatiguée.

Ils sortirent de l'aéroport et rejoignirent la voiture. Liana s'installa à l'arrière, regardant défiler les paysages anglais qu'elle commençait à reconnaître. Tout lui semblait à la fois familier et étrangement nouveau. Elle avait déjà vu ces routes, ces panneaux, ces maisons en briques rouges… mais aujourd'hui, elles prenaient un autre sens. C'était ici qu'elle allait vivre désormais.

Après une heure et demie de trajet, ils arrivèrent enfin à Portsmouth. L'odeur de l'air marin pénétra immédiatement dans l'habitacle, et Liana sourit. Ce détail, elle ne l'avait pas oublié.

— Contente d'être de retour ? demanda Caroline en la regardant dans le rétroviseur.

— Oui… un peu nerveuse, mais contente.

Ils s'arrêtèrent devant une maison qu'elle connaissait déjà bien : la demeure chaleureuse où vivaient Caroline, Marc et leurs deux enfants, Lily, 4 ans, et Thomas, 2 ans.

— Tu te souviens de la maison ? lança Marc en descendant du véhicule.

Liana hocha la tête.

— Oui, bien sûr.

Mais cette fois, un détail changeait tout.

Caroline lui fit signe de la suivre un peu plus loin, jusqu'à une petite maisonnette située à quelques rues.

— Et voici ton appartement. Il est juste à côté, comme ça, tu as ton indépendance tout en étant proche.

Liana poussa la porte et découvrit son nouveau chez-elle. Un espace simple mais confortable, avec un lit, une kitchenette, un bureau et une grande fenêtre donnant sur une ruelle calme.

Elle déposa son sac et se tourna vers Caroline et Marc, encore un peu déboussolée par tout ce qui lui arrivait.

— Oh, et avant que j'oublie… ajouta Marc en ouvrant le coffre de la voiture.

Il en sortit un vélo flambant neuf et le posa devant elle.

— Ça sera plus pratique pour aller à la maison ou te promener en ville.

Liana caressa le guidon du bout des doigts, un sourire se dessinant sur ses lèvres. Ils avaient pensé à tout.

— Merci… vraiment.

Caroline posa une main sur son épaule.

— Allez, repose-toi. Demain, tu verras les enfants et tu commenceras doucement. On est heureux de t'avoir avec nous.

Liana hocha la tête. Elle était officiellement là. Une nouvelle vie commençait.

***

Liana se réveilla dans son nouvel appartement, le soleil filtrant à travers les rideaux. Les souvenirs de la veille étaient encore frais dans son esprit : les sourires de Caroline et Marc, l'excitation de Lily et Thomas. Elle se redressa, le cœur battant d'impatience. Aujourd'hui, elle allait enfin les revoir.

Après un rapide petit-déjeuner, Liana enfila une tenue confortable, s'assurant d'être prête pour cette première journée avec les enfants. Elle avait l'impression que chaque instant était un nouveau pas vers cette vie qu'elle avait rêvée.

En sortant de son appartement, elle prit le temps d'admirer les alentours. Les maisons colorées de Portsmouth et l'air frais de la mer lui donnèrent un coup de fouet. Elle se dirigea vers la maison de Caroline et Marc, le chemin lui semblant déjà familier.

Arrivée devant la porte, elle frappa légèrement. Caroline ouvrit avec un sourire chaleureux.

— **Bonjour, Liana ! Les enfants sont impatients de te revoir !** Elle la fit entrer, et Liana sentit une vague de chaleur l'envahir.

Dans le salon, Lily et Thomas jouaient avec des blocs de construction. À la vue de Liana, les yeux de Lily s'illuminèrent.

— Liana ! Regarde ce que j'ai construit ! cria-t-elle en levant une tour colorée.

— C'est magnifique ! répondit Liana en s'accroupissant à côté d'eux. Thomas, d'un an son cadet, l'observait attentivement, ses petites mains serrant un bloc.

— Tu veux jouer avec nous ? demanda Lily, sa voix pleine d'enthousiasme.

— Oui, bien sûr ! Montre-moi comment faire ! Liana se laissa emporter par l'énergie des enfants, et elles commencèrent à empiler les blocs ensemble, créant des tours de plus en plus hautes.

Après un moment de jeu, Caroline entra avec des collations.

— Voici un petit goûter pour vous ! Elle déposa des biscuits et des fruits sur la table.

— Liana, tu veux les aider à préparer les assiettes ?

— Avec plaisir ! Liana se leva, se sentant de plus en plus à l'aise dans son rôle. Elle travaillait avec Caroline, discutant des goûts des enfants et apprenant à connaître les habitudes de la famille.

Lorsque le goûter fut prêt, elles s'assirent tous ensemble. Les enfants riaient et parlaient à tour de rôle, et Liana se joignit à la conversation, partageant quelques anecdotes de sa vie en France. Les enfants l'écoutaient avec fascination, surtout Lily qui semblait émerveillée par les histoires de croissants et de châteaux.

— Est-ce que tu vas nous apprendre à faire des croissants ? demanda Lily, les yeux brillants.

— Oui, bien sûr, dès que nous aurons le temps ! répondit Liana, un sourire aux lèvres. Elle aimait l'idée de partager une partie de sa culture avec eux.

Après le goûter, Caroline proposa une sortie au parc.

— Cela vous dit de vous promener un peu ? Liana approuva avec enthousiasme, ravie à l'idée d'explorer les environs avec les enfants.

Dans le parc, Liana poussa les enfants sur les balançoires, riant aux éclats avec eux. Elle se sentit totalement intégrée, comme si elle avait toujours fait partie de cette famille. Chaque sourire, chaque éclat de rire renforçait son lien avec Lily et Thomas.

Plus tard, alors qu'ils s'asseyaient sur l'herbe pour un pique-nique improvisé, Liana observa la scène autour d'elle. Le ciel était d'un bleu éclatant, et les rires des enfants résonnaient comme une douce mélodie. Elle se rendit compte qu'elle avait enfin trouvé sa place.

En rentrant à la maison, Liana était pleine de gratitude. Cette nouvelle vie s'annonçait

prometteuse, et elle était impatiente de découvrir tout ce que Portsmouth
avait à offrir.

***

Les premiers rayons du soleil filtraient à travers les rideaux, et Liana se réveilla avec une énergie nouvelle. Aujourd'hui, Caroline avait prévu une sortie en famille pour explorer Portsmouth. Les enfants étaient déjà excités, impatients de découvrir les merveilles de leur ville.

— Prêts pour l'aventure ? demanda Liana en rejoignant Lily et Thomas, qui avaient déjà enfilé leurs vêtements.

— Oui ! s'exclama Lily, sautillant sur place.

— On va voir le port, n'est-ce pas ?

— Exactement ! répondit Liana, souriant à leur enthousiasme. Caroline les rejoignit, leur donnant des petits sacs à dos remplis de collations et d'eau.

— Allons-y, alors !

Ils prirent le chemin du port, le bruit des vagues et l'odeur salée de la mer les accueillant. Liana ne pouvait s'empêcher de ressentir une excitation palpable. Le port était animé, avec des bateaux de toutes tailles flottant sur l'eau.

— Regarde, un grand bateau ! cria Thomas, pointant du doigt un navire de croisière amarré. Liana l'observa avec les enfants, sa curiosité grandissant.

Caroline les mena vers un petit café au bord de l'eau.

— Que diriez-vous d'un chocolat chaud avant d'explorer ? proposa-t-elle. Les enfants acquiescèrent avec enthousiasme, et Liana se joignit à eux pour déguster cette douceur réconfortante.

Assis sur la terrasse, ils observèrent les passants, les voiliers et le va-et-vient des bateaux de pêche. Liana se sentait de plus en plus intégrée à cette nouvelle vie. Elle partagea des histoires sur la mer Méditerranée, évoquant ses souvenirs d'enfance en France, captivant l'attention de Lily qui l'écoutait avec de grands yeux émerveillés.

Après cette pause, ils continuèrent leur promenade le long du port, s'arrêtant devant des boutiques de souvenirs. Liana proposa aux enfants de choisir un petit cadeau pour se souvenir de cette journée. Lily opta pour un porte-clé en forme de bateau, tandis que Thomas choisit une petite peluche d'un phoque.

En continuant leur exploration, ils arrivèrent à une plage. Le sable doré et les vagues qui s'écrasaient doucement sur le rivage étaient irrésistibles.

— On peut construire un château de sable ? demanda Lily, les yeux pétillants d'excitation.

— Oui, bien sûr ! répondit Liana, heureuse de participer à cette activité. Ils passèrent des heures à creuser et à modeler le sable, transformant leur création en un magnifique château, orné de coquillages ramassés tout autour.

— Regarde, Liana ! C'est notre château ! s'exclama Thomas, tout fier de son œuvre.

— Il est incroyable ! approuva Liana, ravie de voir à quel point les enfants s'amusaient.

Alors qu'ils prenaient une pause pour déguster des glaces, Liana réalisa combien cette journée était précieuse. Elle se sentit chanceuse d'être là, d'avoir l'opportunité de découvrir cette ville vibrante avec des enfants aussi adorables.

Le soleil commençait à se coucher, teintant le ciel de nuances roses et oranges. Caroline proposa de rentrer, mais Liana, inspirée par la beauté du moment, suggéra de faire une petite halte pour admirer le coucher de soleil sur la mer.

Ils trouvèrent un endroit idéal sur le sable, et Liana s'assit avec les enfants, les bras autour d'eux. Ensemble, ils regardèrent le soleil plonger lentement dans l'horizon, laissant place à la nuit étoilée.

— C'était la plus belle journée ! murmura Lily, la voix pleine d'émotion.

— Oui, c'était magique, ajouta Liana, se promettant de garder en mémoire chaque instant de cette nouvelle vie.

CHAPITRE 14

Le jour tant attendu de la rentrée scolaire était enfin arrivé. Liana se leva tôt, impatiente et un peu nerveuse. Lily et Thomas, quant à eux, étaient débordants d'énergie, sautillant autour de la maison en s'habillant.

— Est-ce que tu es prête pour ta première journée d'école ? demanda Liana en souriant à Thomas, qui peinait à enfiler ses chaussures.

— Oui ! répondit-il en serrant son sac à dos avec enthousiasme.

Après un petit déjeuner rapide, Caroline aida les enfants à se préparer. Liana, désireuse de soutenir Lily et Thomas, leur parla de l'importance de se faire de nouveaux amis et d'être courageux. Les enfants écoutaient attentivement, excités par cette nouvelle aventure.

Arrivés à l'école, Liana les accompagna jusqu'à la porte. Elle observa avec un mélange de fierté et d'inquiétude alors qu'ils s'engouffraient dans le bâtiment. Caroline lui fit un signe de la main, et Liana, avec un petit soupir, se tourna vers le chemin qui menait à son cours d'anglais.

Dans les semaines suivantes, Liana commença à prendre des cours d'anglais pendant que les enfants étaient à l'école. Elle s'inscrivit à un centre de langue local, impatiente d'améliorer ses compétences et de s'intégrer davantage dans cette nouvelle culture.

Les cours étaient animés et Liana fit rapidement connaissance avec d'autres apprenants de différentes nationalités. Elle se lia d'amitié avec une jeune femme, Camille, qui était également au pair et venait de France. Elles se mirent à discuter pendant les pauses, partageant des anecdotes sur leur vie en France et leurs expériences en tant qu'au pair.

— C'est tellement différent ici, mais j'adore découvrir tout ça ! confia Camille à Liana, un sourire sur le visage.

— Je pense que nous allons nous habituer ! affirma Liana.

Avec Camille, Liana se sentait plus à l'aise pour parler anglais, et ensemble, elles se soutenaient dans leur apprentissage. Elles décidèrent même d'organiser des échanges linguistiques, où elles pourraient parler en anglais et en français pour progresser dans les deux langues.

De retour à la maison, Liana racontait ses journées à Caroline, qui l'écoutait avec attention.

— C'est formidable de voir à quel point tu t'impliques ! lui dit-elle, ravie de son enthousiasme.

La semaine suivante, Liana participa à une réunion de parents d'élèves à l'école de Lily et Thomas. Elle était nerveuse à l'idée de rencontrer d'autres parents, mais se rappela que c'était une excellente occasion de nouer des contacts.

Lors de la réunion, Liana se présenta et se lia rapidement d'amitié avec d'autres parents, échangeant des conseils sur l'éducation des enfants et partageant des expériences. Elle se sentit de plus en plus intégrée et à l'aise dans ce nouvel environnement.

Les jours passèrent, et la routine se mit en place. Liana passait ses matinées à l'école de langue, apprenant et se faisant de nouveaux amis, tandis qu'elle attendait avec impatience les retrouvailles avec Lily et Thomas chaque après-midi.

Un jour, alors qu'elle sortait de cours, elle croisa Camille.

— Tu veux qu'on prenne un café ensemble ? proposa Camille, un sourire complice aux lèvres.

— Oui, avec plaisir ! répondit Liana, ravie de partager un moment avec une amie.

Ensemble, elles découvrirent un petit café charmant, où elles purent discuter de leur quotidien, de leurs aspirations et de leurs rêves. Liana se sentait chanceuse d'avoir trouvé une amie avec qui partager cette expérience d'expatriée.

Alors que la rentrée scolaire avançait, Liana comprit qu'elle avait fait un grand pas vers son intégration dans cette nouvelle vie. Chaque jour était une nouvelle occasion d'apprendre, de se faire des amis et de s'épanouir dans son rôle d'au pair.

***

La journée tant attendue de l'excursion scolaire était enfin arrivée. Liana avait été invitée à accompagner Lily et Thomas à la découverte d'un musée local, et elle était impatiente de vivre cette aventure avec eux. Les enfants, débordants d'excitation, avaient préparé leurs petits sacs à dos avec des collations et des bouteilles d'eau.

— Prête, Liana ? demanda Lily, son visage illuminé d'un sourire radieux.

— Plus que jamais ! répondit Liana, heureuse de partager ce moment avec eux.

En arrivant au musée, Liana était émerveillée par l'architecture du bâtiment. Les enfants, enjoués, couraient devant elle, impatients de découvrir les expositions. Une fois à l'intérieur, leur guide leur montra une collection d'objets historiques qui captivait l'attention de tous. Liana s'impliquait dans les explications, et elle pouvait sentir que les enfants appréciaient d'avoir leur au pair à leurs côtés.

Au fil de la visite, Liana se surprit à se réjouir de l'enthousiasme des enfants. Elle avait même l'impression de redécouvrir sa propre enfance à travers leurs yeux. Elle nota mentalement de leur poser des questions sur ce qu'ils avaient appris une fois de retour à la maison, afin de renforcer leurs connaissances.

Alors que la visite touchait à sa fin, Liana reçut une notification sur son téléphone. C'était un message de Nathan, son petit ami resté en France. « Coucou ! Comment ça se passe en Angleterre ? Je pense souvent à toi. » Un sourire se dessina sur son visage, mais il était rapidement remplacé par une légère inquiétude. Entre les cours d'anglais, les enfants et ses nouvelles responsabilités, elle n'avait plus autant de temps à consacrer à Nathan.

Liana répondit rapidement, lui racontant ses journées bien remplies, mais elle ne put s'empêcher de ressentir un vide. Elle souhaitait partager davantage avec lui, mais le rythme de sa nouvelle vie la laissait peu de temps pour des échanges prolongés. Elle se demandait si Nathan comprenait à quel point elle était occupée.

À la fin de l'excursion, les enfants étaient exténués mais heureux. Ils retournèrent à la maison, où Liana prit le temps de les interroger sur ce qu'ils avaient appris.

— C'était génial, Liana ! J'ai adoré les dinosaures ! s'exclama Thomas, ses yeux pétillants d'excitation.

Liana s'installa avec eux dans le salon, et ils dessinèrent ensemble ce qu'ils avaient vu au musée. Pendant qu'ils dessinaient, Liana reçut un nouvel appel de sa sœur, qui la tenait au courant des dernières nouvelles de la famille.

— Alors, comment ça va là-bas ? Tu te plais en Angleterre ? demanda sa sœur avec une voix pleine de chaleur.

— Ça va très bien ! Les enfants sont adorables et j'apprends beaucoup, mais je m'ennuie un peu de vous tous, avoua Liana, le cœur serré.

— On te manque ? Tu devrais prendre le temps de nous appeler plus souvent. On a hâte de te voir ! répondit sa sœur avec tendresse.

Liana promit d'essayer de trouver un moment pour discuter avec sa famille, mais elle savait que le temps filait vite. Après avoir raccroché, elle se sentit à la fois réconfortée par le soutien de sa famille et nostalgique de ses anciens repères.

La journée s'acheva avec un dîner en famille, où Liana partagea les moments forts de l'excursion. Caroline et Marc l'écoutèrent attentivement, ravis de voir leur au pair si engagée dans la vie de leurs enfants. Ce moment lui réchauffa le cœur, et elle réalisa qu'elle commençait à trouver sa place dans cette nouvelle famille.

Avant de se coucher, Liana envoya un dernier message à Nathan. « Tout va bien ici, j'espère que toi aussi. Je te raconterai plus de choses bientôt ! » Puis, elle éteignit son téléphone, prête à s'endormir avec un mélange d'excitation pour le lendemain et de tendresse pour sa famille restée en France.

La routine de Liana s'était progressivement installée dans son nouvel environnement. Chaque matin, elle préparait les enfants pour l'école, et chaque après-midi, elle s'occupait d'eux avec attention. Mais au fond d'elle, une envie d'explorer et de découvrir de nouveaux horizons grandissait.

Un vendredi soir, après une longue semaine, Camille l'invita à sortir.

— Viens, on va prendre un verre au café du coin, ça te changera les idées ! proposa-t-elle avec un sourire pétillant.

Liana hésita un instant, puis accepta avec enthousiasme. Elle avait besoin de se détendre et de socialiser. En arrivant au café, elle fut accueillie par une ambiance chaleureuse, avec des lumières tamisées et des rires qui résonnaient. Camille la présenta à quelques amis, et Liana sentit son cœur battre plus vite.

Elle fit rapidement connaissance avec Sophie, une autre au pair, et Lucas, un jeune homme qui vivait dans le quartier. Lucas avait un charme naturel, et ils échangèrent des sourires timides pendant qu'ils discutaient. Liana appréciait son humour et son accent anglais, qui ajoutait une touche de nouveauté à la conversation.

La soirée se déroula dans une atmosphère joviale. Ils parlèrent de tout et de rien, Liana se sentant de plus en plus à l'aise. Elle réalisa qu'elle pouvait vraiment se faire de nouveaux amis ici. Au fond d'elle, elle se surprenait à apprécier ce moment, loin de ses préoccupations habituelles.

— Ça fait du bien de sortir un peu, n'est-ce pas ? dit Camille en trinquant avec son verre. Liana acquiesça, reconnaissante de sa présence.

Les jours suivants, leur amitié se renforça. Avec Camille et leurs nouvelles connaissances, elles explorèrent la ville, visitant des marchés locaux, des parcs et même la plage. Liana adorait se perdre dans les rues pittoresques de Portsmouth, découvrant des boutiques uniques et des cafés charmants.

Lors d'une sortie à la plage, Liana et ses amis s'assirent sur le sable chaud, riant et se racontant des anecdotes. Lucas se rapprocha d'elle, partageant des histoires sur sa vie à Portsmouth. Liana se sentait captivée par sa façon de parler et par l'attention qu'il lui portait.

— Tu as une belle énergie, Liana. C'est agréable de passer du temps avec toi, lui dit-il avec un regard franc.

Ces mots résonnèrent en elle, ravivant une étincelle d'espoir qu'elle n'avait pas ressentie depuis longtemps. Bien que son cœur soit encore attaché à Nathan, elle commençait à envisager l'idée de se laisser porter par ces nouvelles expériences.

Mais dans le fond de son esprit, elle pensait souvent à sa famille. Lors de ces sorties, elle ne pouvait s'empêcher de se demander comment ils allaient. Les messages avec Nathan se faisaient de plus en plus sporadiques, et elle se rendait compte que le temps et la distance les éloignaient lentement.

À son retour à la maison, après une journée remplie de rires et d'amitié, Liana prit le temps de s'installer dans son petit appartement. Elle s'assit avec son téléphone à la main, hésitant avant d'envoyer un message à Nathan. « Salut, j'espère que tu vas bien. Je passe de bons moments ici, mais tu me manques. »

Elle attendit quelques instants, mais la réponse tarda à venir. Elle soupira, réalisant que sa vie changeait et que sa relation avec Nathan en pâtissait peut-être.

La vie quotidienne continuait, et Liana se sentait de plus en plus intégrée dans sa nouvelle vie. Mais elle savait qu'il lui fallait trouver un équilibre entre son passé en France et son présent en Angleterre, tout en explorant les possibilités qui s'offraient à elle.

CHAPITRE 15

Le samedi matin, Liana se leva avec une impatience palpable. Camille avait organisé un week-end entre amis dans un cottage à la campagne, et tout le monde était excité à l'idée de passer du temps ensemble. Cinq d'entre eux se rejoindraient : Liana, Camille, Lucas, Sophie et deux autres amis, Max et Emma.

Après avoir chargé la voiture avec des provisions, des jeux de société et quelques bouteilles, ils prirent la route, le rire et la musique remplissant l'habitacle. Liana se sentait légère, heureuse de laisser derrière elle la routine quotidienne.

Arrivés au cottage, situé dans un écrin de verdure, ils s'installèrent rapidement. L'endroit était charmant, avec des poutres en bois et une vue imprenable sur la campagne anglaise. Après avoir déposé leurs affaires, ils décidèrent d'explorer les environs.

En marchant sur les sentiers bordés d'arbres, Liana se mit à discuter avec Lucas, leur complicité grandissant à chaque pas. Ils échangèrent des anecdotes sur leur enfance, découvrant des points communs inattendus.

Lucas avait grandi dans une petite ville, tout comme Liana, et ils partageaient un amour pour la nature.

— Tu sais, je n'ai jamais vraiment eu l'occasion de voyager avant. C'est la première fois que je fais quelque chose comme ça , confia Liana, un sourire aux lèvres.

— C'est génial de s'ouvrir au monde. On a tellement de choses à découvrir ensemble , répondit Lucas, son regard soutenant le sien. Liana sentit une chaleur se répandre dans son ventre, réalisant à quel point elle appréciait sa compagnie.

Le reste de la journée fut rempli de rires et de jeux. Ils organisèrent un pique-nique dans un champ, où ils mangèrent des sandwiches et des fruits tout en discutant de leurs rêves et de leurs projets. La complicité entre Liana et Lucas devint de plus en plus évidente, les regards furtifs et les sourires échangés révélant un lien grandissant.

Le soir, autour d'un feu de camp, ils se racontèrent des histoires drôles et se défièrent dans des jeux de société improvisés. Liana se sentit chez elle, entourée de nouveaux amis, mais également de la tendresse qu'elle avait crue perdue. Lucas s'approcha d'elle, son regard sincère.

— Je suis vraiment content que tu sois ici. Tu apportes une belle énergie au groupe, dit-il en lui offrant un marshmallow grillé.

Liana remercia Lucas, ses joues s'empourprant. Ce moment, simple mais précieux, marquait le début d'une connexion plus profonde.

Le lendemain, ils décidèrent d'aller faire une randonnée. Le paysage était à couper le souffle, avec des collines verdoyantes et des fleurs sauvages. Liana et Lucas marchaient souvent côte à côte, échangeant des rires et des pensées.

À un moment donné, ils s'éloignèrent légèrement du groupe, trouvant un petit coin tranquille où ils purent s'asseoir pour admirer la vue. Liana regarda Lucas, son cœur battant plus fort.

— Merci de me montrer tout ça. Je me sens vraiment chanceuse d'être ici avec vous, dit-elle, sincère.

Lucas lui sourit, et Liana sut qu'il y avait quelque chose de spécial entre eux. En cet instant, elle oublia ses pensées sur Nathan, se laissant emporter par la magie de ce moment.

En rentrant au cottage, le groupe se mit à préparer un dîner ensemble, chacun apportant sa touche personnelle. Les rires résonnaient dans la cuisine alors qu'ils cuisinaient, partageant des recettes et des anecdotes de leurs cultures respectives.

La soirée se termina par des chants et des histoires près du feu, le lien entre Liana et ses nouveaux amis se solidifiant. Alors qu'ils s'asseyaient tous ensemble pour regarder les étoiles, Liana se sentait comblée, réalisant qu'elle commençait à construire une nouvelle vie pleine de promesses.

***

Les jours passèrent, et Liana s'immergea dans sa nouvelle vie à Portsmouth. Ses journées étaient remplies entre les enfants, les cours d'anglais, et ses sorties avec ses amis. Mais un soir, alors qu'elle se détendait dans son appartement, son téléphone vibra sur la table. C'était un message de Nathan.

« Liana, ça fait longtemps que nous n'avons pas parlé. Tu me manques. Quand est-ce que tu reviens ? »

Liana se sentit submergée par un mélange d'émotions. Bien qu'elle ait souvent pensé à Nathan, ses sentiments pour lui avaient commencé à changer. Au fil des semaines, son cœur s'était ouvert à de nouvelles expériences, et Lucas était devenu une présence réconfortante dans sa vie.

Elle ne savait pas quoi répondre. Nathan semblait s'accrocher à leur relation, mais elle avait l'impression de vivre une vie différente maintenant. Les messages continuèrent d'affluer, de plus en plus pressants :

« J'espère que tu penses à moi. Je me sens un peu seul sans toi. »

Au début, Liana lui répondait poliment, mais à mesure que les jours passaient, elle ressentait une pression de plus en plus forte. Un soir, alors qu'elle dînait avec ses amis, elle se mit à réfléchir à ce que cela signifiait vraiment. Elle ne voulait pas blesser Nathan, mais elle ne pouvait pas ignorer le lien croissant qu'elle partageait avec Lucas.

Le lendemain, alors qu'elle se promenait avec Lucas dans un parc, elle ressentit le besoin de se confier. Ils s'assirent sur un banc, entourés des cris joyeux des enfants qui jouaient à proximité.

Lucas l'observait attentivement, et elle sentit qu'il devinait déjà ce qui la préoccupait.

— Ça ne va pas, Liana ? demanda-t-il doucement.

Elle prit une profonde inspiration et commença à parler de Nathan, des messages qu'elle recevait et de l'incertitude qu'elle ressentait. Lucas l'écoutait sans l'interrompre, ses yeux pleins de compréhension.

— Je comprends que ce soit compliqué. Tu es ici pour vivre de nouvelles expériences, et c'est normal que tes sentiments évoluent, dit-il finalement.

Liana acquiesça, le cœur lourd.

— J'ai peur de le blesser. Mais en même temps, je ne peux pas revenir en arrière. Je suis heureuse ici.

Lucas lui prit la main, un geste à la fois tendre et réconfortant.

— Parfois, il faut faire des choix difficiles pour avancer. Tu mérites d'être heureuse.

Ce contact électrisa Liana. Elle se tourna vers Lucas, croisant son regard, et le monde autour d'eux sembla disparaître. L'attraction entre eux était indéniable, et elle ressentit une vague de chaleur en son for intérieur. Elle se rendit compte à quel point elle appréciait ces moments passés ensemble, leur complicité grandissante.

— Tu es vraiment une personne spéciale, Lucas , murmura-t-elle, son cœur battant plus fort.

Il se pencha légèrement vers elle, et leurs visages se rapprochèrent. Liana pouvait sentir son souffle chaud sur sa peau, et tout en elle semblait vibrer. Elle ferma les yeux un instant, se laissant porter par l'instant, avant de se ressaisir.

— Je… je devrais vraiment répondre à Nathan , dit-elle finalement, sa voix à peine audible.

Lucas laissa sa main retomber doucement.

— Je suis là pour toi, quelle que soit ta décision. Prends le temps qu'il te faut.

Liana se leva, son esprit troublé. Elle savait qu'elle devait prendre une décision. Au fur et à mesure qu'elle rentrait chez elle, elle réfléchit à la meilleure manière de gérer la situation avec Nathan. Le cœur lourd, elle s'assit sur son lit, le téléphone à la main, prête à écrire un message qui pourrait changer le cours de sa vie.

« Nathan, je pense qu'il est temps de parler. »

Elle hésita un instant, puis appuya sur "Envoyer", se sentant à la fois soulagée et anxieuse. Elle savait que ce choix marquerait un tournant dans sa vie, alors qu'elle commençait à réaliser qui elle était vraiment et ce qu'elle voulait pour l'avenir.

Les minutes s'étiraient alors que Liana attendait une réponse de Nathan. Elle ne pouvait s'empêcher de ressentir une certaine anxiété, ses pensées oscillant entre la culpabilité et le désir de liberté. Elle savait qu'elle devait clarifier les choses, mais l'idée de blesser Nathan la perturbait.

Finalement, son téléphone vibra à nouveau. C'était Nathan.

« Pourquoi tu me fais ça, Liana ? J'ai l'impression que tu t'éloignes de moi. »

Elle lut le message avec un sentiment de malaise. Elle n'avait pas l'intention de blesser Nathan, mais elle devait être honnête sur ses sentiments.

Prenant une profonde respiration, Liana répondit :

« Nathan, je suis désolée si je te donne cette impression. Je vis une nouvelle expérience ici, et cela me fait réfléchir. »

Après avoir envoyé le message, Liana tenta de se changer les idées en se rendant à la plage avec Lucas. Les vagues déferlaient sur le rivage, et l'air frais du bord de mer la réconfortait. En marchant, elle partagea avec Lucas ses réflexions sur Nathan, ses sentiments mélangés et ses doutes.

— C'est normal d'évoluer et de changer, Liana. Ce que tu ressens ici est vrai. Tu devrais te concentrer sur ce qui te rend heureuse, pas sur ce que tu penses que les autres attendent de toi , répondit Lucas, en jouant doucement avec les grains de sable entre ses doigts.

Ils s'arrêtèrent pour admirer le coucher de soleil. Les couleurs chaudes illuminaient le ciel, créant une atmosphère presque magique. Liana se tourna vers Lucas, et leurs regards se croisèrent à nouveau. Elle pouvait sentir une connexion palpable entre eux, un élan qui grandissait à chaque minute passée ensemble.

— Tu sais, je suis vraiment contente de t'avoir dans ma vie , confia-t-elle, son cœur battant la chamade.

Lucas sourit, et sans réfléchir, il prit doucement son visage entre ses mains.

— Et moi, je suis content que tu sois ici, Liana.

Leurs visages étaient si proches qu'elle pouvait sentir la chaleur de son souffle. Ce moment semblait suspendu dans le temps, et

Liana, emportée par l'élan du moment, s'approcha encore plus. Leurs lèvres se touchèrent dans un doux baiser, rempli de promesses et de nouvelles possibilités.

Elle ferma les yeux, savourant cette sensation de bonheur et de liberté. Quand ils se séparèrent, elle avait l'impression d'avoir fait un pas vers une nouvelle vie. Ce baiser avait apporté une clarté à ses sentiments. Elle devait être sincère, non seulement avec Nathan, mais aussi avec elle-même.

Le reste de la soirée se déroula dans une ambiance légère et joyeuse. Ils rièrent, partagèrent des histoires, et Lucas proposa de faire un feu de camp sur la plage. Liana se sentait bien, libre et pleine d'énergie. Elle réalisait qu'elle commençait à s'épanouir dans cette nouvelle vie.

À son retour chez elle, cependant, une légère appréhension l'envahit. Elle vérifia son téléphone et découvrit un message de Nathan, plus inquiet qu'auparavant.

« Tu me fais peur, Liana. Que se passe-t-il vraiment ? »

Elle savait qu'elle ne pouvait plus reculer. Elle se mit à rédiger un message soigneusement, déterminée à être honnête.

« Nathan, je pense que nous devons vraiment parler. Je vis une nouvelle vie ici, et je ressens que nos chemins prennent des directions différentes. J'ai besoin de temps pour moi-même. »

Une fois le message envoyé, Liana sentit un poids s'enlever de ses épaules. Elle était prête à affronter les conséquences de son choix, quel qu'en soit le prix. La relation avec Lucas, ainsi que sa nouvelle vie à Portsmouth, lui apportaient un bonheur qu'elle n'avait jamais connu auparavant.

Le lendemain matin, alors qu'elle se préparait à rencontrer les enfants, son téléphone vibra à nouveau. C'était un message de Lucas.

« J'espère que tu es prête pour une nouvelle journée d'aventures. Je t'attends au parc. »

Un sourire éclatant se dessina sur son visage. Elle savait qu'elle avait fait le bon choix. Avec Lucas à ses côtés et une nouvelle vie qui s'ouvrait à elle, Liana était prête à avancer.

La journée au parc fut une véritable bouffée d'air frais pour Liana. Le soleil brillait, et le rire des enfants résonnait dans l'air. Elle avait passé un moment merveilleux avec Lucas et les enfants, jouant au frisbee et savourant des glaces sous le ciel bleu.

Après avoir dit au revoir aux enfants, Liana et Lucas trouvèrent un coin tranquille à l'ombre d'un grand arbre. Ils s'assirent sur l'herbe, profitant de la douceur de l'après-midi. Lucas, d'un ton léger, commença à raconter des anecdotes amusantes sur sa vie et ses expériences.

— Une fois, j'ai essayé de cuisiner un plat français pour mes parents… ça a fini en désastre total ! dit-il en riant, sa bonne humeur contagieuse.

Liana rit avec lui, heureuse de le voir si détendu. Mais au fond de son esprit, la réalité de sa situation avec Nathan continuait de la hanter. Elle savait qu'elle devait faire face à son ex-petit ami et à l'inquiétude qu'elle lui avait causée.

— Et toi ? Quelles sont tes pires expériences ici ? lui demanda Lucas, ses yeux pétillants de curiosité.

Elle hésita un instant, se demandant par où commencer.

— Eh bien, je suppose que ma pire expérience a été de devoir m'éloigner de ma famille et de mes amis. Mais je pense que c'est aussi un moment de croissance pour moi.

Lucas la regarda intensément, puis dit doucement :

— C'est courageux de ta part. Ce n'est pas facile de tout laisser derrière soi.

Liana appréciait sa compréhension. Elle se sentit encouragée à partager davantage sur ses sentiments.

— Tu sais, je me sens un peu coupable de ce qui se passe avec Nathan. Je n'ai jamais voulu le blesser, mais je crois que je dois suivre mon cœur.

Lucas acquiesça, son regard sérieux.

— Tu n'as pas à te sentir coupable. Parfois, il faut faire des choix difficiles pour se protéger et grandir.

Leur conversation fut interrompue par un groupe d'amis qui s'approchait, riant et chahutant. Camille, qui était avec eux, fit signe à Liana de les rejoindre.

— Allez, on va faire un tournoi de volley-ball ! cria Camille avec enthousiasme.

Liana et Lucas se levèrent, et ensemble, ils se joignirent au groupe. Ce moment de camaraderie et de plaisir l'aida à oublier, ne serait-ce qu'un instant, les préoccupations qui pesaient sur son cœur.

En jouant, Liana réalisa à quel point elle était en train de tisser des liens solides avec ses nouveaux amis. Lucas était à ses côtés, et elle ne pouvait s'empêcher de sourire en le voyant s'amuser.

La soirée approchait, et alors qu'ils se dirigeaient vers un café local pour un dîner décontracté, Liana reçut un message de Nathan.

« **Je suis vraiment inquiet, Liana. Peux-tu me dire ce que tu ressens vraiment ?** »

Son cœur se serra. Elle savait qu'elle devait répondre, mais elle craignait de raviver des tensions. Cependant, elle comprit qu'elle ne pouvait plus ignorer sa demande.

« Nathan, je pense qu'il est temps d'avoir une conversation sérieuse. Je ne veux pas que tu t'inquiètes, mais je ressens que nous devons être honnêtes l'un envers l'autre », écrivit-elle, le cœur lourd.

Elle envoya le message et tenta de ne pas laisser ses pensées l'envahir. À sa grande surprise, Lucas l'observait, et il comprit que quelque chose la préoccupait.

— Tout va bien ? demanda-t-il, un regard de soutien dans ses yeux.

Elle hocha la tête, mais la vérité était qu'elle se sentait tiraillée entre deux mondes. L'avenir semblait incertain, mais une chose était claire : elle devait prendre les choses en main.

Le dîner au café se passa dans une ambiance agréable, avec rires et partages d'histoires. Liana s'épanouissait, et au fond d'elle, elle savait qu'elle avançait vers quelque chose de beau, malgré les tempêtes émotionnelles qui l'attendaient.

CHAPITRE 16

Le lendemain matin, Liana se réveilla avec une détermination nouvelle. Elle avait passé des nuits à réfléchir à sa situation avec Nathan et à sa relation naissante avec Lucas. Elle savait qu'elle ne pouvait pas ignorer ses sentiments plus longtemps.

Elle décida d'appeler Nathan. Le simple fait de composer son numéro lui fit monter une boule dans la gorge. Quand il répondit, sa voix trahissait une inquiétude palpable.

— Liana, est-ce que tout va bien ?

— Nathan, il faut qu'on parle, dit-elle, la voix ferme mais douce.

— Oui, bien sûr. Qu'est-ce qui se passe ?

Elle prit une profonde inspiration.

— Je suis désolée, mais je crois qu'il est temps pour nous de prendre un chemin séparé. J'apprécie vraiment tout ce que nous avons partagé, mais je sens que je dois me concentrer sur ma vie ici.

Il y eut un silence pesant au bout du fil. Liana pouvait presque entendre son cœur se briser.

— Je comprends, Liana. Mais ça me fait mal.

— Je suis désolée, Nathan. Je ne veux pas te blesser, mais je dois être honnête avec moi-même et avec toi.

La conversation se poursuivit, remplie d'émotions et de souvenirs partagés, mais Liana savait qu'elle avait pris la bonne décision. Elle se sentait plus légère après avoir mis des mots sur ses sentiments.

Une fois la conversation terminée, Liana se sentit prête à affronter la suite de sa vie. Elle se dirigea vers le parc où elle savait que Lucas l'attendait.

Quand elle le trouva, il la salua avec un sourire.

— Tu as l'air différente aujourd'hui, Liana. Tout va bien ?

— Oui, je me sens enfin prête à avancer, répondit-elle avec une étincelle dans les yeux.

Ils passèrent la journée à explorer la ville, profitant de chaque moment ensemble. Liana se rendit compte que sa connexion avec Lucas grandissait de jour en jour, et elle commençait à envisager un avenir plus lumineux à ses côtés.

Le soleil commençait à se coucher sur Portsmouth, projetant des ombres dorées sur le bitume tandis que Liana et Lucas se dirigeaient vers le parc. C'était l'un de ces après-midis où le temps semblait s'arrêter, et Liana ressentait une excitation qu'elle n'avait pas connue depuis longtemps. Ils avaient prévu de rejoindre leurs amis pour un pique-nique, mais avant cela, ils voulaient passer un moment rien qu'à eux.

— J'adore cet endroit, dit Lucas en s'étendant sur l'herbe. Liana s'assit à côté de lui, sentant la chaleur du soleil sur sa peau.

— Moi aussi, répondit-elle, admirant les nuages roses qui flottaient dans le ciel.

— C'est paisible ici.

Ils discutèrent de tout et de rien, partageant des rires et des anecdotes sur leurs vies. Au fil des semaines, leur complicité s'était renforcée. Lucas avait un sens de l'humour contagieux, et chaque éclat de rire la rapprochait un peu plus de lui.

Alors qu'ils se relevaient pour se diriger vers le groupe, Liana sentit un frisson d'anticipation. Ce week-end-là, ils avaient prévu une soirée barbecue chez Camille, où d'autres amis seraient présents. Liana avait hâte de montrer à Lucas à quel point elle appréciait sa présence dans sa vie.

La Soirée au Barbecue

La chaleur des flammes dans le barbecue illuminait les visages des amis de Liana alors qu'ils se regroupaient autour de la table. La musique résonnait dans l'air, créant une atmosphère festive. Camille accueillit tout le monde avec enthousiasme, et bientôt, ils étaient tous occupés à préparer des brochettes et des salades.

Liana se tenait près de Lucas, riant de ses blagues et savourant les instants partagés. Ils se lançaient des défis de cuisine, tentant de réaliser la meilleure brochette. Lucas, avec son charme naturel, avait rapidement su charmer tout le monde, mais pour Liana, c'était leur petite bulle qui comptait le plus.

— Si je perds ce défi, tu devras me faire un bisou, plaisanta Lucas en levant les sourcils, un sourire malicieux sur le visage.

— Ça a l'air d'un bon plan, mais je vais te laisser gagner, alors, répondit-elle en riant, le cœur battant un peu plus fort à l'idée d'un geste aussi simple, mais plein de sens.

Les Sorties en Groupe

Les semaines suivantes, leur cercle d'amis s'agrandissait. Ils exploraient la ville ensemble, partageant des moments inoubliables. Entre les sorties à la plage, les soirées de jeux de société et les visites de marchés, chaque jour offrait une nouvelle occasion de se rapprocher.

Liana se surprenait à chercher la main de Lucas dans la foule, à apprécier les éclats de rire qu'ils partageaient. Leur lien s'approfondissait, mais elle commençait aussi à ressentir une certaine pression, tiraillée entre ses nouvelles amitiés et son ancien monde.

***

Un soir, alors qu'ils rentraient d'un concert en plein air, Liana s'arrêta un moment, regardant les lumières de la ville scintiller au loin. Lucas s'arrêta à côté d'elle, curieux.

— Tout va bien ? demanda-t-il, son regard préoccupé.

— Oui, je pense juste à tout ce qui se passe dans ma vie en ce moment. C'est tellement différent d'avant, avoua-t-elle, le cœur lourd d'un mélange d'excitation et de nostalgie.

— Parfois, c'est bien de laisser le passé derrière soi, répondit Lucas doucement.

— Tu es ici maintenant, et c'est ce qui compte.

Il prit sa main dans la sienne, un geste simple mais qui réchauffa le cœur de Liana. Elle réalisa qu'elle avait la chance de vivre quelque chose de beau, même si cela impliquait de naviguer entre deux mondes.

***

Liana se tenait devant la fenêtre de son petit appartement à Portsmouth, admirant les lumières scintillantes qui ornaient les rues. La magie de Noël flottait dans l'air, mais une légère mélancolie l'accompagnait. C'était son premier Noël loin de sa famille, et même si elle était excitée de passer cette période avec la famille qui l'avait accueillie, une part d'elle ressentait le manque de ses sœurs et de sa mère.

Le jour de Noël, Caroline et Marc avaient préparé un grand repas. Les enfants, enjoués, couraient autour de la table, impatients de déballer leurs cadeaux. Liana s'était investie dans les préparatifs, décorant la maison avec des guirlandes et des boules colorées, essayant de recréer un peu de la magie de Noël qu'elle connaissait.

Au milieu des festivités, Liana prit un moment pour appeler sa famille. Ses sœurs étaient excitées, partageant leurs histoires de Noël, mais la voix de sa mère lui manquait terriblement. Liana écouta attentivement leurs récits, se sentant un peu à l'écart, mais aussi reconnaissante d'avoir trouvé une nouvelle famille.

— On pense à toi, Liana, lui dit Estelle.

— Profite bien de ton Noël, et n'oublie pas que tu es toujours dans nos cœurs.

Liana sourit à travers les larmes qui commençaient à s'accumuler dans ses yeux.

— Je vous aime, les filles. Je vais passer un bon moment ici.

Le Nouvel An approchait à grands pas, et Liana était impatiente de célébrer avec Lucas et ses amis. Ils avaient prévu une soirée dans un bar local, avec musique, rires et de bonnes résolutions pour la nouvelle année. Elle savait que cette soirée marquerait un tournant, une occasion de renforcer encore plus ses liens avec Lucas.

Lors de la soirée, l'ambiance était festive, les rires résonnaient alors qu'ils levaient leurs verres pour porter un toast à la nouvelle année. Liana se tenait près de Lucas, sa main entrelaçant la sienne, tandis que le compte à rebours se rapprochait. Quand le nouvel an frappa, ils échangèrent un regard complice et s'embrassèrent, un geste chargé de promesses et d'espoir.

Après les festivités, alors que la magie de Noël s'évanouissait lentement, Liana commença à réfléchir à son avenir. Son contrat avec la famille prendrait fin en juillet, et elle savait qu'elle devait prendre des décisions importantes. Souhaitait-elle continuer à vivre en Angleterre ? Poursuivre ses études ? Ou retourner auprès de sa famille ?

Lucas semblait vouloir approfondir leur relation, et Liana se sentait tiraillée entre ses sentiments pour lui et les obligations envers sa famille.

Liana décida de prendre le temps de réfléchir à ses options. Elle s'inscrivit à des cours d'anglais supplémentaires, non seulement pour améliorer son niveau, mais aussi pour se donner le temps de décider ce qu'elle voulait vraiment. Avec chaque jour qui passait, elle se rapprochait de Lucas, mais elle devait également rester fidèle à elle-même et à ses aspirations.

Alors qu'elle observait les lumières de la ville une nuit, elle se dit que l'année à venir serait celle des choix. Peu importe la direction qu'elle prendrait, elle voulait s'assurer que chaque pas la rapprocherait de la personne qu'elle désirait devenir.

CHAPITRE 17

Les semaines passèrent, et Liana s'était bien intégrée dans sa nouvelle vie. Avec Caroline et Marc, elle avait développé une relation de confiance. Ils appréciaient son aide avec les enfants, et elle se sentait comme un membre à part entière de la famille. Les rires et les jeux avec Lily et Thomas étaient devenus des moments précieux de sa journée.

Liana et Lucas, devenus officiellement un couple, passaient beaucoup de temps ensemble. Leurs sorties entre amis, les soirées tranquilles à discuter et les promenades sur la plage étaient autant d'occasions de renforcer leur lien. Mais comme souvent dans les relations, le bonheur apportait également son lot de tensions.

Un soir, alors qu'ils se retrouvaient chez Lucas, ce dernier annonça quelque chose qui bouleversa l'équilibre fragile de leur relation.
— Liana, j'ai une opportunité incroyable. Je vais partir en Australie pendant un an pour un programme de travail. J'aimerais que tu viennes avec moi, proposa-t-il, le regard pétillant d'excitation.

Liana se figea, son cœur se serrant. Elle aimait Lucas, mais l'idée de quitter son nouveau foyer, les enfants et sa vie en Angleterre l'effrayait.

— Je… je ne sais pas, Lucas. Mon contrat se termine en juillet, et je ne suis pas certaine de ce que je veux faire ensuite, balbutia-t-elle.

— Mais c'est une occasion unique ! Tu ne peux pas laisser passer ça juste parce que tu as peur, insista Lucas, un peu trop passionné à son goût.

Liana sentit la tension monter entre eux. Elle ne voulait pas décevoir Lucas, mais elle ne pouvait pas ignorer ses propres incertitudes.

— Ce n'est pas juste une question de peur, Lucas. C'est ma vie ! J'ai des responsabilités ici. Et si je partais, que deviendraient les enfants ?

Lucas se renfrogna.

— Tu te mets trop de pression. Pourquoi ne peux-tu pas juste être à l'aise avec l'idée de vivre de nouvelles expériences ?

Les mots de Lucas résonnèrent en elle, mais ils ne faisaient qu'intensifier son stress. Elle savait qu'il avait raison sur certains points, mais le sentiment de devoir choisir entre son avenir et son amour la mettait mal à l'aise.

— Peut-être que tu ne comprends pas ce que cela signifie pour moi de quitter tout ça. J'ai enfin trouvé ma place ici, et je ne peux pas juste abandonner tout ça, s'énerva-t-elle.

— Donc, tu préfères rester ici et te contenter de ce que tu as plutôt que de tenter quelque chose de nouveau ? rétorqua Lucas, sa voix s'élevant.

Leurs échanges devinrent de plus en plus houleux, et au fur et à mesure que la discussion progressait, ils se retrouvaient dans une impasse. Liana, en larmes, finit par quitter l'appartement, le cœur lourd.

De retour chez elle, Liana se laissa tomber sur son lit, les pensées en tourbillon. La dispute avec Lucas l'avait profondément troublée, et les émotions contradictoires qui l'envahissaient la forçaient à réfléchir à ce qu'elle désirait vraiment.

***

Les jours suivants, elle s'efforça de mettre de côté ses préoccupations pour se concentrer sur sa vie quotidienne. Elle jouait avec les enfants, aidait Caroline dans les tâches ménagères et assistait à ses cours d'anglais. Mais l'ombre de la dispute avec Lucas planait au-dessus d'elle.

À chaque message de Lucas, elle ressentait un mélange de colère et de désir. Elle savait qu'elle devait lui parler de ce qu'elle ressentait, mais l'idée de lui dire qu'elle n'était pas prête à partir en Australie la paralysait.

Finalement, après quelques jours de silence, Liana décida d'affronter la situation. Elle avait besoin de clarifier ses sentiments et de comprendre où elle se situait dans cette relation.

Elle prit une profonde inspiration et envoya un message à Lucas :

« Est-ce qu'on peut parler ? »

***

Liana avait passé la nuit à réfléchir. La dispute avec Lucas la hantait, mais elle savait qu'elle devait lui parler. Ce matin-là, après avoir pris un bon petit déjeuner avec les enfants, elle se sentit prête à affronter la situation.

Elle envoya un message à Lucas pour l'inviter à la retrouver dans un café près de chez elle. Quand il arriva, il avait l'air nerveux, comme s'il anticipait une conversation difficile.

— Merci d'être venu, commença Liana en prenant une gorgée de son café.

— Je pense qu'il est temps qu'on parle de notre situation.

Lucas hocha la tête, les yeux fixés sur elle.

— Je sais que ça a été tendu entre nous. Je ne voulais pas que ça arrive.

— Moi non plus, répondit-elle.

— Mais je ressens que tu es en train d'aller trop vite. Je comprends que partir en Australie est une opportunité incroyable, mais… nous sommes encore jeunes. Je ne suis pas sûre que ce soit le bon moment pour prendre une telle décision.

Lucas sembla surpris par sa réponse.

— Je pensais que tu serais excitée à l'idée de partir avec moi. C'est une expérience unique, et je ne veux pas que tu restes ici juste parce que tu as peur.

— Ce n'est pas une question de peur, Lucas, insista Liana, essayant de rester calme.

— J'ai vraiment aimé passer du temps avec toi, mais se disputer pour ça alors que nous sommes ensemble depuis peu, ça me semble… trop. Je veux construire quelque chose de solide avec toi, pas prendre des décisions impulsives.

Lucas baissa les yeux, réfléchissant à ses paroles.

— Tu as raison, admit-il enfin.

— Peut-être que j'étais trop pressé. J'ai juste pensé que tout était possible, et je voulais te partager ça.

— Je comprends, et je suis vraiment heureuse que tu envisages de nouvelles choses, mais je veux aussi être sûre de ce que je veux, dit Liana, espérant qu'il comprendrait sa position.

Après une longue discussion, ils convinrent que le mieux était de ne pas précipiter les choses. Ils avaient tous deux besoin de temps pour réfléchir à leur avenir, à leur relation, et à ce qu'ils voulaient vraiment.

Liana se sentait soulagée d'avoir mis ses pensées en mots. Même si elle avait encore des doutes, elle savait qu'une communication ouverte était essentielle pour avancer. Elle ne voulait pas perdre Lucas, mais elle ne voulait pas non plus se perdre dans une relation qui avançait trop vite.

***

Les jours suivants, ils prirent le temps de se redécouvrir, de sortir avec leurs amis et de passer du temps ensemble sans pression. Liana se sentait de nouveau plus à l'aise avec Lucas, et leur complicité semblait s'être renforcée.

Elle savait qu'ils avaient encore des défis à relever, mais pour l'instant, elle se concentra sur l'instant présent. Elle appréciait chaque moment avec lui, et sa relation avec Lucas semblait retrouver un équilibre.

Liana se tenait devant son miroir, un sourire radieux sur le visage. L'année écoulée à Portsmouth avait été bien plus qu'une simple expérience de fille au pair. Elle avait découvert non seulement une nouvelle culture, mais aussi une nouvelle version d'elle-même. Elle avait appris à s'adapter, à aimer et à être responsable. Mais au fond d'elle, elle savait qu'elle avait encore beaucoup à explorer.

C'est alors qu'une idée germa dans son esprit. Pourquoi ne pas prolonger cette expérience ? Londres, la grande ville, l'attirait de plus en plus. Elle avait toujours rêvé d'y vivre, d'explorer ses rues animées, de découvrir ses musées, ses théâtres et sa diversité culturelle. Après quelques recherches, elle décida de s'inscrire pour devenir fille au pair à Londres pour la rentrée scolaire prochaine.

« Une nouvelle aventure m'attend, » se dit-elle en se levant de son lit, la détermination la galvanisant. Elle commença à chercher des familles d'accueil sur des plateformes en ligne, lisant attentivement les profils, cherchant celle qui lui correspondrait le mieux.

Elle passa les jours suivants à se préparer mentalement et émotionnellement à ce nouveau chapitre de sa vie. Elle en parla à Lucas, partageant son excitation et ses appréhensions.

— Je pense que ce serait une belle opportunité pour moi, lui expliqua-t-elle.

— J'adore les enfants et j'aimerais vraiment découvrir une nouvelle ville.

Lucas l'écouta attentivement, bien qu'il ne puisse s'empêcher de ressentir une pointe de tristesse à l'idée qu'elle s'éloigne.

— Ça a l'air incroyable, Liana. Je te soutiens à 100%. Mais tu sais, je vais te manquer.

Elle sourit, touchée par son soutien.

— Tu me manqueras aussi, mais je veux que tu comprennes que c'est une étape importante pour moi comme pour toi avec l'Australie.

CHAPITRE 18

Liana s'installa devant son ordinateur, ajustant la caméra et vérifiant son micro une dernière fois. Son cœur battait plus vite que d'habitude, un mélange d'excitation et d'appréhension. L'appel vidéo avec Élisabeth, la mère de la famille londonienne, allait commencer d'une minute à l'autre. Elle inspira profondément, se rappelant qu'elle avait déjà vécu cette étape une première fois pour Portsmouth et que tout s'était bien passé.

L'écran s'illumina, et le visage d'Élisabeth apparut. C'était une femme élégante, au sourire chaleureux, qui dégageait une certaine assurance.

— Bonjour, Liana ! Ravie de te voir enfin en direct ! lança-t-elle avec enthousiasme.

— Bonjour ! Moi aussi, je suis contente de pouvoir discuter avec vous.

Élisabeth lui posa tout de suite quelques questions sur son expérience à Portsmouth. Liana expliqua qu'elle avait adoré s'occuper des enfants, que cette année lui avait appris énormément et qu'elle souhaitait continuer dans cette voie, mais en découvrant un nouvel environnement.

— Hampstead est un très beau quartier, tu verras. C'est un endroit calme, mais proche du centre de Londres. Et puis, tu auras une vraie indépendance, tout en faisant partie de la famille.

Élisabeth lui expliqua ensuite le fonctionnement de leur foyer. Son mari, James, était avocat et travaillait souvent tard, tandis qu'elle-même était journaliste et avait des horaires irréguliers. Ils avaient trois enfants : une adolescente de 16 ans, une petite fille de 4 ans et un garçon de 2 ans.

— Ton rôle principal sera de t'occuper des deux plus jeunes. Leur sœur est assez indépendante et a ses propres activités. Mais nous aimerions que tu sois une présence bienveillante à la maison.

Liana acquiesça en prenant quelques notes.

— Les journées seront bien rythmées, poursuivit Élisabeth. Le matin, il faudra aider à préparer les enfants, les accompagner à l'école et à la crèche. Ensuite, tu auras du temps libre jusqu'à leur retour. L'après-midi, il faudra les récupérer, jouer avec eux, les aider avec le bain et les repas. Et bien sûr, quelques tâches ménagères liées aux enfants.

Tout semblait clair et bien organisé.

— J'ai vu que tu voulais aussi prendre des cours d'anglais ? demanda Élisabeth.

— Oui, j'aimerais en suivre quelques-uns dans une école de langue, comme je l'ai fait cette année.

— C'est parfait. On peut organiser ton emploi du temps pour que tu puisses y aller sans problème.

La conversation continua encore un moment. Élisabeth se montrait avenante et posait des questions sur la personnalité de Liana, ses attentes, ses passions. Le courant passait bien.

Finalement, Élisabeth sourit et déclara :

— Nous avons déjà parlé avec d'autres candidates, mais honnêtement, tu me sembles être la bonne personne pour notre famille. J'aimerais beaucoup t'accueillir chez nous en août.

Liana sentit son cœur s'accélérer. C'était fait. Elle avait trouvé sa future famille à Londres.

— Vraiment ? Merci beaucoup ! J'en serais ravie !

— Super ! On se recontacte bientôt pour régler les derniers détails. En attendant, profite bien des derniers mois à Portsmouth !

L'appel se termina. Liana resta un moment assise, un sourire sur les lèvres. Elle était officiellement sur le point de commencer un nouveau chapitre de sa vie, à Londres cette fois.

***

Les jours suivant son entretien avec Élisabeth, Liana se sentait à la fois légère et fébrile. Elle avait officiellement un point de chute à Londres, un nouveau foyer à découvrir, mais il lui restait encore quelques mois à Portsmouth.

Parfois, en marchant le long du front de mer balayé par le vent, elle se surprenait à contempler cette ville qui lui avait tant apporté. Elle repensait à son arrivée, à la peur du départ, à l'excitation des premiers jours… et à tout ce qu'elle avait appris ici.

Un soir, attablée dans un pub avec Lucas et quelques amis, elle sentit une pointe de nostalgie l'envahir.

— Alors, tu es prête pour Londres ? demanda Lucas en sirotant sa bière.

— Je crois, oui. Enfin… disons que j'ai hâte, mais en même temps, ça fait bizarre de me dire que je vais quitter Portsmouth.

— Normal. Tu as passé un an ici, tu t'es fait une vie, fit remarquer Camille.

Liana hocha la tête. Elle savait qu'un nouveau départ l'attendait, mais elle ne pouvait pas s'empêcher de se demander si elle retrouverait le même sentiment d'appartenance ailleurs.

— Et toi, Lucas ? Tu en es où avec l'Australie ?

Il haussa les épaules, un sourire en coin.

— Ça avance. Je vais partir en septembre, normalement.

Liana sentit un pincement au cœur. Ils allaient tous les deux prendre des chemins différents, à l'autre bout du monde.

— Décidément, on est une bande de voyageurs, plaisanta-t-elle.

Ils trinquèrent à leurs futures aventures, mais au fond d'elle, Liana savait qu'une page était en train de se tourner.

***

Les jours s'égrenaient et, à mesure que le départ approchait, Liana profitait au maximum de ses derniers moments à Portsmouth. Elle enchaînait les sorties avec Camille, Lucas et les autres, savourant chaque instant comme si c'était le dernier.

Un soir, alors que le soleil couchant teignait le ciel de nuances orangées, elle et Lucas décidèrent de se retrouver seuls, comme au début de leur histoire. Ils marchaient le long de la plage, le bruit des vagues en fond, chacun perdu dans ses pensées.

— Ça y est, le grand départ approche, dit Lucas en brisant le silence.

— Ouais… Ça me fait bizarre. Mais j'ai hâte.

Il hocha la tête, regardant l'horizon.

— Moi aussi, l'Australie, ça me fait rêver. Mais ça fait bizarre de se dire qu'on va être à des milliers de kilomètres l'un de l'autre.

Liana tourna la tête vers lui. Depuis quelque temps, ils savaient tous les deux que leur relation ne tiendrait pas face à la distance. Ce n'était pas douloureux, juste une évidence.

— Tu sais… je crois qu'on doit être réalistes, dit-elle doucement.

Lucas esquissa un sourire triste.

— Ouais. On ne va pas se mentir, chacun va vivre sa vie.

Elle prit une inspiration.

— Alors, on reste amis ? On garde contact, et on verra où on en est quand on reviendra ?

Il marqua une pause, puis la regarda dans les yeux.

— Ouais. On fait ça.

Un silence s'installa, mais il n'y avait ni malaise ni regrets. Juste une sorte de paix.

— En tout cas, je suis content de t'avoir rencontrée, ajouta-t-il avec un sourire sincère.

— Moi aussi.

Ils continuèrent à marcher un moment, savourant cette dernière soirée ensemble. Puis, comme si de rien n'était, Lucas l'éclaboussa en courant vers l'eau.

— Oh, tu vas me le payer ! s'écria-t-elle en riant, se lançant à sa poursuite.

Ils coururent sur la plage comme deux gamins, laissant derrière eux tout ce qui aurait pu être compliqué. Ce soir, il n'y avait ni tristesse ni regrets, juste deux amis qui s'amusaient une dernière fois avant de prendre des chemins différents.

***

Les jours s'étaient enchaînés si vite que Liana n'avait pas vu le temps passer. Son départ approchait à grands pas, et avec lui, l'heure des adieux.

Même si elle ne vivait pas directement dans la maison de Caroline, elle y passait énormément de temps. C'était devenu son second foyer, un lieu où elle s'était sentie accueillie et où elle avait trouvé une certaine stabilité.

Les enfants semblaient excités par son départ, non pas parce qu'ils voulaient la voir partir, mais parce que tout changement était une aventure à leurs yeux.

— Tu reviens nous voir, hein ? demanda la plus jeune avec des yeux suppliants.

— Bien sûr, répondit Liana en lui ébouriffant les cheveux.

Caroline, avec qui elle avait tissé une relation de confiance, la prit à part un moment.

— Tu sais, on a eu de la chance de t'avoir cette année, Liana. Les enfants t'adorent, et moi aussi.

— Merci… Ça me fait bizarre de partir, avoua-t-elle.

— C'est normal. Mais tu as une belle aventure qui t'attend à Londres.

Elles échangèrent un sourire complice. Puis, comme si elle voulait alléger l'atmosphère, Caroline ajouta :

— Et puis, je suis sûre que la nouvelle fille au pair ne saura pas faire les crêpes aussi bien que toi.

Elles éclatèrent de rire.

Le jour du départ, alors qu'elle finissait de boucler ses valises dans son appartement, une petite enveloppe glissée sous sa porte attira son attention.

"Merci pour tout. Tu vas nous manquer. Reviens vite !"

Les enfants avaient dessiné des petits cœurs et des bonshommes maladroits, et elle sentit son cœur se serrer.

Quand l'heure arriva enfin, les au revoir furent pleins d'émotion. Elle enlaça les enfants un à un, accepta leurs dessins comme un trésor, et promit d'envoyer des nouvelles. Camille et Lucas étaient venus pour dire aurevoir à leur tendre amie.

Alors qu'elle partait avec sa valise, elle jeta un dernier regard en direction de la maison de Caroline et Marc.

Une page se tournait. Londres l'attendait.

CHAPITRE 19

L'aéroport bourdonnait de vie, un mélange de voyageurs pressés, d'adieux émouvants et d'excitation palpable. Liana, valise à la main, se tenait devant la porte d'embarquement, réalisant que c'était enfin le moment.

Elle avait déjà vécu un départ, mais cette fois, c'était différent. Elle savait à quoi s'attendre, mais l'idée de Londres lui donnait des frissons d'impatience.

Une dernière vérification de son passeport, une dernière pensée pour Portsmouth… puis elle monta dans l'avion.

Le vol passa rapidement, son esprit trop occupé à imaginer ce qui l'attendait. À peine les roues touchèrent-elles le sol londonien qu'un frisson d'adrénaline la parcourut.

Ça y est. Nouvelle ville, nouvelle famille, nouvelle vie.

Elle récupéra ses bagages et se dirigea vers la sortie, où elle devait retrouver Élisabeth. Repérant la femme élégante qui l'attendait avec un sourire chaleureux, elle inspira profondément avant de s'avancer.

— Liana ! Bienvenue à Londres !
— Merci ! Je suis ravie d'être là.

Élisabeth lui fit un signe de tête en direction du parking.

— Viens, on va te ramener à la maison.

Le trajet en voiture fut ponctué de discussions légères. Élisabeth lui expliqua encore quelques détails sur la famille, sur Hampstead, sur ce qui l'attendait. Liana observait les rues de Londres défiler à travers la vitre, impressionnée par l'énergie de la ville.

Enfin, elles arrivèrent devant une belle maison typiquement londonienne. Liana sentit son cœur battre un peu plus vite alors qu'elle sortait de la voiture.

— Prête à rencontrer tout le monde ? demanda Élisabeth en ouvrant la porte.

Un bruit de petits pas précipités se fit entendre avant même qu'elle n'ait pu répondre. La petite fille de quatre ans apparut dans l'entrée, fixant Liana avec curiosité.

— C'est toi, Liana ? demanda-t-elle d'une voix fluette.

— Oui, c'est moi, répondit-elle avec un sourire tendre.

Un éclat de rire résonna derrière la petite, et l'adolescente de seize ans fit son apparition, bras croisés mais l'air plutôt amical.

— Tu as survécu au voyage, alors ?

— On dirait bien, plaisanta Liana.

Élisabeth posa une main sur l'épaule de Liana.

— Installe-toi, fais comme chez toi.

Liana prit une grande inspiration.

L'aventure commence.

Liana pénétra dans la maison avec un mélange d'excitation et d'émerveillement. L'intérieur était spacieux et lumineux, avec de grandes fenêtres qui laissaient entrer la lumière du jour. Les murs étaient décorés de photos de famille, et l'ambiance dégageait une chaleur réconfortante.

Élisabeth la guida à travers les pièces.

— Voici le salon, où nous passons la plupart de nos soirées, expliqua-t-elle. Et là-bas, la cuisine, un véritable cœur de la maison.

Liana se laissa aller à admirer les détails : les meubles modernes, les touches personnelles que la famille avait ajoutées. Tout était à la fois chic et accueillant.

— Et à l'étage, c'est ta chambre, ajouta Élisabeth en grimpant les escaliers.

Elle ouvrit une porte pour révéler une belle chambre, décorée avec goût. Un grand lit, un bureau près de la fenêtre, et des étagères remplies de livres.

— C'est parfait, murmura Liana, touchée par l'attention portée à son espace.

— J'espère que tu te sentiras bien ici. N'hésite pas à personnaliser un peu si tu le souhaites, continua Élisabeth.

Liana se mit à explorer son nouveau sanctuaire. Sur la table de nuit, elle trouva une petite plante en pot et un carnet vide, prêt à être rempli de ses pensées.

En regardant par la fenêtre, elle aperçut le jardin, un vaste espace verdoyant avec des fleurs colorées et des jeux pour les enfants. À côté, un grand parc s'étendait, promettant des moments de découverte et d'aventure.

— Et juste à côté, il y a le parc où les enfants aiment jouer, précisa Élisabeth en suivant son regard. C'est un endroit idéal pour se balader ou pique-niquer.

Liana sourit, se sentant déjà attirée par ce nouvel environnement.

— Je vais l'explorer, j'en suis sûre !

Après un moment, Élisabeth lui proposa de prendre un thé au jardin.

— Ça te dirait ?

Liana acquiesça, reconnaissante de cette délicate attention. Elle se dirigea vers le jardin, où le soleil brillait, et s'installa sur une chaise confortable.

Liana avait hâte de passer du temps avec les enfants. Après le thé dans le jardin, Élisabeth lui proposa de les rejoindre dans le salon. La petite fille de quatre ans, Clara, était assise sur le tapis, entourée de poupées et de peluches. Tom, le petit garçon de deux ans, était occupé à empiler des blocs en bois.

— Regarde, Liana, je joue à la maison avec mes poupées ! annonça Clara avec enthousiasme.

— Oh, elles sont adorables ! s'exclama Liana, s'accroupissant pour se rapprocher d'elle. Tu as des noms pour tes poupées ?

Clara hocha la tête avec un sourire rayonnant.

— Oui, celle-ci s'appelle Sophie, et celle-là, c'est Lily. Veux-tu jouer avec nous ?

Liana, touchée par l'invitation, accepta avec joie. Elle s'installa à côté de Clara et commença à jouer, plongeant dans l'imaginaire de l'enfant. Les rires résonnaient dans la pièce, et Liana se sentit immédiatement à l'aise.

Tom, après avoir observé un moment, décida de les rejoindre. Il prit un bloc et le brandit, comme s'il avait fait une grande découverte.

— Regardez, c'est un dragon ! cria-t-il avec une fierté enfantine.

Liana éclata de rire.

— Oh, un dragon ? Que fait-il ?

— Il vole ! répondit Tom en faisant semblant de faire voler son bloc à travers la pièce.

La matinée passa rapidement, remplie de jeux et de rires. Élisabeth, s'assurant que tout se passait bien, observa avec un sourire, satisfaite de la complicité qui naissait entre Liana et ses enfants.

Vers midi, Élisabeth invita Liana à l'aider à préparer le déjeuner. Liana se leva, mais Clara l'attrapa par le bras.

— Tu restes avec moi, Liana ?

Liana se tourna vers elle, une douce mélancolie au cœur.

— Je reviens tout de suite, promets-moi que tu ne partiras pas !

— Promis !

La complicité avec Clara et Tom s'établissait plus vite qu'elle ne l'avait imaginé. Alors qu'elle se dirigeait vers la cuisine, elle se surprit à ressentir une nouvelle chaleur et une joie naissante.

Les premiers jours passèrent dans un tourbillon de rires, de jeux et de découvertes. Liana apprenait à connaître les habitudes de la famille, jonglant entre les repas, les sorties et les moments de calme. Chaque jour, elle se sentait un peu plus à l'aise dans son nouveau rôle.

Un après-midi ensoleillé, Élisabeth proposa une sortie au parc voisin. Liana se réjouit à l'idée d'emmener Clara et Tom profiter de l'extérieur. Enfilant des vêtements adaptés pour les enfants, elle les attacha dans leurs sièges de voiture et prit la route vers le parc.

Une fois arrivés, les enfants coururent vers l'aire de jeux, leurs rires résonnant dans l'air. Liana les suivit, le cœur léger. Clara se précipita vers les balançoires tandis que Tom se dirigeait vers un petit toboggan.

— Regarde, Liana ! s'écria Clara, se balançant aussi haut qu'elle le pouvait.

— Bravo ! Tu es comme un oiseau qui vole, Clara ! répondit Liana, encourageant son enthousiasme.

Après un moment, Liana rejoignit Tom au toboggan. Elle l'aida à grimper et, ensemble, ils glissèrent en riant.

— Encore ! encore ! demanda Tom, ses yeux brillants de joie.

Ils passèrent des heures à jouer, à explorer le parc et à faire des bulles de savon, créant une bulle de bonheur autour d'eux. Liana, émerveillée par la vivacité des enfants, se surprit à penser qu'elle avait trouvé sa place ici.

À la fin de la journée, alors qu'ils rentraient, Élisabeth lui demanda :

— Comment ça se passe jusqu'à présent ?

— C'est génial ! Les enfants sont adorables et pleins d'énergie. Je m'amuse beaucoup avec eux, répondit Liana avec un sourire.

— Je suis tellement contente de l'entendre. Ils ont besoin de quelqu'un comme toi dans leur vie.

Les mots d'Élisabeth résonnèrent en Liana, lui apportant un sentiment de validation et de chaleur. Alors qu'ils rentraient à la maison, Liana savait qu'elle était là pour apporter du bonheur à ces enfants et qu'elle recevait tout autant en retour.

Au fil des semaines, Liana s'habitua à son nouvel environnement. Les enfants prenaient de plus en plus confiance en elle, et elle apprenait à mieux les connaître. Clara, avec son imagination débordante, lui racontait des histoires incroyables, tandis que Tom, avec son énergie contagieuse, ne cessait de lui montrer ses nouvelles découvertes.

Un matin, alors que le soleil brillait dans le ciel, Élisabeth proposa une sortie à la bibliothèque. Elle pensait que cela permettrait à Liana de s'impliquer dans l'éducation des enfants tout en leur faisant découvrir de nouveaux livres.

— C'est une excellente idée ! s'exclama Liana. Clara adore les histoires, et Tom aime les livres avec des images.

Dans la voiture, Clara et Tom étaient impatients de découvrir la bibliothèque. Une fois sur place, Liana les guida à travers les rayons, leur montrant des livres colorés. Clara se précipita vers un coin avec des contes de fées, tandis que Tom choisissait des livres sur les animaux.

— Regarde, Liana ! Ce livre parle d'un dragon ! s'écria Tom, les yeux brillants d'excitation.

— Un dragon ? J'adore les dragons ! C'est une excellente sélection, Tom, répondit Liana en feuilletant les pages avec lui.

Alors qu'ils s'installaient pour lire, Liana se sentait comblée. Les enfants étaient captivés, leurs rires et leurs murmures emplissaient l'air.

Liana profita de ces instants pour leur poser des questions sur les histoires qu'ils lisaient, encourageant leur imagination et leur sens de la narration.

Après une heure à la bibliothèque, ils repartirent avec une pile de livres. Sur le chemin du retour, Clara demanda :

— Liana, tu peux nous lire une histoire ce soir avant de dormir ?

Liana acquiesça, un sourire aux lèvres. Elle adorait l'idée de créer un moment spécial avec eux, un rituel qui renforcerait leur lien.

Une fois rentrés à la maison, les enfants s'installèrent confortablement dans le salon avec leurs nouveaux livres. Liana se mit à lire à voix haute, sa voix résonnant dans la pièce, créant une atmosphère chaleureuse et accueillante. Elle savait que ces instants simples étaient précieux, des souvenirs qu'ils chériraient tous.

***

Les jours passèrent, rythmés par les rires, les histoires et les nouvelles découvertes. Liana s'était véritablement intégrée à la vie de la famille. Elle partageait des moments simples, mais riches de sens, avec Clara et Tom, qui semblaient chaque jour plus attachés à elle.

Un vendredi après-midi, Élisabeth annonça à Liana qu'ils avaient prévu une petite fête d'anniversaire pour Tom, qui allait avoir trois ans. Clara était impatiente d'organiser quelque chose de spécial pour son petit frère. Liana s'enthousiasma à l'idée de contribuer à cet événement.

— Que souhaites-tu faire pour son anniversaire ? demanda Liana à Clara.

— Des ballons, un gâteau au chocolat et des jeux ! s'exclama Clara, les yeux pétillants d'excitation.

Liana proposa de les aider à préparer la fête. Ensemble, elles commencèrent à faire des décorations, utilisant du papier coloré pour créer des guirlandes et des ballons en papier. Pendant ce temps, Tom était occupé à jouer dans le jardin, mais il revenait de temps à autre, curieux de savoir ce que sa sœur et Liana fabriquaient.

Le jour de l'anniversaire, la maison était remplie de ballons et de guirlandes. Élisabeth avait préparé un délicieux gâteau au chocolat, tandis que Liana avait organisé quelques jeux pour divertir les enfants. La fête commença avec les rires et les cris joyeux des petits amis de Tom qui arrivaient, apportant avec eux des cadeaux et une ambiance festive.

Liana se mit à l'écart un moment, observant la scène avec un sourire. Elle réalisa à quel point elle était heureuse ici, entourée de cette famille aimante. Les enfants jouaient, courant dans le jardin, riant et s'amusant. Clara et Tom, main dans la main, semblaient être les plus heureux du monde.

Alors que le gâteau était servi, Tom souffla ses bougies, et tout le monde applaudit. Liana, émue, sentit une chaleur se répandre dans son cœur. Elle savait qu'elle avait trouvé bien plus qu'un simple travail : elle avait trouvé une nouvelle famille.

À la fin de la fête, alors que les enfants s'endormaient, Liana s'assit sur le canapé avec Élisabeth.

— Merci pour cette journée incroyable. C'était magnifique de voir Tom si heureux, dit-elle sincèrement.

— Tu as joué un grand rôle dans cette joie, Liana. Les enfants t'adorent, et nous aussi, ajouta Élisabeth avec un sourire chaleureux.

Liana se sentit comblée, réalisant à quel point ces moments, si simples et pourtant si précieux, marquaient sa nouvelle vie à Hampstead.

Un samedi matin, alors que le soleil brillait à travers les fenêtres, Liana décida de faire une activité spéciale avec Clara et Tom. Elle avait pensé à leur apprendre à cuisiner une recette simple : des pancakes. Elle savait que les enfants adoreraient, et cela serait l'occasion de passer un moment agréable ensemble.

— Bonjour les enfants ! s'écria Liana en entrant dans la cuisine. Aujourd'hui, nous allons faire des pancakes !

Clara et Tom écarquillèrent les yeux, visiblement excités.

— Yay ! Je veux mettre des pépites de chocolat dedans ! proposa Clara.

— Moi aussi ! ajouta Tom en sautillant sur place.

Liana leur expliqua les ingrédients nécessaires et comment les mélanger. Elle leur montra les étapes, tout en les encourageant à participer. Clara mesura la farine tandis que Tom battait les œufs, leurs éclats de rire résonnant dans la cuisine.

Alors qu'ils s'apprêtaient à cuire les pancakes, Liana réalisa qu'il n'y avait plus de lait. Elle se souvint que James, le père, avait mentionné qu'il était parti faire des courses plus tôt dans la journée. Liana hésita un instant, mais elle ne voulait pas décevoir les enfants.

— Ne vous inquiétez pas, les enfants ! Nous allons improviser. Avez-vous déjà entendu parler des pancakes à la banane ? proposa-t-elle avec un sourire.

Clara et Tom secouèrent la tête, intrigués.

— C'est très simple ! Nous allons utiliser des bananes à la place du lait. Elles rendront les pancakes tout aussi délicieux !

Liana écrasa quelques bananes bien mûres dans un bol et les ajouta à la pâte. Les enfants observaient avec curiosité, prêts à voir le résultat.

Une fois la pâte prête, elle versa des petites louches dans la poêle. Les pancakes prenaient rapidement forme, dégageant une délicieuse odeur sucrée.

— Ça sent trop bon ! s'exclama Tom, en sautillant sur place.

Quand les pancakes furent cuits, Liana les empila sur une assiette. Elle les décora avec des tranches de banane, des fraises et, bien sûr, des pépites de chocolat.

Leur petit-déjeuner était un véritable succès. Ils s'installèrent autour de la table, impatients de goûter leurs créations.

— À notre cuisine, les enfants ! s'exclama Liana en levant son assiette.

— À notre cuisine ! répétèrent-ils en riant.

Les pancakes étaient un délice, et Liana se sentit fière d'avoir pu transformer un petit imprévu en une belle expérience. Les enfants, ravis, lui répétèrent combien ils étaient contents de cuisiner avec elle.

Après le petit-déjeuner, Clara et Tom se mirent à jouer dans le jardin. Liana les observa, son cœur empli de bonheur. Elle réalisait à quel point ces moments étaient précieux.

***

L'après-midi s'étira paisiblement. Après avoir joué au jardin, Clara et Tom, épuisés, se laissèrent tomber sur le gazon, riant aux éclats. Liana s'assit à côté d'eux, profitant de la chaleur du soleil. Les enfants lui racontèrent des histoires de leur école, de leurs amis et des choses qu'ils avaient apprises récemment. Liana les écoutait avec attention, trouvant un plaisir inestimable à découvrir leur monde.

Soudain, Clara se redressa, l'air pensif.

— Liana, est-ce que tu pourrais nous apprendre à dessiner ? J'aimerais vraiment savoir faire des portraits, comme ceux que j'ai vus à l'école.

Tom, avec ses grands yeux brillants, approuva vivement.

— Oui ! Moi aussi ! On veut dessiner des choses chouettes !

Liana sourit, touchée par leur enthousiasme.

— Bien sûr ! C'est une excellente idée. Que diriez-vous de faire une petite séance de dessin dans le parc juste à côté de la maison ? On pourra s'inspirer de la nature.

Clara et Tom sautèrent de joie, impatients d'aller au parc. Ils prirent leurs crayons de couleur et leurs carnets de dessin, tandis que Liana veillait à emporter une couverture pour s'asseoir confortablement.

Arrivés au parc, ils trouvèrent un coin tranquille sous un grand arbre. Liana s'installa avec les enfants, leur montrant comment dessiner des formes de base. Elle les encouragea à observer les arbres, les fleurs et même les petits animaux qui passaient.

— Regardez cette feuille ! Elle a des formes incroyables, dit-elle en prenant une feuille d'arbre. Essayez de la dessiner !

Les enfants se concentrèrent, leurs petits doigts agiles traçant des lignes et des courbes sur le papier. Au fur et à mesure que Liana les guidait, elle remarqua à quel point leur créativité s'épanouissait. Les dessins prenaient vie, et les enfants étaient fiers de leurs créations.

Après un moment, Clara leva les yeux de son carnet.

— Regarde, Liana ! J'ai dessiné un arbre avec des oiseaux ! s'exclama-t-elle.

Liana observa le dessin avec admiration.

— C'est magnifique, Clara ! Tu as vraiment capturé la beauté de la nature.

Tom, enthousiaste, montra également son dessin.

— Et moi, j'ai dessiné un dragon qui protège son trésor !

Liana éclata de rire, épatée par l'imagination débordante de Tom.

— C'est un dragon très courageux ! Je suis sûre qu'il est le meilleur protecteur de tous les temps.

Les enfants rirent, heureux et encouragés par ses mots. Ils continuèrent à dessiner pendant un bon moment, échangeant des idées et des conseils, créant une ambiance de complicité.

Soudain, Liana se rappela une chose importante.

— Les enfants, nous avons oublié de prendre des photos de nos chefs-d'œuvre !

Clara et Tom se mirent à sourire en réalisant qu'ils pourraient immortaliser ce moment. Liana sortit son téléphone et prit des photos de leurs dessins, tout en les encourageant à poser fièrement à côté de leurs créations.

En rentrant à la maison, Liana se sentit comblée. Elle savait que ces moments passés ensemble étaient précieux, non seulement pour les enfants, mais aussi pour elle. À travers ces activités, elle ne faisait pas que leur apprendre à dessiner ; elle créait des souvenirs inoubliables et tissait des liens forts avec eux.

CHAPITRE 20

Un mercredi après-midi, après une longue journée de jeux et d'apprentissage, Liana s'apprêtait à préparer le goûter pour Clara et Tom. Tout semblait tranquille, jusqu'à ce que Clara entre dans la cuisine, le visage renfrogné.

— Je ne veux pas de biscuits au chocolat pour le goûter ! s'exclama-t-elle en croisant les bras. Je veux des gâteaux au yaourt !

Liana, surprise par cette réaction soudaine, tenta de rester calme.

— D'accord, Clara, mais nous avons déjà prévu les biscuits. Et n'oublie pas que nous avons préparé ça ensemble la semaine dernière.

Clara se mit à pleurer, frustrée et en colère.

— Mais je ne veux pas ça ! Je veux des gâteaux au yaourt maintenant !

Liana prit une profonde inspiration. Elle savait que les enfants pouvaient être imprévisibles, surtout à cet âge. Elle s'accroupit à la hauteur de Clara et lui dit doucement :

— Je comprends que tu sois déçue. Parfois, on a envie de quelque chose de spécifique. Mais pourquoi ne pas essayer les biscuits aujourd'hui et, si tu veux, nous pourrons faire les gâteaux au yaourt ensemble demain ?

Clara, les larmes aux yeux, hésita un moment. Elle croisa les bras, mais Liana pouvait voir que la colère de Clara commençait à s'apaiser.

— Tu promets qu'on fera les gâteaux demain ? demanda Clara, la voix encore tremblante.

— Je te le promets, Clara. Et en attendant, je pense que tu vas adorer ces biscuits !

À cet instant, Tom arriva en courant, remarquant l'atmosphère tendue.

— Qu'est-ce qui se passe ? Pourquoi Clara pleure ?

Liana expliqua rapidement la situation, et Liana, avec sa nature enjouée, proposa :

— On pourrait tous goûter les biscuits ensemble et faire une petite compétition pour voir qui trouve le plus de pépites de chocolat !

Clara, entendant cela, essaya de retenir un sourire.

— D'accord… mais je veux vraiment des gâteaux au yaourt demain, d'accord ?

— Promis, Clara ! On aura même le temps de les décorer ensemble, dit Liana en souriant.

Finalement, la tension se dissipa. Liana commença à sortir les ingrédients pour les biscuits, et, tout en travaillant, elle racontait des blagues pour faire rire les enfants. Bientôt, la cuisine se remplit de rires et d'exclamations joyeuses.

Lorsque les biscuits sortirent du four, leur odeur sucrée emplit la maison. Clara, ayant oublié sa colère, se mit à danser autour de Liana, excitée à l'idée de goûter leur création.

Ensemble, ils dressèrent la table pour le goûter, la colère de Clara reléguée aux oubliettes. Ce moment renforça leur lien, prouvant que même les petits caprices pouvaient se résoudre avec un peu de compréhension et de créativité.

Après le goûter, alors que Clara et Tom jouaient dans le salon, Liana se dirigea vers le jardin pour profiter du soleil. C'est à ce moment-là qu'elle aperçut Anna, la sœur adolescente de la famille, assise sur une chaise longue, plongée dans son téléphone. Liana s'approcha, curieuse de voir si tout allait bien.

— Salut, Anna ! Qu'est-ce que tu fais ? demanda-t-elle en s'asseyant à côté d'elle.

Anna leva les yeux de son écran et sourit.

— Pas grand-chose. Je discutais avec des amis. Mais je me sens un peu perdue en ce moment.

Liana comprit que cela pouvait être l'occasion d'établir une connexion plus profonde.

— Tu sais, c'est normal de se sentir comme ça parfois. Qu'est-ce qui te tracasse ?

Anna hésita un instant avant de parler.

— C'est juste que je ne sais pas trop quoi faire pour les vacances. Mes amis veulent partir en voyage, mais je ne suis pas sûre de vouloir y aller. Je me sens un peu à l'écart, comme si je ne savais pas vraiment ce que je voulais.

Liana réfléchit un moment. Elle se souvenait d'être passée par des sentiments similaires à cet âge.

— As-tu déjà pensé à ce qui te ferait vraiment plaisir ? Peut-être que tu pourrais en parler à tes amis ?

Anna hocha la tête, mais ses yeux trahissaient son hésitation.

— Oui, mais j'ai peur qu'ils ne comprennent pas ou qu'ils me prennent pour une fille ennuyeuse.

— Tu sais, c'est important de rester fidèle à soi-même, répondit Liana. Les vrais amis respecteront tes choix, même s'ils sont différents des leurs. Pourquoi ne pas leur proposer une activité qui te plaît vraiment ? Cela pourrait être l'occasion de découvrir quelque chose de nouveau ensemble.

Un sourire se dessina sur le visage d'Anna.

— C'est vrai. J'aime beaucoup la randonnée. Je pourrais leur proposer d'aller explorer les collines près de Londres. J'en ai entendu parler, et ça a l'air sympa.

Liana se sentit encouragée par cette idée.

— Exactement ! Tu pourrais même planifier un pique-nique. Ça rendra le tout encore plus amusant. Et qui sait, peut-être que tes amis apprécieront ta proposition.

— Tu as raison, Liana. Je vais leur en parler ce soir, dit Anna, visiblement plus enthousiaste.

Liana, heureuse de voir le changement d'humeur d'Anna, lui demanda :

— Et en dehors de ça, comment se sont passé les cours cette année ?

Anna soupira légèrement.

— Ça va, mais parfois j'ai du mal avec certaines matières. J'aimerais avoir plus de temps pour m'organiser et peut-être demander un peu d'aide pour la rentrée.

— C'est une bonne idée. N'hésite pas à demander de l'aide quand tu en as besoin. Parfois, il suffit de parler à un prof ou à un ami pour trouver une solution.

— Merci, Liana. Tu es vraiment sympa de m'écouter. Ça fait du bien de parler à quelqu'un.

Liana sourit, se rappelant de sa propre adolescence et des moments où elle avait eu besoin de soutien.

— Je suis là si tu veux discuter. Nous pouvons même faire un petit groupe d'étude ensemble si tu as besoin d'aide pour des matières spécifiques.

Anna acquiesça avec un regard reconnaissant.

— Ça serait super, merci !

Les deux filles passèrent le reste de l'après-midi à discuter de tout et de rien, renforçant leur lien. Pour Liana, ces échanges lui rappelaient l'importance des relations et du soutien mutuel, et elle se sentait de plus en plus chez elle dans cette nouvelle famille.

***

Liana s'était habituée à sa nouvelle vie chez la famille. Élisabeth et James étaient attentifs et bienveillants, et elle se sentait de plus en plus intégrée dans leur quotidien. Les enfants, Clara et Tom, prenaient plaisir à passer du temps avec elle, et leurs jeux étaient devenus une routine joyeuse.

Un jour, alors qu'elle se promenait dans le quartier, Liana aperçut une autre fille au pair. Elle se souvenait avoir vu Marion lors d'une réunion d'orientation pour les au pairs, mais elles ne s'étaient jamais vraiment rencontrées. Saisissant l'occasion, Liana s'approcha d'elle.

— Salut ! Tu es Marion, n'est-ce pas ? demanda-t-elle avec un sourire.

Marion tourna la tête et répondit, un air surpris mais joyeux sur le visage.

— Oui, c'est moi ! Et toi, c'est Liana, n'est-ce pas ? Je t'ai vue lors de la réunion, mais nous n'avons pas eu l'occasion de parler.

Liana hocha la tête, ravie de faire enfin connaissance.

— Ça te dirait de prendre un café ? Je viens de m'installer ici et j'aimerais bien discuter avec quelqu'un qui vit aussi cette expérience.

— Avec plaisir ! Je connais un petit café sympa pas loin d'ici, proposa Marion.

Elles se dirigèrent vers le café et s'installèrent à une table en terrasse. Au fil de leur conversation, elles échangèrent sur leurs expériences respectives.

— Alors, comment ça se passe avec ta famille ? demanda Marion, les yeux pétillants d'intérêt.

— C'est vraiment génial ! Les enfants sont adorables, et Élisabeth et James sont très sympathiques. Je me sens vraiment bien ici, répondit Liana.

Marion acquiesça, visiblement heureuse pour elle.

— Je suis contente d'entendre ça. De mon côté, ça va aussi, mais ma famille est un peu plus exigeante. Ils ont trois enfants et j'ai souvent l'impression de courir dans tous les sens !

Liana pouffa de rire, reconnaissant la situation.

— Je comprends ! Mais au moins, tu as l'occasion de vivre des choses différentes. C'est ça qui est génial avec ce job, non ?

Marion sourit, reconnaissant la vérité dans ses paroles.

— Oui, c'est vrai. Et puis, j'ai déjà découvert plein de beaux endroits à Londres. On devrait y aller ensemble un de ces jours !

Liana était d'accord. Elle adorait explorer la ville et serait ravie de partager cette expérience avec Marion.

— Ce serait super ! On pourrait organiser une sortie avec les enfants un week-end. Ça leur ferait plaisir de découvrir la ville avec nous.

Les deux filles échangèrent leurs idées et se mirent à planifier une journée d'exploration pour le week-end suivant. Elles parlèrent aussi de leur vie, de leurs aspirations et des défis qu'elles avaient rencontrés en tant que filles au pair.

Au fil des semaines, leur amitié se renforça. Elles se retrouvaient régulièrement pour des cafés, des promenades ou des soirées de jeux, créant un petit cercle de soutien qui leur permettait de partager leurs joies et leurs préoccupations.

Un soir, après une longue journée avec les enfants, Liana se rendit chez Marion. Elles décidèrent de préparer un dîner ensemble. En cuisinant, elles se racontèrent des anecdotes de leurs expériences respectives et rirent de leurs mésaventures.

— C'est vraiment bien de t'avoir ici, dit Marion en ajoutant des épices à leur plat. Ça me rappelle pourquoi j'ai décidé de devenir fille au pair.

— Oui, moi aussi ! C'est une aventure incroyable, conclut Liana, un sourire sur les lèvres.

L'amitié entre Liana et Marion apporta une nouvelle dimension à son expérience à Londres.

Ensemble, elles surmontaient les défis de leur vie d'au pair et partageaient les moments de bonheur, créant des souvenirs inoubliables dans la ville qui les accueillait.

***

Avec les jours qui passaient, Liana et Marion devinrent de plus en plus complices. Leur amitié s'épanouissait, et elles prenaient le temps de découvrir Londres ensemble, entre leurs responsabilités de filles au pair. Mais bientôt, elles réalisèrent qu'elles avaient aussi envie de profiter de la vie nocturne de la ville.

Un vendredi soir, après une longue semaine, Marion proposa :

— Que dirais-tu d'aller dans un pub ce soir ? J'ai entendu parler d'un endroit sympa dans le quartier, et ça pourrait être l'occasion de se détendre un peu.

Liana hésita un instant. Elle savait que le lendemain serait une journée chargée avec les enfants, mais l'idée de sortir et de s'amuser lui plaisait énormément.

— Tu as raison, ça pourrait nous faire du bien ! Je vais demander à Élisabeth si ça ne la dérange pas, répondit-elle avec un sourire.

Après avoir obtenu le feu vert de sa famille d'accueil, Liana se prépara avec enthousiasme. Elle mit une jolie robe et se maquilla légèrement, prête à passer une soirée agréable.

Dans le pub, l'ambiance était conviviale et animée. Les rires et la musique remplissaient l'air, et Liana se sentit immédiatement à l'aise. Elles trouvèrent une table près de la scène où un groupe de musique live jouait.

— C'est génial ici ! lança Marion en levant son verre. À une nouvelle amitié !

— À une nouvelle amitié ! répondit Liana en trinquant avec elle.

Elles discutèrent, dansèrent et profitèrent de l'énergie du lieu. Au fur et à mesure que la nuit avançait, elles rencontrèrent d'autres au pairs et des habitants de Londres. Liana était ravie de faire de nouvelles connaissances et de partager des histoires sur leur expérience en tant que filles au pair.

Le week-end suivant, après une autre semaine bien remplie, elles décidèrent d'aller en boîte de nuit. Elles s'habillèrent avec soin, impatientes de profiter de la musique et de l'ambiance festive.

La boîte de nuit était encore plus animée que le pub. La musique battait son plein, et les lumières clignotaient dans tous les sens. Liana et

Marion se laissèrent emporter par la foule, dansant avec entrain et riant aux éclats.

— Je n'ai jamais vu Londres aussi vivant ! s'écria Liana, le visage illuminé par le bonheur.

— C'est le meilleur moyen de découvrir la ville ! répondait Marion en riant.

Elles rencontrèrent des groupes d'amis et s'intégrèrent facilement, profitant de chaque instant. La nuit passa rapidement, pleine de danses, de rires et de moments inoubliables.

Au fil des semaines, ces sorties devinrent une tradition. Chaque week-end, elles cherchaient de nouveaux pubs et boîtes de nuit à explorer. Cette nouvelle dimension de leur vie à Londres apportait une bouffée d'air frais à leurs semaines chargées et leur permettait de tisser des liens solides avec d'autres au pairs et habitants.

Liana se sentait plus épanouie que jamais. Entre ses journées avec les enfants et ses soirées entre amies, elle découvrait une facette de Londres qu'elle n'aurait jamais imaginé vivre. Chaque sortie était une aventure, et elle était impatiente de voir ce que la ville avait encore à lui offrir.

CHAPITRE 21

La vie à Londres s'était installée dans un rythme agréable. Les semaines passaient avec leurs routines habituelles, entre les responsabilités de Liana envers les enfants et les moments de complicité avec Marion. Les week-ends, elles continuaient d'explorer la ville, découvrant des pubs animés, des restaurants sympathiques et même des spectacles de rue qui embellissaient leurs soirées.

Les journées de la semaine commençaient à se rythmer autour des enfants. Chaque matin, Liana préparait le petit déjeuner pour Clara et Tom. Ensuite, elle les accompagnait au centre et à la crèche, profitant des balades pour discuter avec d'autres parents et se familiariser encore plus avec le quartier.

La rentrée des écoles approchait à grands pas, et Liana le ressentait dans l'excitation palpable des enfants. Clara attendait avec impatience de retrouver ses amis à l'école, tandis que Tom, bien que plus jeune, était plein de curiosité pour sa première journée à l'école.

— Je suis un peu nerveuse pour Tom, avoua Élisabeth un matin en préparant le petit-déjeuner. C'est toujours un grand changement pour les petits, mais je suis sûre qu'il s'adaptera rapidement.

— Ne t'inquiète pas, il est plein de charme, lui répondit Liana avec un sourire rassurant. Je suis là pour lui, et je suis sûre qu'il va s'amuser.

La veille de la rentrée, Marion et Liana décidèrent d'organiser une petite fête chez elles pour célébrer le début de l'année scolaire. Elles invitèrent quelques amis au pair et des voisins pour une soirée décontractée avec des jeux, de la musique et des snacks.

Le jour de la rentrée, Liana se leva tôt, excitée par la journée qui l'attendait. Elle aida Clara à s'habiller dans sa plus belle tenue et prépara un petit déjeuner spécial avec des pancakes et des fruits.

— Prête pour ta grande aventure ? demanda Liana en souriant à Clara.

— Oui ! s'écria Clara en sautillant sur place, impatiente.

Après un moment d'adieu chaleureux, Liana accompagna les enfants à l'école. L'atmosphère était pleine d'excitation et de cris joyeux, avec des parents prenant des photos de leurs petits.

À l'école, Liana se mêla à d'autres parents, échangeant des sourires et des histoires sur les préparatifs de la rentrée. Elle fut surprise de reconnaître certaines célébrités parmi les parents d'élèves : des acteurs qu'elle admirait, des figures publiques et même quelques personnalités de la télévision. Cela ajoutait une touche fascinante à cette nouvelle expérience.

Elle apprit à connaître quelques visages familiers et se fit rapidement des amis parmi les autres mamans et papas, créant ainsi un petit réseau de soutien dans le quartier.

Les premières semaines de l'école passèrent rapidement, avec Liana aidant les enfants avec leurs devoirs et leurs activités. Chaque soir, elle écoutait leurs histoires sur leur journée, émerveillée par leurs découvertes et leurs nouvelles amitiés.

Quant à ses moments de détente avec Marion, ils se poursuivaient. Les week-ends restaient l'occasion parfaite pour sortir et se changer les idées. Elles visitèrent des musées, profitèrent de balades au parc et continuèrent à explorer la scène nocturne londonienne. L'amitié entre elles se renforçait, et elles trouvaient un équilibre parfait entre leur vie professionnelle et leurs sorties.

Liana se sentait profondément heureuse dans cette nouvelle vie, pleine de défis, mais aussi de moments de joie. Elle était impatiente de voir ce que les prochains mois lui réservaient.

***

La nuit était tombée sur Londres, et la ville s'illuminait de mille feux. Liana et Marion avaient prévu d'aller en boîte de nuit pour se détendre après une semaine bien remplie. Elles avaient entendu parler d'un nouveau club qui faisait sensation, et la promesse d'une ambiance électrisante et de musique entraînante les excitait.

En entrant dans le club, Liana fut immédiatement frappée par l'énergie qui régnait dans l'air. Les lumières dansaient au rythme de la musique, et la foule semblait s'amuser sans retenue. Elle et Marion se dirigèrent vers le bar pour prendre un verre avant de plonger dans la piste de danse.

Après quelques minutes à siroter leurs cocktails et à discuter, Liana sentit l'appel de la musique. Elles se levèrent, rejoignant les autres sur la piste. Les basses résonnaient dans son corps, et elle se laissa emporter par le rythme.

Alors qu'elle dansait, elle remarqua un jeune homme au bout de la piste. Il se tenait là, entouré de ses amis, mais son regard était rivé sur elle. Tristan avait des cheveux châtain clair, courts et lisses, et des yeux bleus qui brillaient dans les lumières du club. Il semblait avoir un charme naturel, une assurance tranquille qui la captivait.

Leurs yeux se croisèrent, et dans cet instant, le monde autour d'eux disparut. Les autres dansants semblaient s'estomper, ne laissant que cette connexion intense entre eux. Elle ne pouvait détacher son regard de lui, et il sourit, comme s'il ressentait la même chose.

Marion, réalisant que Liana était absorbée, s'approcha avec un sourire malicieux.

— Qui est-ce ? demanda-t-elle, en voyant la fascination sur le visage de son amie.

— Je ne sais pas, mais je pense que je vais aller lui parler, répondit Liana, la voix un peu tremblante d'excitation.

Mais avant qu'elle ne puisse faire le premier pas, Tristan s'approcha d'elle avec assurance.

— Salut, je suis Tristan, dit-il, sa voix chaleureuse se mêlant au rythme de la musique. J'ai remarqué que tu dansais avec passion, et je voulais venir te parler.

Liana se sentit rougir mais sourit en retour, impressionnée par son assurance.

— Enchantée, je suis Liana, répondit-elle, cherchant à garder son calme.

Tristan lui proposa de lui payer un verre, et Liana accepta avec un sourire. Ils continuèrent à discuter, découvrant des intérêts communs, leurs passions respectives et leurs histoires de vie. Tristan révéla qu'il était policier à Londres, un métier qui lui tenait à cœur.

Liana se sentit de plus en plus à l'aise, comme si elle le connaissait depuis longtemps. La chimie entre eux était palpable, et chaque mot échangé semblait renforcer cette connexion unique.

Les heures passèrent, et ils dansèrent ensemble, riant et s'amusant. Cette soirée promettait d'être inoubliable, et Liana savait déjà que ce moment marquerait le début de quelque chose de spécial.

Liana sortit de la boîte de nuit, le cœur battant encore, une lueur d'excitation dans les yeux. Elle venait d'échanger son numéro avec Tristan, un geste simple mais chargé de promesses. Alors qu'elle marchait dans les rues animées de Londres, elle ne pouvait s'empêcher de repenser à leur conversation, à la façon dont il avait souri en lui offrant un verre, à l'assurance qui émanait de lui.

Elle n'avait jamais vraiment ressenti cela auparavant, cette sensation d'être complètement captivée par quelqu'un. Ce n'était pas seulement son apparence, bien qu'il fût indéniablement séduisant avec ses cheveux châtain clair, ses yeux bleus perçants et son sourire charmant. C'était aussi sa personnalité, son aisance à converser, son humour qui l'avait mise à l'aise instantanément.

Tout en regagnant sa maison, elle se surprit à sourire comme une adolescente amoureuse, ses pensées s'emballant. Que se passerait-il maintenant ? Elle se mit à imaginer des scénarios : Tristan l'appelant pour lui proposer de se revoir, leurs rires résonnant dans les rues de Londres, leurs mains se frôlant timidement.

Une fois chez elle, elle s'installa sur son lit, le cœur toujours léger. Elle sortit son téléphone et, avec une pointe d'excitation, ouvrit l'application de messages. Elle avait hâte de recevoir un message de Tristan. Sa vie à Londres prenait une tournure inattendue, et elle avait l'impression que ce n'était que le début d'une belle histoire.

Les jours qui suivirent, Liana se surprit à espérer un message. Elle parlait souvent de Tristan à Marion, qui l'encourageait à lui écrire si elle ne recevait rien.

— N'hésite pas, dis-lui que tu as passé une super soirée, lui conseilla Marion avec un sourire.

Liana, bien que nerveuse à l'idée d'écrire, se dit qu'elle ne pouvait pas laisser passer cette chance. Alors, un soir, elle prit son courage à deux mains et envoya un message à Tristan, lui disant à quel point elle avait aimé faire sa connaissance. Elle se mit à attendre, son cœur battant à tout rompre.

Les jours passèrent, et finalement, elle reçut un message. Tristan lui répondit qu'il avait également passé une excellente soirée et qu'il aimerait beaucoup la revoir. Cette réponse illumina la journée de Liana, confirmant ce qu'elle avait ressenti : elle avait vraiment eu un coup de foudre.

C'était le début d'une nouvelle aventure, et elle se sentait prête à la vivre pleinement.

CHAPITRE 22

Le lendemain de l'échange de messages, Liana se réveilla avec un mélange d'excitation et de curiosité. Elle n'arrivait pas à croire qu'elle avait rencontré quelqu'un comme Tristan, et elle se demandait ce que l'avenir lui réservait.

Un message de Tristan arriva enfin. Il s'excusait pour le retard de sa réponse, expliquant que son travail de policier l'occupait énormément, surtout en ce moment, car il se préparait à des examens pour intégrer la brigade criminelle.

« Je suis désolé de ne pas avoir pu répondre plus tôt, mais j'aimerais vraiment te voir. Que dirais-tu d'aller manger un soir ? »

Liana sentit son cœur s'emballer. Elle accepta immédiatement, impatiente de passer du temps avec lui.

Le soir venu, elle choisit une jolie robe, se regarda dans le miroir et se trouva plus confiante que jamais. Lorsqu'elle arriva au restaurant, Tristan l'attendait, et son sourire chaleureux la fit fondre. Ils s'installèrent à une table intime, où les lumières tamisées créaient une atmosphère accueillante.

La conversation coula naturellement. Ils échangèrent des anecdotes sur leurs vies respectives, Liana parlant de son expérience en tant que fille au pair et de ses projets à Londres, tandis que Tristan partageait ses histoires en tant que policier, parfois drôles, parfois sérieuses.

À mesure que la soirée avançait, Liana ne pouvait s'empêcher d'être attirée par lui. Son charme et sa passion pour son métier étaient captivants. Lorsqu'ils terminèrent leur repas, Tristan proposa d'aller prendre un verre dans un bar à proximité.

Dans ce nouvel endroit, les rires et les regards complices s'intensifièrent. Liana sentait une connexion se tisser entre eux, une attirance irrésistible. Ils finirent par se retrouver sur un petit balcon, où la brise fraîche de la nuit ajoutait une touche magique à leur rencontre.

Alors qu'ils se parlaient, Tristan s'approcha d'elle, et Liana sentit son cœur s'emballer. Il la regardait intensément, et tout devint flou autour d'eux. Il l'embrassa doucement, et elle se laissa emporter par ce moment.

Après une soirée remplie de rires et de complicité, ils rentrèrent chez Tristan. La magie de cette rencontre les enveloppait encore. Lorsqu'ils arrivèrent à son appartement, Tristan, d'un geste tendre, l'attira vers lui pour un autre baiser, et elle ne put résister à l'envie de le laisser entrer.

La nuit qu'ils passèrent ensemble fut marquée par la douceur des moments partagés et la passion naissante entre eux. Liana se sentit plus vivante que jamais, et, pour la première fois depuis longtemps, elle avait l'impression de vraiment être à sa place.

Elle savait que cette rencontre serait un tournant dans sa vie, un moment dont elle se souviendrait toujours.

***

Le lendemain matin, Liana se réveilla dans l'appartement de Tristan, enveloppée dans la chaleur de la couverture. Un sourire épanoui illuminait son visage alors qu'elle se remémorait la soirée magique qu'ils avaient partagée. Les rayons du soleil filtraient à travers les rideaux, créant une ambiance douce et paisible.

Elle se leva doucement, prenant soin de ne pas le réveiller, et commença à rassembler ses affaires. Chaque geste lui rappelait à quel point cette nuit avait été spéciale. Elle se pencha pour prendre son téléphone sur la table de chevet et envoya un message à Marion, lui racontant à quel point tout s'était bien passé avec Tristan.

Une fois prête, Liana se glissa hors du lit et se dirigea vers la cuisine. Elle prit un instant pour admirer l'appartement, rempli d'objets et de souvenirs qui racontaient l'histoire de Tristan. Elle se prépara un café, savourant le goût amer qui contrastait avec la douceur de la nuit précédente.

Tristan émergea enfin, ses cheveux en désordre et un sourire à peine éveillé sur son visage. Ils échangèrent des regards complices, et Liana sentit son cœur s'emballer à nouveau. Ils discutèrent un peu, partageant quelques blagues et rires, mais Liana savait qu'il était temps de rentrer chez elle.

Après un dernier câlin, elle sortit de l'appartement, le cœur léger mais déjà en train de penser à ce qu'elle allait raconter à sa nouvelle meilleure amie, Marion. En rentrant chez elle, chaque pas semblait empreint de souvenirs de Tristan.

Lorsqu'elle arriva dans sa propre maison, elle prit un moment pour respirer profondément et laisser les sensations de la nuit l'envahir. C'était une nouvelle journée, remplie de promesses et de possibilités. Elle se mit à préparer le déjeuner pour Clara et Tom, impatiente de partager ses émotions tout en restant concentrée sur son rôle de fille au pair.

Plus tard dans la journée, alors qu'elle avait un moment de répit, elle s'assit sur le canapé et vérifia son téléphone. Il y avait un message de Tristan :

« Salut ! J'espère que tu es bien rentré. J'ai adoré la soirée d'hier. J'aimerais vraiment te revoir. Quand es-tu dispo ? »

Un sourire s'étira sur son visage. Liana répondit rapidement, confirmant qu'elle était libre ce week-end. Leur échange devint de plus en plus fluide, chacun se dévoilant un peu plus, ajoutant des couleurs à leur histoire naissante.

Les jours passèrent, entre les rires des enfants, les devoirs à aider, et les moments de complicité avec Marion. Chaque soir, Liana se coucha en pensant à Tristan, se demandant quelles aventures les attendaient encore.

CHAPITRE 23

Liana s'était progressivement acclimatée à sa nouvelle vie à Hampstead. Les jours se suivaient, rythmé par ses responsabilités de fille au pair et ses moments de joie partagés avec ses amis. En semaine, elle s'occupait des enfants avec enthousiasme, prenant soin de Clara et Tom tout en veillant à ce qu'ils s'épanouissent dans leur environnement. Les matins étaient souvent un ballet d'activités, entre les petits-déjeuners à préparer et les affaires à rassembler pour l'école.

Les week-ends, en revanche, apportaient une bouffée d'air frais. Elle retrouvait Marion, et ensemble, elles exploraient les pubs animés du quartier ou s'aventuraient dans les rues vibrantes de Londres. Elles partageaient des rires, des confidences et des rêves pour l'avenir, créant des souvenirs inoubliables.

— Tu sais, je ne pensais pas qu'on s'amuserait autant ici, dit Marion en sirotant son verre de cidre dans un pub. C'est génial de découvrir Londres ensemble !

— Oui, je suis vraiment contente d'être ici, répondit Liana, le sourire aux lèvres. Et puis, sortir avec toi, c'est toujours un plaisir.

Liana et Tristan se voyaient également régulièrement. Ils sortaient ensemble le vendredi ou le samedi soir, savourant chaque moment passé ensemble. Il lui racontait des anecdotes sur son travail de policier, des histoires parfois drôles, parfois sérieuses, mais toujours captivantes.

— L'autre jour, j'ai dû poursuivre un suspect dans les rues de Camden, dit Tristan en riant. Tu n'imagines pas comme j'ai failli perdre ma chaussure !

Liana éclata de rire, s'imaginant la scène.

— Tu aurais dû le filmer ! plaisanta-t-elle.

Tristan, amusé, secoua la tête.

— Non, je préfère garder ces moments pour moi. Mais tu sais, même si c'est parfois intense, j'adore mon job. Et puis, toi, tu me rappelles de ne pas trop me prendre au sérieux.

Tristan, six ans plus âgé qu'elle, avait une maturité qui l'attirait, mais cela ne créait pas de fossé entre eux. Au contraire, cela apportait une certaine stabilité à leur relation.

— Tu sais, même si tu es plus âgé, ça ne me dérange pas, confia Liana un soir, alors qu'ils se promenaient après un dîner. J'aime vraiment passer du temps avec toi.

— Moi aussi, Liana. Je pense que ça fonctionne bien entre nous, dit-il en lui tenant doucement la main. L'important, c'est ce que nous ressentons, non ?

Lorsqu'ils sortaient, Tristan s'assurait toujours de prendre soin d'elle, lui offrant son bras pour l'accompagner et lui tenant la porte avec une délicatesse qui la touchait profondément. Ils partageaient des dîners dans de petits restaurants, s'échangeant des rires et des sourires complices. Liana se sentait heureuse et épanouie, chaque rencontre avec Tristan ajoutant une nouvelle dimension à sa vie.

Il y avait aussi des soirées où Liana dormait chez lui. Elles étaient empreintes de tendresse, leur complicité grandissant à chaque instant passé ensemble. Enveloppée dans les bras de Tristan, elle se sentait en sécurité et à sa place, découvrant un bonheur simple et sincère.

Malgré son emploi du temps chargé, Liana trouvait toujours un moyen de garder le contact avec ses amis à Portsmouth. Elle leur écrivait régulièrement, partageant des nouvelles de sa vie à Londres, de ses aventures avec Tristan et de son travail avec les enfants. Elle se sentait chanceuse d'avoir deux mondes si enrichissants et différents, chacun lui apportant une perspective unique sur la vie.

Alors que les semaines passaient, Liana réalisait à quel point elle avait évolué depuis son arrivée à Londres. Elle avait trouvé sa place dans cette ville dynamique, construisant des liens forts et découvrant un sens d'appartenance qu'elle n'avait pas ressenti depuis longtemps.

La vie de Liana à Hampstead continuait de s'épanouir, mais une ombre commença à planer sur sa joie. Tristan, d'ordinaire si présent, ne donnait plus de nouvelles. Les jours passaient sans qu'il ne lui envoie un message, sans qu'il ne l'invite à sortir. Elle avait pourtant pris l'habitude de recevoir ses petits textos enjoués le matin ou ses invitations pour des dîners improvisés, mais maintenant, c'était le silence radio.

Liana tenta de ne pas s'inquiéter. Peut-être était-il simplement très occupé avec son travail de policier, pensa-t-elle. Les examens pour intégrer la brigade criminelle étaient probablement stressants et demandaient beaucoup de temps et d'énergie. Elle se répétait que c'était normal d'avoir des périodes de calme, que chacun avait ses propres préoccupations.

Pourtant, l'absence de Tristan commença à peser sur son moral. Elle se sentait perdue, l'inquiétude rongeant sa confiance. Les soirées qu'ils avaient partagées lui manquaient, et elle se surprenait à consulter son téléphone à chaque minute, espérant un message.

— Qu'est-ce qui se passe avec Tristan ? demanda Marion, en l'observant durant un de leurs week-ends. Ça fait un moment qu'il ne t'a pas écrit, non ?

— Oui, c'est bizarre, répondit Liana, la voix tremblante. Je ne sais pas pourquoi il est si distant. Je pensais qu'on s'entendait bien…

— Peut-être qu'il a besoin d'un peu d'espace, proposa Marion, essayant de la rassurer. Mais je suis là pour toi. On peut sortir et passer du temps ensemble pour te changer les idées.

Liana hocha la tête, reconnaissante de la présence de son amie. Marion lui avait déjà apporté du réconfort à maintes reprises, et elle savait qu'elle pouvait toujours compter sur elle. Elles se rendirent dans leur pub habituel, s'asseyant au bar avec un verre à la main.

— Allez, Liana, raconte-moi tout, dit Marion en souriant. Qu'est-ce qui se passe vraiment dans ta tête ?

Liana se laissa aller, partageant ses doutes et ses inquiétudes.

— J'avais l'impression que notre connexion était forte, mais là… je ne sais pas. C'est comme s'il avait disparu du jour au lendemain.

Marion la regarda, son expression sérieuse.
— Tu sais, parfois les gens ne réalisent pas à quel point ils peuvent blesser les autres par leur silence. Ça ne veut pas dire que tu n'es pas importante pour lui. Mais tu mérites d'avoir quelqu'un qui te montre qu'il tient à toi.

Ces mots résonnèrent en Liana. Elle savait qu'elle devait se concentrer sur sa propre vie, sur ses amis et sur ses passions, plutôt que de se laisser submerger par l'incertitude. Elle se mit à réfléchir aux moments passés avec Tristan, se remémorant les rires et les confidences qu'ils avaient partagés. Cela ne pouvait pas être la fin, pouvait-il ?

Les semaines suivantes, elle se força à s'occuper. Entre ses responsabilités avec Clara et Tom et ses sorties avec Marion, elle se créa une routine réconfortante. Les soirées de sortie devenaient une échappatoire. Elles visitaient de nouveaux bars, dansaient jusqu'à l'aube et riaient aux éclats, créant de nouveaux souvenirs.

Mais dans le fond de son cœur, Liana ne pouvait s'empêcher de ressentir un vide. Les messages de Tristan ne venaient toujours pas, et chaque jour sans nouvelle ajoutait un peu plus de frustration et d'inquiétude. Elle en parla de nouveau à Marion lors d'une soirée particulièrement animée.

— Je pense qu'il faudrait que je lui envoie un message, finit-elle par dire. Peut-être qu'il a juste besoin d'un petit coup de pouce.

Marion acquiesça.

— Je pense que c'est une bonne idée. Parfois, un simple message peut faire toute la différence. Mais si ça ne marche pas, promets-moi de ne pas te laisser abattre. Tu as une vie incroyable ici, et je ne veux pas que tu te laisses entraîner par un homme.

Liana hocha la tête, déterminée à prendre les choses en main. Elle se décida à envoyer un message à Tristan, en gardant l'espoir que ce silence n'était qu'un malentendu, une passade passagère.

Elle écrivit : « Salut Tristan, ça fait un moment. J'espère que tout va bien pour toi. J'aimerais avoir de tes nouvelles. » Puis, elle appuya sur « envoyer », le cœur battant. En attendant une réponse, elle se concentra sur sa vie avec Marion, ses aventures à Hampstead, et les enfants. Elle savait qu'elle avait des amis sur qui compter, peu importe ce que l'avenir réservait.

***

Les semaines passèrent, et toujours aucune nouvelle de Tristan. Le silence s'était installé comme une évidence, et Liana finit par l'accepter. Elle n'avait plus envie d'attendre un message qui ne viendrait peut-être jamais. Heureusement, sa vie était bien remplie : entre les enfants, ses sorties avec Marion et les petits plaisirs du quotidien, elle n'avait pas le temps de s'attarder sur une histoire qui semblait déjà appartenir au passé.

Et puis, décembre arriva avec son lot de lumières scintillantes, de vitrines décorées et d'ambiance festive. Dans les rues de Londres, tout était magique : les marchés de Noël, les patinoires en plein air, les chants traditionnels qui résonnaient à chaque coin de rue…

Mais cette année, une idée s'imposa à elle. Elle voulait passer Noël en famille.

Cela faisait plusieurs mois qu'elle vivait à Londres, et bien qu'elle adorât sa nouvelle vie, ses frères et sœurs lui manquaient. Depuis le décès de leur mère, les fêtes n'avaient plus la même saveur, mais cette année, elle voulait être auprès des siens.

Assise avec Marion dans un café de Hampstead, elle lui annonça sa décision.

— Je rentre en France pour Noël.

Marion sourit.

— C'est une bonne idée. Vous allez faire quelque chose de spécial ?

— Oui, on va tous se retrouver. Il y aura Maxime, Estelle, les jumelles, Amélia et son copain… Et puis mon petit-neveu aussi.

— C'est chouette, ça va te faire du bien !

Liana hocha la tête.

— Oui, j'en ai besoin. Noël sans maman, c'est toujours un peu dur, mais je veux être avec eux cette année.

— Tu as raison. Et puis, tu vas en profiter pour te ressourcer un peu.

Quelques jours plus tard, Liana boucla sa valise et quitta Londres. Le voyage en avion fut rapide, mais chaque kilomètre la rapprochant de chez elle lui faisait ressentir une vague d'émotions. Quand elle arriva enfin devant la maison familiale, elle eut à peine le temps de frapper que la porte s'ouvrit sur un tourbillon d'excitation et de rires.

Maxime lui sauta dans les bras, Estelle la serra fort, et les jumelles, Adèle et Alix, la prirent chacune à leur tour contre elles. Amélia et son compagnon étaient là aussi, souriants, avec son petit-neveu qui courait partout, surexcité par l'arrivée de Liana.

— Ça fait trop du bien de te revoir ! lança Alix.

— Et t'as pas changé, toujours la Londonienne ! plaisanta Amélia.

Liana rit, le cœur gonflé de bonheur.

Puis, au détour d'une conversation animée, Adèle lâcha une bombe.

— Bon, j'ai quelque chose à vous dire…

Tout le monde se tourna vers elle.

— Je suis enceinte.

Un silence de surprise tomba, avant que les réactions fusent.

— Sérieux ?! Mais c'est génial !

— Félicitations, Adèle !

Liana, émue, la prit dans ses bras.

— Tu vas être une maman incroyable.

— Tu crois ? J'ai un peu peur… avoua Adèle.

— Bien sûr que oui, et t'es pas seule, on est tous là.

Le repas du réveillon fut rempli de rires, de souvenirs partagés et d'une tendresse silencieuse pour leur mère, absente mais présente dans tous les cœurs.

En regardant autour d'elle, Liana se sentit à sa place. Peu importaient les doutes et les épreuves, ici, entourée de sa famille, elle était chez elle.

CHAPITRE 24

Après plusieurs jours remplis d'amour et de retrouvailles, Liana quitta sa famille avec un pincement au cœur, mais aussi avec une énergie nouvelle. Ces moments auprès des siens lui avaient fait un bien fou. Pourtant, Londres l'appelait déjà.

Le 30 décembre, elle fit ses adieux à sa fratrie et reprit l'avion. Lorsqu'elle atterrit, la ville était déjà en effervescence pour le réveillon. Les décorations brillaient encore, et une ambiance festive régnait dans les rues.

Le soir du 31, elle retrouva Marion et leurs amis pour fêter la nouvelle année. Ils avaient prévu une soirée en ville, alternant entre pubs et boîtes de nuit. Liana s'était apprêtée avec soin, portant une robe noire élégante qui mettait en valeur sa silhouette.

Dans l'un des bars bondés de Soho, l'ambiance était électrique. Tout le monde riait, trinquait, dansait. Liana se laissa porter par la musique et la légèreté du moment.

À minuit pile, les écrans diffusèrent le compte à rebours depuis Big Ben.

— Trois, deux, un… Bonne année !

Des cris de joie résonnèrent partout. Liana s'étreignit avec Marion et leurs amis, trinquant à cette nouvelle année qui s'ouvrait devant eux.

Alors qu'elle consultait son téléphone, un message attira son attention.

Lucas : « Bonne année, Liana ! J'espère que tout va bien pour toi à Londres. L'Australie est incroyable. On se donne des nouvelles bientôt ? »

Un sourire apparut sur ses lèvres. Même à des milliers de kilomètres, Lucas avait pensé à elle.

Liana : « Bonne année, Lucas ! Profite bien de l'Australie, on se parle bientôt ! »

Elle rangea son téléphone et reporta son attention sur la fête. Cette nouvelle année démarrait bien, et elle était prête à voir ce qu'elle lui réservait.

***

Les mois continuaient de défiler, et Liana poursuivait son quotidien bien rythmé à Londres. Ses journées s'enchaînaient entre son rôle d'au pair et ses moments de liberté, qu'elle savourait pleinement.

Chaque matin, elle réveillait Clara et Tom, veillant à ce qu'ils soient prêts pour l'école. Tom rechignait souvent à sortir du lit, et Clara passait une éternité à choisir sa tenue du jour. Une fois les enfants déposés, Liana profitait de son temps libre pour se balader dans la ville, retrouver Marion autour d'un café, ou simplement s'accorder un moment de repos.

Elle avait appris à apprécier les traditions de la famille, notamment celles du shabbat le vendredi soir. Elle se joignait aux repas en partageant le hallah et en trempant les pommes dans le miel, une habitude qu'elle avait fini par adopter avec plaisir. Même si elle ne partageait pas leur culture, elle respectait leurs coutumes et trouvait quelque chose de chaleureux dans ces rituels familiaux.

Bien sûr, il y avait aussi des journées plus compliquées. Tom refusait parfois de faire ses devoirs, Clara râlait au moment du coucher, et il y avait toujours des petites disputes entre eux. Mais malgré ces petits défis du quotidien, Liana s'attachait de plus en plus aux enfants. Chaque sourire, chaque câlin spontané, chaque éclat de rire partagé confirmait qu'elle avait trouvé sa place dans cette maison.

Côté cœur, Tristan restait silencieux. Plus de messages, plus d'appels. Il s'était effacé du jour au lendemain, sans explication. Liana avait dû encaisser cette disparition soudaine et passer à autre chose. Heureusement, Marion et ses amis étaient là pour lui changer les idées. Les week-ends, elles profitaient de la vie londonienne, alternant entre soirées en pubs et nuits en boîte.

Avec le temps, Liana prenait conscience de tout le chemin parcouru. Elle se sentait plus forte, plus sûre d'elle. Londres n'était plus simplement un endroit où elle travaillait, c'était devenu son chez-elle.

Mais les jours passaient, et une idée commençait à trotter de plus en plus dans l'esprit de Liana : son année d'au pair touchait bientôt à sa fin. Elle savait qu'elle ne voulait pas rentrer en France, mais après ? C'était la grande question. Elle n'avait pas de plan précis, pas d'études en cours, pas de voie toute tracée. Juste une certitude : elle voulait rester à Londres.

Assise dans un café, les mains entourant son mug encore fumant, elle faisait défiler les offres d'emploi sur son téléphone. Serveuse, réceptionniste, vendeuse… Rien qui ne la passionnait vraiment, mais il fallait bien commencer quelque part. Elle aimait les enfants et appréciait la famille chez qui elle vivait, alors pourquoi ne pas continuer en temps partiel et trouver un autre travail à côté ? Ça lui permettrait d'avoir un peu plus d'argent et de garder un pied dans un environnement familier.

Le soir même, elle en parla à Marion en rentrant d'une virée en ville.

— Tu veux bosser dans un resto ? s'étonna Marion en allumant une cigarette.

— Ouais… Enfin, je ne sais pas trop. Je veux juste gagner un peu plus et être plus indépendante.

— Franchement, c'est une bonne idée. Serveuse, c'est intense, mais ça paie, surtout avec les pourboires. Tu vas déposer des CV ?

— Je pense, oui. Tu crois que j'ai mes chances ?

— Bien sûr. T'as déjà bossé avant, t'as un bon niveau d'anglais, et t'es souriante. Ça le fera.

Encouragée par son amie, Liana se lança dès le lendemain dans la recherche d'un job. Elle imprima plusieurs copies de son CV et passa l'après-midi à arpenter les rues de Londres, poussant la porte des cafés et restaurants, demandant à parler aux managers. Certains lui souriaient poliment en promettant de la rappeler, d'autres prenaient à peine la peine de la regarder.

De retour à la maison, elle hésita un moment avant d'aller parler à la mère de famille. Finalement, après le dîner, elle se lança :

— J'ai réfléchi à ce que je voulais faire après mon année d'au pair... Je me demandais si je pouvais rester en temps partiel, juste quelques heures par jour, et travailler ailleurs à côté.

La mère hocha la tête, réfléchissant.

— Ça peut s'arranger. On aurait toujours besoin d'aide le matin et en fin d'après-midi. Tu as déjà une idée d'où tu vas travailler ?

— Pas encore, mais j'ai déposé des CV aujourd'hui.

Un sourire encourageant se dessina sur le visage de la mère.

— Je suis sûre que tu trouveras rapidement. Tu fais partie de la famille maintenant, et on serait ravis que tu restes, même à mi-temps.

Les mots réchauffèrent Liana. Elle n'avait pas encore de réponse pour son avenir, mais au moins, elle savait qu'elle n'était pas seule.

Le lendemain, Liana continua sa tournée des restaurants. Elle passait de porte en porte, un sourire aux lèvres et un CV à la main, répétant inlassablement la même phrase :

— Bonjour, est-ce que vous cherchez une serveuse en ce moment ?

Certains managers lui prenaient son CV d'un air distrait, d'autres lui répondaient qu'ils avaient déjà assez de personnel. Elle commençait à sentir la fatigue la gagner quand elle entra dans un petit restaurant italien, niché au coin d'une rue animée. L'odeur de pizza et de basilic lui chatouilla les narines alors qu'elle s'approchait du comptoir.

— Bonjour, vous recrutez ?

Le serveur derrière le bar haussa les sourcils et appela quelqu'un en cuisine. Quelques instants plus tard, un homme d'une quarantaine d'années, au tablier légèrement taché de farine, s'approcha d'elle.

— Tu as de l'expérience ? demanda-t-il d'un ton direct, en jetant un œil à son CV.

— Un peu. J'ai travaillé dans la restauration en France, et je suis rapide et motivée, répondit Liana avec assurance.

L'homme la scruta un instant, puis hocha la tête.

— Viens faire un essai demain soir. Si ça se passe bien, on verra.

Liana dut se retenir de ne pas sauter de joie.

— Merci beaucoup, je serai là !

En sortant du restaurant, elle envoya aussitôt un message à Marion.

Liana : « J'ai un essai demain soir dans un resto italien !! »

Marion : « YESSSS !! Tu vas gérer, meuf. On fête ça demain après ton service ? »

Liana : « Grave, j'aurai bien besoin d'un verre après. »

Le lendemain soir, elle enfila un jean noir et un t-shirt sobre avant de se présenter au restaurant. L'ambiance était bouillonnante : les serveurs couraient dans tous les sens, les assiettes s'entrechoquaient, et les clients parlaient fort en italien et en anglais. Dès son arrivée, on lui tendit un carnet de commandes et on lui expliqua rapidement les bases.

— **Les tables sont numérotées, prends les commandes sur le bloc-notes, et surtout, sois rapide.**

Pas le temps de stresser, elle se lança immédiatement dans le feu de l'action. Elle nota des commandes, jongla entre les tables, essaya de ne pas renverser de verres en passant entre les clients. À un moment, un homme impatient soupira parce qu'elle mettait trop de temps à encaisser l'addition, mais un autre client lui adressa un sourire chaleureux en la remerciant pour son service.

À la fin de la soirée, elle sentait ses jambes lourdes et son dos en compote, mais elle était fière d'avoir tenu bon. Le manager l'appela avant qu'elle ne parte.

— C'était pas mal pour une première fois. Si ça te dit, tu peux commencer la semaine prochaine.

— Oui, bien sûr ! Merci beaucoup !

En sortant, elle sentit une vague d'excitation la traverser. Son avenir n'était pas encore totalement clair, mais au moins, elle avait une nouvelle opportunité devant elle.

Le message de Marion arriva quelques secondes plus tard.

Marion : « Alors, c'était comment ? Toujours en vie ? »

Liana : « À peine, j'ai plus de jambes. Mais j'ai le job !!! »

Marion : « Trop bien !!! Allez, viens, on va boire à ça. »

Liana sourit et accéléra le pas. Ce soir, elle allait célébrer ce nouveau chapitre de sa vie.

CHAPITRE 25

Les premiers jours furent une véritable course contre la montre.

Le matin, Liana s'occupait toujours de Clara et Tom : préparer les petits-déjeuners, vérifier les cartables, calmer les disputes de dernière minute avant de les accompagner à l'école. Ensuite, elle avait quelques heures pour souffler avant d'enchaîner avec ses services au restaurant, souvent en soirée.

Dès son deuxième jour au restaurant, elle comprit que l'univers de la restauration n'avait rien à voir avec son quotidien d'au pair. Ici, tout allait vite. Les clients étaient pressés, certains exigeants, d'autres à peine polis. Elle devait jongler entre les commandes, retenir les numéros de table, éviter les coups de stress quand un plat tardait en cuisine.

— Liana, la table 5 attend ses boissons !

— Liana, ramène-moi deux assiettes pour la 8 !

— Attention derrière toi !

Elle n'avait pas le temps de souffler, mais bizarrement, elle aimait ça. Cette adrénaline, cette impression de faire partie d'une équipe, et surtout, la satisfaction de voir les clients repartir avec le sourire… Et puis, les pourboires aidaient bien à arrondir les fins de mois.

Un soir, alors qu'elle terminait son service, un de ses collègues, Alex, un serveur anglais d'une vingtaine d'années, lui adressa un sourire complice.

— T'as survécu à la soirée, bravo. T'es plus rapide qu'hier, c'est bon signe.

— Merci, mais j'ai encore l'impression d'être un peu paumée, avoua Liana en s'étirant.

— C'est normal. D'ici une ou deux semaines, t'auras tout dans la tête sans réfléchir.

Elle hocha la tête, appréciant ses encouragements. C'était étrange comme cet endroit, qui l'avait stressée au départ, commençait déjà à devenir familier.

Mais au fil des jours, le manque de sommeil se fit sentir.

Entre les matinées avec Clara et Tom et les soirées au restaurant, elle ne rentrait souvent que vers minuit, épuisée. Le matin, quand son réveil sonnait, elle devait se faire violence pour sortir du lit.

Un matin, alors qu'elle servait le petit-déjeuner aux enfants, elle laissa échapper un bâillement.

— Tu es fatiguée ? demanda Clara en la fixant de ses grands yeux curieux.

— Un peu, oui, admit Liana en souriant.

— Pourquoi tu travailles autant ?

La question la surprit. Comment expliquer ça à une petite fille de son âge ?

— Parce que je veux pouvoir faire plein de choses, voyager, être indépendante… Et puis, j'aime bien être occupée.

Clara sembla réfléchir un instant avant d'acquiescer.

— Moi aussi, quand je serai grande, je travaillerai beaucoup. Mais pas dans un restaurant, parce que c'est trop fatiguant.

Liana éclata de rire.

— C'est un bon plan, ça.

Les jours suivants, elle trouva peu à peu son équilibre. Certes, c'était intense, mais elle se sentait vivante. Elle aimait ce qu'elle faisait, même si ce n'était pas parfait, et elle commençait à se projeter un peu plus loin.

Mais elle savait qu'à un moment, elle allait devoir réfléchir à la suite.

Et elle ignorait encore où tout ça allait la mener.

Les jours passaient, et peu à peu, Liana se sentait plus à l'aise au restaurant.

Elle connaissait maintenant la carte par cœur, savait exactement combien de temps chaque plat mettait à sortir, et avait même appris à gérer les clients les plus exigeants avec un sourire inébranlable. Ses collègues la prenaient de moins en moins pour « la petite nouvelle » et commençaient à la voir comme une vraie membre de l'équipe.

Mais celui avec qui elle s'entendait le mieux, c'était Alex.

Alex travaillait au restaurant depuis deux ans. Grand, brun, avec un sourire malicieux et une énergie débordante, il était le genre de personne qui trouvait toujours le moyen de détendre l'atmosphère, même pendant les coups de feu en cuisine.

Un soir, alors qu'ils rangeaient après le service, il lui lança :

— Alors, toujours en vie après cette soirée infernale ?

— À peine, répondit Liana en s'appuyant contre le comptoir. Sérieusement, ces clients-là… Ils croyaient qu'on était leurs esclaves ou quoi ?

Alex éclata de rire.

— Oh, tu n'as encore rien vu. Attends d'avoir un client qui te claque des doigts pour que tu viennes à sa table.

Liana grimaça.

— Je crois que je vais péter un câble si ça arrive.

— C'est à ce moment-là que tu apprends à sourire tout en rêvant de les balancer dehors, plaisanta-t-il.

Elle rit avec lui, appréciant sa légèreté. Alex avait cette capacité à rendre les pires journées supportables.

Les jours suivants, leur amitié se renforça.

Ils avaient pris l'habitude de rentrer ensemble après leurs services tardifs, partageant des fous rires sur les pires clients de la soirée ou sur les erreurs improbables qu'ils avaient commises.

— T'imagines si on écrivait un livre sur tout ce qu'on voit ici ? lança Liana un soir en refermant son manteau sous la fraîcheur londonienne.

— Franchement, on deviendrait millionnaires. « Les Chroniques d'un serveur au bout de sa vie », ça sonne bien, non ?

— J'achète direct, répondit-elle en riant.

Un soir, après un service particulièrement éprouvant, Alex lui proposa :

— Viens, on va boire un verre. Ça nous fera du bien.

Liana hésita une seconde. Elle était fatiguée, mais l'idée de prolonger la soirée avec lui lui plaisait.

— Allez, vendu. Mais un seul, j'ai les enfants demain matin.

— Promis, répondit-il avec un sourire en coin.

Ils atterrirent dans un petit pub à quelques rues du restaurant. L'ambiance était chaleureuse, et Liana se sentit immédiatement bien.

— Alors, t'aimes toujours Londres ? demanda Alex en levant son verre.

Elle réfléchit un instant avant de hocher la tête.

— Ouais. C'est intense, mais j'adore.

— T'as prévu de rester combien de temps ?

Elle haussa les épaules.

— Aucune idée. Pour l'instant, je prends les choses comme elles viennent.

— Pas mal comme philosophie, admit Alex.

Ils trinquèrent, et Liana sentit qu'une nouvelle étape s'ouvrait devant elle. Elle avait trouvé un équilibre, une nouvelle amitié sincère, et surtout, elle se sentait à sa place.

Avec le temps, Liana et Alex étaient devenus inséparables au restaurant. Ils se comprenaient d'un regard, se soutenaient pendant les rushs, et trouvaient toujours une façon de tourner les situations stressantes en blagues absurdes.

Un soir particulièrement chargé, alors qu'ils couraient dans tous les sens, Liana s'arrêta un instant derrière le comptoir, essoufflée.

— Je vais mourir, Alex. Littéralement. Enterre-moi avec une pizza.

— Pas le temps de mourir maintenant, on a encore six tables à servir, répondit-il en remplissant un plateau. Mais t'inquiète, si jamais tu t'écroules, je dirai au chef de te transformer en plat du jour.

Elle éclata de rire.

— Aujourd'hui, spécialité de la maison : Liana grillée aux fines herbes.

— Avec un accompagnement de frites, bien sûr, ajouta Alex avec un clin d'œil.

Un autre soir, alors que le restaurant était en plein service du dîner, une cliente extrêmement exigeante commença à râler :

— Je voulais mon steak medium rare, et il est medium. C'est inacceptable.

Liana tenta de garder son calme.

— Je suis désolée, madame, je vais demander en cuisine qu'on vous le refasse.

La cliente leva les yeux au ciel.

— Et mon vin ? Il est trop chaud.

Alex, qui passait derrière, attrapa discrètement un glaçon et le glissa dans son propre verre avant de chuchoter à Liana :

— Passe-lui ça, elle va adorer.

Liana se retint de rire et dut se mordre la joue pour ne pas éclater sur place.

Parfois, ils trouvaient des moyens plus subtils de se venger des clients odieux. Comme cette fois où un homme claqua des doigts pour appeler Liana :

— Mademoiselle ! Plus vite, voyons !

Liana s'approcha avec son sourire le plus professionnel, mais Alex, qui avait tout vu, ne put s'empêcher de souffler assez fort en passant :

— Ah, la noblesse est de sortie ce soir…

Heureusement, le client ne comprenait pas le français. Liana dut se cacher derrière le comptoir pour éclater de rire.

Mais il y avait aussi des moments plus calmes, où ils parlaient de tout et de rien après leur service, assis sur les marches du restaurant, une canette de soda à la main.

— Alors, t'as jamais pensé à faire autre chose ? demanda Liana un soir.

— Tu veux dire, à part servir des steaks mal cuits et courir après les clients qui partent sans payer ? plaisanta Alex.

— Ouais, un truc qui te passionne.

Il haussa les épaules.

— J'aime bien la photo. Mais pour l'instant, ça reste un hobby.

— T'as déjà pensé à en faire ton métier ?

— Peut-être. Mais bon, la vie, c'est pas toujours aussi simple.

Liana hocha la tête. Elle comprenait ce sentiment. Elle-même était encore en train d'essayer de comprendre ce qu'elle voulait vraiment faire.

Mais une chose était sûre : avec Alex, chaque jour au restaurant était une aventure. Et même si le futur restait flou, elle savait qu'elle pouvait compter sur lui pour rendre le quotidien un peu plus léger.

CHAPITRE 26

Petit à petit, l'amitié entre Liana et Alex avait dépassé les murs du restaurant.

Ils avaient pris l'habitude de se retrouver après les services tardifs, que ce soit pour boire un verre, manger un truc sur le pouce, ou simplement marcher dans les rues de Londres en discutant de tout et de rien.

Un soir, alors qu'ils étaient assis sur un banc près de la Tamise, une barquette de frites entre eux, Alex lança :

— Franchement, c'est bizarre de se dire qu'on s'est rencontrés en se faisant hurler dessus par un chef hystérique.

Liana rit.

— Ouais, y a plus glamour comme début d'amitié.

Il prit une frite, pensif.

— Mais tu sais, c'est cool de t'avoir rencontrée. Ça faisait longtemps que je n'avais pas eu une amie comme toi.

Elle lui lança un regard en coin.

— C'est une déclaration ?

— Absolument pas, répondit-il avec un sourire malicieux. Juste une constatation.

Elle sourit. Avec Alex, elle se sentait bien, comme si elle pouvait être elle-même sans se poser de questions.

Un samedi après-midi, ils décidèrent de faire un truc différent.

— Viens, on va à Camden Market, proposa Alex. T'as déjà été ?

— Non, mais j'en ai entendu parler.

— Tu vas adorer. C'est un mélange de chaos et de génie.

Et il avait raison. Entre les stands de street food, les fringues vintage, et les artistes de rue, Camden était un véritable spectacle vivant. Liana s'arrêta devant un stand de bijoux faits main et essaya une bague en argent.

— Elle te va bien, fit remarquer Alex.

— Mais je n'ai pas les moyens.

— Laisse-moi deviner… tu vas la reposer, partir, puis y repenser toute la soirée ?

— Exactement.

Il secoua la tête, amusé.

— Tu réfléchis trop, Liana.

Elle haussa les épaules, avant de reposer la bague.

— Et toi, t'as trouvé ton bonheur ? demanda-t-elle.

— Attends, répondit-il en s'éloignant vers un autre stand.

Quelques minutes plus tard, il revint avec une casquette rouge pétant sur la tête.

— Sérieusement ? rit-elle.
— Absolument. J'adopte un nouveau style.
— Un style de touriste perdu ?
— Exaaactement.

Ils passèrent l'après-midi à flâner, à goûter des plats improbables et à faire les idiots avec des lunettes de soleil ridicules.

C'était une amitié simple, sans prise de tête.

Mais leur quotidien allait bientôt être bousculé.

Un soir, alors que Liana terminait son service et rangeait ses affaires dans le vestiaire, elle sentit son téléphone vibrer.

Un message d'Alex : « Rejoins-moi dehors. Urgent. »

Intriguée, elle sortit en vitesse.

Alex l'attendait, l'air un peu paniqué.
— Qu'est-ce qu'il se passe ?

Il lui montra son téléphone.
— J'ai reçu un message chelou d'un numéro inconnu.

Liana fronça les sourcils et lut à voix haute :

« Tu ferais mieux de faire attention à toi. »
Elle releva la tête vers lui.

— C'est une blague ?

— Je n'en sais rien. Mais ce n'est pas le premier. J'en ai reçu un autre y a quelques jours, du genre : « Je sais où tu bosses. »

Liana sentit un frisson lui parcourir l'échine.

— C'est peut-être juste un idiot qui s'amuse…

— Peut-être, mais ça me fout mal à l'aise.

Elle réfléchit un instant.

— T'as parlé de ça à quelqu'un d'autre ?

— Non, juste toi.

Un silence s'installa.

— Viens, on va prendre un verre et essayer de comprendre, proposa-t-elle.

Ils s'éloignèrent ensemble dans la nuit londonienne, sans se douter que ce message n'était que le début d'une série d'événements inattendus…

Liana n'arrêtait pas d'y penser. Ce message anonyme reçu par Alex la perturbait plus qu'elle ne voulait l'admettre. Qui pouvait bien lui envoyer ça ? Un client mécontent ? Une ex rancunière ? Une mauvaise blague ?

Le lendemain, elle en parla à Marion en sirotant un café dans leur spot habituel.

— C'est bizarre, non ? demanda-t-elle en remuant sa cuillère dans sa tasse.

— Carrément, répondit Marion en fronçant les sourcils. Il t'a dit si ça lui était déjà arrivé avant ces derniers jours ?

— Non, c'est récent. Et ce qui m'inquiète, c'est que ça semble ciblé. Genre, « Je sais où tu bosses »... C'est flippant.

Marion prit une gorgée de son café, pensive.

— Tu sais, à Londres, y a toujours des gens un peu cinglés. Mais si ça continue, il devrait peut-être prévenir la police.

— C'est ce que je lui ai dit, mais il pense que ça va passer.

— Classique, soupira Marion. Il fait genre « Je gère », alors qu'en vrai, il est sûrement plus inquiet qu'il ne veut bien l'admettre.

— C'est exactement ça.

Liana jeta un regard à Marion, reconnaissante qu'elle prenne l'affaire au sérieux. Elles parlaient souvent de tout et de rien, de leurs journées, de leurs rêves, mais là, c'était différent. Elle avait besoin de son avis, de son soutien.

— Faut juste qu'il fasse attention, ajouta Marion. Et toi aussi, d'ailleurs. On ne sait jamais.

Liana hocha la tête, un peu plus soucieuse qu'elle ne l'aurait voulu.

Le soir même, elle retrouva Alex après leur service, toujours troublée.

— T'as reçu d'autres messages ? demanda-t-elle en s'asseyant à côté de lui sur un banc, dans une ruelle derrière le restaurant.

— Non, rien depuis hier. Peut-être que c'était une mauvaise blague, tenta-t-il de minimiser.

— Ou peut-être que la personne attend juste le bon moment.

Alex souffla en regardant son téléphone.

— Je n'ai pas envie de devenir parano, tu vois ?

— Je comprends… Mais au cas où, essaye de repérer si quelqu'un te regarde un peu trop au resto ou ailleurs. Et si jamais tu reçois un autre message, tu me préviens direct.

Il la fixa un instant, puis sourit.

— Merci, Sherlock.

Elle lui donna un coup de coude en riant.

— Sérieusement, fais attention.

— Promis.

Les jours passèrent, et tout semblait être rentré dans l'ordre. Plus de messages étranges. Alex avait retrouvé son insouciance habituelle, et Liana avait fini par relâcher la pression.

Un soir, elle insista pour que Marion se joigne à eux après leur service.

— T'es toujours collée à Alex, se moqua Marion en arrivant. J'espère que tu ne vas pas me remplacer.

— Jamais, répondit Liana en lui passant un bras autour des épaules.

Alex, lui, fit une grimace exagérée.

— Attends, je croyais être ton préféré ?

— C'est ce que je te laisse croire, répondit Liana avec un clin d'œil.

Ils éclatèrent de rire et s'installèrent dans un pub animé du centre-ville.

— Bon, Alex, on va mener notre enquête sur ton stalker, déclara Marion après quelques verres.

— Attendez, vous êtes sérieuses ?

— Évidemment, répondit Liana en attrapant son téléphone. Déjà, t'as pas envie de savoir si ce numéro est relié à quelqu'un ?

Alex hésita avant de tendre son téléphone.

— Vas-y, mais si c'est un serial killer, on arrête tout.

Liana tapa le numéro sur un site de recherche inversée. Après quelques secondes de chargement, un nom apparut.

Ils se figèrent tous les trois.

— C'est qui ? demanda Alex en se penchant.
Liana déglutit.
— Ça te dit quelque chose ?
Alex fixa l'écran et blêmit légèrement.
— Ouais… c'est mon ex.
Un silence s'installa.
— Et merde, souffla Marion.
— Je savais qu'elle était un peu… intense, mais là…
Liana échangea un regard inquiet avec Marion.
— Tu veux qu'on fasse quoi ? demanda-t-elle doucement.
Alex resta silencieux un instant, puis secoua la tête.
— Je vais régler ça.
Mais Liana n'était pas convaincue que ce serait aussi simple…

CHAPITRE 27

Le lendemain, Alex paraissait plus tendu que d'habitude. Il n'en avait pas reparlé à Liana ni à Marion, mais ça se voyait qu'il avait du mal à penser à autre chose.

Au restaurant, il jetait des coups d'œil nerveux vers l'entrée à chaque fois que la porte s'ouvrait. Liana, qui le connaissait maintenant par cœur, décida d'attendre la fin du service pour le confronter.

Quand ils sortirent du restaurant après la fermeture, elle s'approcha de lui.

— Bon, t'attends qu'elle débarque avec une batte ou quoi ?

Il esquissa un sourire, mais son regard restait préoccupé.

— J'sais pas, Liana. J'ai un mauvais pressentiment.

Ils marchèrent ensemble dans la rue calme, l'air nocturne encore chargé de l'odeur des cuisines et du tabac froid des clients sortis fumer.

— Elle est toujours amoureuse de toi, hein ?

Alex souffla, passant une main dans ses cheveux.

— J'sais pas si on peut appeler ça de l'amour. Elle m'a toujours dit que j'étais « à elle », tu vois ? Même quand on s'est séparés, elle m'a sorti que j'allais revenir.

Liana fronça les sourcils.

— Et elle sait qu'on est amis ?

Alex la regarda, puis détourna les yeux.

— Je pense qu'elle nous a vus.

Un frisson parcourut Liana.

— Quoi ?

— L'autre jour, quand on est allés boire un verre après le boulot. J'ai eu cette sensation bizarre d'être observé, mais j'me suis dit que je devenais parano. Maintenant…

Liana sentit un mélange d'adrénaline et d'agacement monter.

— Tu crois qu'elle nous suit ?

— Je n'en sais rien.

Ils restèrent silencieux un instant, le bruit lointain des voitures remplissant l'espace.

— Et si on la croisait ? demanda-t-elle.

Alex haussa les épaules.

— Ça dépend… Si elle est venue pour me parler, ou pour te faire une scène.

Liana écarquilla les yeux.

— Pardon ?

— Je te l'ai dit, elle était ultra possessive. Si elle croit qu'il y a un truc entre nous…

Liana roula des yeux.

— Elle peut bien penser ce qu'elle veut. Ce n'est pas le cas.

— Ouais, mais ça ne veut pas dire qu'elle va le voir comme ça.

Liana croisa les bras, son cerveau déjà en train d'analyser la situation.

— Ok. On fait quoi alors ?

Alex hésita, puis soupira.

— Je vais lui parler. Lui dire d'arrêter.

— Seul ?

— T'as une meilleure idée ?

Liana n'aimait pas ça. Cette histoire prenait une tournure qui la mettait mal à l'aise.

— Tu sais quoi ? Si elle est vraiment en train de nous surveiller, elle ne va pas tarder à se montrer.

Alex haussa un sourcil.

— T'es en train de me dire qu'on lui tend un piège ?

Elle haussa les épaules avec un sourire malicieux.

— Disons qu'on lui donne l'opportunité de se dévoiler.

Et Liana avait vu juste.

Le soir suivant, alors qu'ils terminaient leur service, une silhouette familière apparut sur le trottoir d'en face.

Une jeune femme aux cheveux bruns ondulés, en jean et veste en cuir, les observait depuis l'ombre d'un lampadaire.

Liana la repéra avant même qu'Alex ne lève la tête.

— C'est elle, murmura-t-elle.

Alex la vit à son tour et se tendit immédiatement.

— Merde…

L'ex d'Alex ne bougeait pas, les bras croisés, le regard planté sur eux. Elle ne souriait pas.

— Ok… je vais lui parler, déclara Alex.

Liana posa une main sur son bras.

— T'es sûr ?

— Oui. Rentre, je te rejoins après.

Mais Liana ne bougea pas.

— Et si ça dégénère ?

— Ça ira.

Elle n'aimait pas ça du tout, mais elle savait qu'Alex était du genre à vouloir régler ses problèmes lui-même. Elle recula donc lentement, tout en gardant un œil sur la scène.

Alex traversa la rue et s'approcha de son ex.

D'ici, Liana ne pouvait pas entendre ce qu'ils se disaient, mais elle voyait leurs expressions.

Alex parlait calmement, les mains dans les poches.

Son ex, en revanche, semblait plus agitée.

Puis, soudainement, son regard se tourna vers Liana.

Un frisson la parcourut.

La jeune femme la détailla de la tête aux pieds, son visage tordu par une expression qu'elle n'arrivait pas à décrypter.

Liana se força à rester immobile, soutenant son regard.

Puis, après quelques secondes, l'ex d'Alex lâcha un dernier mot et tourna les talons, disparaissant dans la nuit.

Alex revint vers elle, l'air épuisé.

— Alors ?

Il souffla.

— Elle est persuadée qu'il y a quelque chose entre nous.

Liana leva les yeux au ciel.

— Super. Et tu lui as dit quoi ?

— La vérité. Mais je ne sais pas si elle l'a crue.

Liana sentit un malaise s'installer en elle.

— Ça veut dire qu'elle va revenir ?

Alex passa une main sur son visage.

— Franchement… je n'en sais rien.

Mais quelque chose disait à Liana que ce n'était pas fini.

***

Les jours passèrent sans incident, mais une tension latente s'installait. Liana essayait de ne pas y penser, de continuer son quotidien normalement entre le restaurant, la famille et ses moments avec Marion. Mais elle sentait que quelque chose n'allait pas.

Elle n'était pas paranoïaque… et pourtant, à plusieurs reprises, elle eut cette sensation désagréable d'être observée.

Une fois, en sortant du restaurant, elle crut apercevoir une silhouette familière de l'autre côté de la rue. Une autre fois, alors qu'elle se promenait avec Marion dans Camden, elle eut l'impression qu'on la suivait. Chaque fois qu'elle se retournait, il n'y avait rien. Mais son instinct lui criait que ce n'était pas une coïncidence.

Puis vinrent les messages.

Un soir, alors qu'elle rentrait chez la famille après son service, son téléphone vibra.

Numéro inconnu : « Tu devrais faire attention avec qui tu traînes. »

Liana s'arrêta net au milieu du trottoir.

Son cœur battait plus vite. Elle relut plusieurs fois le message, hésita à répondre, puis verrouilla son écran.

C'était elle.

Elle en était sûre.

Elle pensa aussitôt à prévenir Alex, mais elle se ravisa. Il avait déjà assez de soucis avec son ex, et elle refusait de lui donner une raison de s'inquiéter encore plus.

Le lendemain, elle retrouva Alex au restaurant.

— Ça va ? lui demanda-t-il en la voyant arriver, l'air préoccupé.

Elle hésita une seconde, puis secoua la tête.

— Ouais… juste fatiguée.

Mais Alex la connaissait trop bien. Il plissa les yeux.

— Tu mens.

Elle soupira.

— J'ai reçu un message bizarre hier soir.

Il posa aussitôt son torchon et la fixa.

— Quel genre de message ?

Elle lui montra son téléphone.

Il lut rapidement avant de relever les yeux vers elle, la mâchoire serrée.

— Putain…

— Ouais.

Il passa une main dans ses cheveux, clairement énervé.

— Ça commence à bien faire.

— Qu'est-ce que tu veux faire ?

— L'appeler. Lui dire d'arrêter ses conneries.

— Et si ça l'encourageait au contraire ?

Alex marqua un silence.

— Tu crois qu'elle irait jusqu'où ?

Liana n'en avait aucune idée.

Mais une chose était sûre : ce n'était pas fini.

Liana aurait aimé croire que Nathalie allait lâcher l'affaire. Mais elle savait que ce n'était qu'une illusion.

Et elle avait raison.

Deux jours plus tard, alors qu'elle terminait son service au restaurant, elle sortit par l'arrière pour prendre l'air. La ruelle était calme, à peine éclairée par la lumière des lampadaires. Elle ferma les yeux un instant, savourant le silence après l'agitation du service.

Quand elle les rouvrit, elle sursauta.

Nathalie était là.

Adossée contre un mur, les bras croisés, elle la fixait d'un regard glacé.

— Toi et moi, on doit parler.

Liana sentit son estomac se nouer, mais elle se força à ne pas reculer.

— Je t'écoute, répondit-elle d'un ton calme.

Nathalie s'approcha, son visage partiellement dissimulé sous une capuche.

— Je vais être claire, commença-t-elle. Je sais ce que tu fais avec Alex.

Liana haussa un sourcil.

— On travaille ensemble. On est amis. Je ne vois pas où est le problème.

— Amis ? répéta Nathalie en ricanant. Arrête ton cirque. J'ai vu comment il te regarde.

Liana croisa les bras.

— Et alors ? Il a le droit de voir qui il veut, non ?

Nathalie serra les poings.

— Il m'aime encore. Il me reviendra. Tu n'es qu'une distraction.

Liana sentit une colère froide monter en elle.

— Si c'est le cas, pourquoi tu es là ? Si tu es si sûre qu'il t'aime encore, pourquoi tu perds ton temps avec moi ?

Un silence s'installa.

Nathalie la fixait avec intensité, ses yeux brillants de rage.

— Écoute bien, lança-t-elle d'une voix basse et menaçante. Reste loin de lui. C'est un conseil.

Elle pivota sur ses talons et s'éloigna, disparaissant dans la nuit.

Liana resta figée un instant, le cœur battant.

Puis elle sortit son téléphone et envoya un message à Alex.

Liana : « On doit parler. Maintenant. »

Alex ne tarda pas à répondre.

Il arriva au restaurant quelques minutes plus tard, l'air préoccupé. Liana l'attendait, assise à une table au fond, son esprit en ébullition.

— Qu'est-ce qui se passe ? demanda-t-il, prenant place devant elle.

Elle hésita un instant, puis lui raconta la confrontation avec Nathalie, omettant quelques détails pour ne pas l'inquiéter davantage.

— Elle a dit que tu lui reviendrais. Qu'elle te voulait encore, expliqua-t-elle.

Alex pinça les lèvres, ses yeux se remplissant de frustration.

— C'est n'importe quoi. Je lui ai déjà dit que c'était fini entre nous.

— Mais elle ne semble pas l'avoir compris.

Il passa une main dans ses cheveux, visiblement agacé.

— Je vais lui parler. Une bonne fois pour toutes. Elle doit comprendre que je ne suis pas intéressé.

— Et si elle ne t'écoute pas ? Liana se redressa, le regard sérieux. Je ne veux pas que ça tourne mal.

Alex la fixa intensément.

— Je ne vais pas te laisser dans cette situation. Elle ne va pas te faire peur. Je vais prendre les choses en main.

Liana acquiesça, mais une appréhension grandissait en elle.

Après avoir discuté pendant un moment, ils décidèrent qu'Alex allait confronter Nathalie le lendemain. Liana retourna chez la famille, le cœur lourd.

Le lendemain, la tension dans le restaurant était palpable. Les employés se lançaient des regards inquiets, conscients que quelque chose se tramait en arrière-plan.

Liana s'inquiétait pour Alex. Elle avait le sentiment que la confrontation ne se passerait pas comme prévu. En plein service, elle vit Alex entrer, l'air grave.

Elle s'approcha de lui, ses mains moites.

— Ça s'est passé comment ?

Alex secoua la tête.

— Elle n'a pas voulu écouter. Elle a même commencé à crier.

Liana blêmit.

— Quoi ?

— Je l'ai laissée dans l'ignorance, mais elle a fait des menaces. Elle a dit qu'elle allait se battre pour moi. Qu'elle ne te laisserait pas tranquille.

Une boule de stress se forma dans l'estomac de Liana.

— Qu'est-ce que tu veux dire par « se battre » ?

Alex soupira, visiblement agacé par la tournure des événements.

— Elle est instable. Je ne sais pas jusqu'où elle est prête à aller. Je te promets que je vais gérer ça, mais…

Mais Liana savait que la situation devenait de plus en plus sérieuse.

Le soir même, Liana et Marion se retrouvèrent pour discuter de tout ça.

— Je n'aime pas cette Nathalie, déclara Marion, ses yeux s'illuminant de détermination. Elle ne te fait pas peur ?

— Un peu, admit Liana. Mais Alex est là pour moi.

— Oui, mais si elle est aussi déterminée que ça… Peut-être qu'on devrait faire quelque chose.

Liana réfléchit.

— Tu veux dire… prendre des mesures ?

— Oui, quelque chose qui montre qu'on ne se laissera pas faire.

Liana hocha la tête, ses pensées déjà en train de s'emballer.

La nuit tomba sur Londres, et elle avait l'impression que la ville elle-même se tenait en attente, comme si quelque chose de majeur allait se produire.

Prête à affronter cette nouvelle menace, Liana savait qu'elle ne pouvait plus ignorer le défi qui se dressait devant elle. Que faire pour protéger son avenir et celui de ses relations ? Elle s'apprêtait à prendre les choses en main.

CHAPITRE 28

Liana se réveilla le lendemain matin, le cœur lourd mais déterminé. Elle savait qu'il était temps d'agir pour gérer la situation avec Nathalie. Après sa discussion avec Marion la veille, elle commença à élaborer un plan.

En buvant son thé, Liana réfléchit à la meilleure façon de protéger sa relation avec Alex. Elle décida d'élaborer une stratégie avec Marion.

— Écoute, Marion, dit Liana en prenant place à la table. Nathalie ne va pas s'arrêter, et je ne veux pas qu'elle réussisse à me faire douter.

Marion hocha la tête, attentive.

— Bien sûr, qu'est-ce que tu as en tête ?

— Je pense qu'il faut qu'Alex soit au courant de ce qui se passe, mais pas seulement. Je veux qu'on lui montre qu'on ne se laisse pas faire.

Marion sourit, enthousiaste.

— Je suis tout à fait d'accord. Que dirais-tu de faire une soirée entre nous trois ? On pourrait se retrouver et en parler.

— Excellente idée, répondit Liana. Je vais inviter Alex ce soir. On pourra se retrouver dans un bar où on a l'habitude d'aller.

Plus tard dans la journée, Liana envoya un message à Alex, l'invitant à se joindre à elles pour une soirée. Elle espérait que cette rencontre les rapprocherait et les aiderait à solidifier leur alliance face à Nathalie.

Quand le soir arriva, Liana, Marion et Alex se retrouvèrent dans un bar convivial, l'atmosphère animée et chaleureuse. Liana se sentait nerveuse, mais la présence de ses amis la rassurait.

Après quelques boissons, Liana prit une grande respiration.

— Bon, Alex, il faut qu'on parle de Nathalie. Elle est vraiment déterminée à semer le trouble entre nous.

Alex fronça les sourcils, un air sérieux sur le visage.

— Oui, je l'ai remarqué. Ça devient lourd.

Liana hocha la tête, soulagée qu'il ait remarqué la même chose.

— J'ai l'impression qu'elle ne s'arrêtera pas là. Je pense que nous devons agir.

Marion, qui les écoutait, ajouta :

— Pourquoi ne pas lui montrer que vous êtes unis ? Faire en sorte qu'elle comprenne que vous ne la laisserez pas vous séparer.

Liana acquiesça, une idée se formant dans son esprit.

— Oui, exactement. Je veux que nous soyons un front uni. Si elle voit que nous sommes proches, elle pourrait perdre de l'intérêt.

La conversation s'intensifia, et le trio commença à élaborer des petites tactiques. Ils décidèrent d'afficher leur complicité chaque fois qu'ils étaient ensemble, de manière à ce que Nathalie le remarque. Liana et Alex se pencheraient l'un vers l'autre, échangeraient des sourires complices, et même partageraient des anecdotes amusantes.

— Et si on se faisait un dîner ensemble ce week-end ? proposa Marion. Cela pourrait être un bon moyen de renforcer vos liens tout en montrant à Nathalie que vous ne vous laissez pas influencer.

Liana se mit à sourire à cette idée.

— Oui, j'adore ! Plus on est visibles ensemble, mieux c'est.

Alex sourit à son tour.

— Comptez sur moi. Je suis partant pour ce dîner.

Les jours passèrent, et Liana se sentit plus confiante. Elle savait qu'avec Marion et Alex à ses côtés, elle pouvait faire face à Nathalie. Le week-end arriva rapidement, et le trio se retrouva pour un dîner mémorable. Ils rirent, partagèrent des histoires et renforcèrent leur complicité, comme prévu.

Alors qu'ils sortaient du restaurant, Liana aperçut Nathalie au loin. Elle la regarda avec défi, mais au lieu de ressentir de l'angoisse, elle se sentit forte, entourée de ses amis.

— Regarde, il y a Nathalie, murmura Marion.
— Peu importe, répondit Liana avec assurance. Elle ne peut pas nous atteindre.

Liana était prête à affronter ce qui venait, sachant qu'elle n'était pas seule dans ce combat. Avec Marion et Alex à ses côtés, elle se sentait prête à affronter Nathalie et à défendre leur amitié.

**

Les jours suivants la confrontation avec Nathalie, Liana, Alex et Marion passèrent plus de temps ensemble. De plus, l'ambiance au restaurant était légèrement apaisée, car Nathalie semblait moins obsédée et moins présente. Elle observait parfois de loin la dynamique de l'amitié entre les trois jeunes adultes, réalisant qu'elle ne pouvait pas les séparer aussi facilement.

Liana, Marion et Alex formaient une petite bulle joyeuse, partageant rires et plaisanteries. Ils prenaient souvent leurs pauses ensemble, explorant les rues de Londres, découvrant de nouveaux cafés et discutant de tout et de rien. Liana commençait à se sentir plus en confiance, appréciant vraiment la camaraderie qui s'était développée.

Cependant, alors que l'amitié se renforçait, Alex ressentait quelque chose de plus profond pour Liana. Il la trouvait incroyable : son rire, sa gentillesse et la façon dont elle interagissait avec les enfants. À chaque moment passé ensemble, il se perdait un peu plus dans ses pensées à son sujet. Mais, conscient de la complexité de la situation, il gardait ses sentiments pour lui.

Un soir, après une longue journée de travail, les trois amis se retrouvèrent dans un petit pub. Assis autour d'une table, Liana se laissa aller à des histoires amusantes sur ses expériences en tant qu'au pair, faisant rire Marion et Alex aux éclats.

— Tu sais, je suis assez fière de moi, dit-elle en souriant, en évoquant les crises de Clara et

Tom quand elle avait tenté de les motiver à faire leurs devoirs.

Alex la regardait avec admiration, un sourire discret sur le visage. Elle était tout simplement charmante.

Nathalie, qui passait par là, ne put s'empêcher de les observer à distance. Elle remarqua l'harmonie qui se dégageait entre eux et, réalisant qu'elle ne pouvait rien faire pour les diviser, commença à se désintéresser peu à peu de Liana. Cela ne voulait pas dire qu'elle abandonnerait totalement l'idée de reconquérir Alex, mais elle comprenait qu'elle devait changer sa stratégie.

Au fil des semaines, les trois amis continuèrent à tisser des liens solides. Un jour, alors qu'ils sortaient du travail, Liana proposa :

— Pourquoi ne pas aller voir un concert ce week-end ? Ça pourrait être sympa !

Marion, qui les avait rejoint et Alex échangèrent des regards enthousiastes.

— Excellente idée, Liana ! répondit Marion, ses yeux brillant d'excitation. Je suis partante !

Alex acquiesça avec un sourire, mais une partie de lui était partagée. Il voulait passer du temps avec Liana, mais l'idée d'être entouré d'autres personnes le rendait nerveux.

Alors qu'ils se dirigeaient vers le concert, Liana commença à discuter avec Marion de ses dernières découvertes musicales. Alex, marchant à leurs côtés, se sentait de plus en plus attiré par Liana, et la façon dont elle s'animait en parlant de musique ne faisait qu'accentuer ses sentiments.

À la fin de la soirée, alors qu'ils se disaient au revoir, Liana se tourna vers Alex.

— Je suis vraiment contente qu'on ait passé cette soirée ensemble. Merci d'être là.

Alex, piqué par un élan de courage, décida de lui répondre.

— Moi aussi, Liana. C'est toujours un plaisir.

Mais il se retint de lui révéler ce qu'il ressentait, conscient que cela pourrait compliquer leur amitié. À la place, il lui offrit un sourire chaleureux, espérant que le temps pourrait jouer en sa faveur.

Les jours passèrent et l'amitié entre Liana, Marion et Alex ne cessait de grandir. Alex commençait à accepter le fait que ses sentiments pour Liana ne disparaîtraient pas, mais il devait d'abord se concentrer sur leur amitié. Et, qui sait, peut-être qu'un jour Liana verrait en lui plus qu'un simple ami.

L'atmosphère au sein du trio demeurait enjouée, mais un changement subtil s'installait. Alex se retrouvait souvent perdu dans ses pensées, sa concentration oscillant entre le travail et ses sentiments grandissants pour Liana. Pendant ce temps, Liana continuait de tisser des liens avec Alex, ignorant les sentiments qu'il commençait à éprouver pour elle.

Le concert auquel ils avaient assisté fut un point de basculement. Après cette soirée mémorable, ils se mirent à se voir encore plus souvent. Ils partageaient des repas, riaient ensemble et discutaient de tout et de rien. Marion, toujours enjouée et prête à soutenir ses amis, se réjouissait de les voir si complices.

Un jour, lors d'une pause au restaurant, Liana et Alex prenaient le soleil à l'extérieur, tandis que Marion était à l'intérieur. Liana partageait une histoire amusante sur un enfant de sa famille d'accueil qui avait tenté de lui apprendre des mots en anglais. Alex l'écoutait avec un sourire, appréciant la façon dont elle s'animait en parlant.

— Tu es vraiment douée avec les enfants, Liana, dit-il sincèrement. Ils t'adorent.

Elle sourit, un peu gênée par le compliment.

— Merci, je pense que j'essaie juste de m'amuser avec eux. Ça aide !

Mais alors qu'Alex l'observait, il se sentait tiraillé entre son amitié avec Liana et son attirance grandissante pour elle.

C'est à ce moment-là que Nathalie refit surface. Elle avait remarqué la complicité qui s'était installée entre eux et n'aimait pas cela. Elle décidait qu'il était temps de reprendre les choses en mains, déterminée à faire renaître la flamme de son ancienne relation avec Alex.

Un soir, alors qu'Alex sortait du travail, Nathalie l'attendait à l'extérieur. Il la vit de loin, surprise de la voir ici.

— Alex, bonsoir ! Je ne savais pas que tu travaillais ce soir, dit-elle d'un ton léger, mais son regard était perçant.

— Salut Nathalie, oui, j'ai eu une longue journée. Qu'est-ce que tu fais ici ?

Elle s'avança, un sourire faux sur le visage.

— Je voulais juste passer te voir. J'ai remarqué que tu aimais beaucoup cette Liana. C'est sérieux entre vous ?

Alex sentit un frisson de méfiance parcourir son échine.

— C'est juste une amie, répondit-il, tentant de garder son calme. On s'entend bien, c'est tout.

Nathalie haussait les sourcils, feignant l'innocence.

— Juste une amie ? Hmm, tu sais qu'elle n'a pas l'air d'une simple amie, n'est-ce pas ?

Alex, agacé par cette insinuation, répliqua :

— Qu'est-ce que tu veux dire par là ?

Nathalie s'approcha un peu plus, son ton devenant plus direct.

— Écoute, je sais que nous avons eu notre histoire, mais je ne comprends pas pourquoi tu t'entoures d'elle. Tu pourrais te concentrer sur ce qu'on avait.

Alex ne pouvait plus supporter ce genre de discussion. Il prit une profonde inspiration et répondit avec fermeté.

— Ce que nous avions, c'est du passé. J'ai tourné la page, Nathalie. Liana et moi sommes amis, et c'est tout ce qui compte.

Nathalie ne lâcha pas prise, son regard déterminé.

— Je ne pense pas que Liana soit la bonne personne pour toi. Fais attention à ne pas te laisser entraîner.

Alex se détourna, décidant de ne pas céder à la provocation. Il était fatigué de ce cycle et savait que sa loyauté était envers Liana et Marion, qui l'avaient soutenu sans jugement.

Le lendemain, alors que Liana, Marion et Alex se retrouvaient pour un café, Alex ne put s'empêcher de penser à sa confrontation avec Nathalie. Il se sentait toujours agité par ses mots, mais il savait qu'il ne devait pas laisser le passé le rattraper.

— Qu'est-ce qui ne va pas ? demanda Marion, en regardant Alex avec un mélange de curiosité et de préoccupation.

Liana, assise à côté d'Alex, tourna la tête vers lui, prête à écouter.

— C'est juste une vieille connaissance, rien de grave, répondit-il en esquivant la question.

Liana et Marion échangèrent un regard, mais décidèrent de ne pas insister. Elles étaient habituées à ses silences, mais une part d'elles voulait comprendre.

Cependant, alors que le temps passait, Liana commença à remarquer des petits changements chez Alex. Ses sourires devenaient plus timides, et il semblait parfois perdu dans ses pensées. Un soir, alors qu'ils se promenaient dans un parc,

Liana sentit que c'était le moment de lui poser la question.

— Alex, est-ce que tout va bien ? Tu sembles un peu distant ces derniers temps.

Il s'arrêta, réalisant qu'il devait partager ce qu'il ressentait.

— C'est juste que… j'ai eu une conversation avec Nathalie, expliqua-t-il, hésitant. Elle semble avoir des doutes sur notre amitié.

Liana se redressa, un sentiment d'agacement montant en elle.

— Nathalie, encore ? Elle ne devrait pas s'immiscer dans notre vie.

Alex acquiesça, mais une partie de lui était inquiète de la manière dont Liana pourrait réagir à cela.

— Je ne veux pas que cela affecte notre amitié, ajouta-t-il.

Elle sourit doucement, touchée par son souci.

— Ne t'inquiète pas pour elle. Notre amitié est ce qui compte.

Mais au fond, Liana se demandait si ses sentiments pour Alex ne seraient pas plus compliqués qu'elle ne l'avait envisagé.

Alors que les jours passaient, Liana était de plus en plus consciente que son amitié avec Alex était spéciale, mais elle ne ressentait pas pour lui ce qu'il semblait commencer à éprouver. Elle appréciait sa compagnie, sa bonne humeur, et la manière dont ils pouvaient rire ensemble, mais son cœur ne battait pas plus fort en sa présence. Elle se disait que c'était une belle amitié, mais rien de plus.

De son côté, Alex continuait de jongler avec ses sentiments grandissants, conscient qu'il devait garder tout cela pour lui. Son attirance pour Liana devenait de plus en plus difficile à gérer, surtout lorsqu'il la voyait s'épanouir avec Marion, qui, pour sa part, semblait toujours être à ses côtés.

Marion, de son côté, observait la dynamique entre Liana et Alex. Elle se sentait de plus en plus attirée par lui. Chaque rire partagé, chaque regard échangé entre Alex et Liana lui laissait un goût amer. Elle commença à se sentir tiraillée entre son amitié pour Liana et ses propres sentiments pour Alex. Bien que Liana lui parlait souvent d'Alex avec enthousiasme, Marion gardait ses propres émotions secrètes, craignant que cela ne complique leur amitié.

Un jour, alors qu'elles prenaient un café ensemble, Liana ne put s'empêcher de parler d'Alex, comme à son habitude.

— Je suis vraiment contente de l'avoir dans ma vie, dit-elle en souriant. Il est tellement drôle et agréable. Je ne sais pas ce que je ferais sans lui.

Marion, feignant l'enthousiasme, acquiesça mais ne put s'empêcher de ressentir un pincement au cœur.

— Oui, il est super, répondit-elle. Vous êtes vraiment proches, c'est chouette.

Liana ne remarqua pas l'ombre de mélancolie sur le visage de Marion. Elle continua de parler d'Alex, de leur complicité et de leurs projets de sortie. Mais à chaque mot prononcé, Marion ressentait le poids de son secret, la jalousie grandissante la rongeant de l'intérieur.

La situation se compliqua davantage lorsque Nathalie, ayant observé Liana et Alex de loin, décida de s'immiscer encore dans leurs vies. Elle avait remarqué les regards échangés entre Marion et Alex, et elle commença à voir une opportunité pour semer la discorde. Elle se mit à observer leurs interactions, cherchant à exploiter la situation à son avantage.

Un soir, alors que Liana et Marion rentraient ensemble, elles croisèrent Alex qui sortait d'un café à proximité. Liana l'appela avec enthousiasme.

— Alex ! Viens ici, on parle de toi !

Alex s'approcha, un sourire aux lèvres, mais Nathalie, qui se tenait à l'écart, observa la scène avec un sourire malicieux. Elle se rapprocha discrètement, prête à écouter.

— Qu'est-ce que tu fais là ? demanda Liana en s'approchant d'Alex.

— Juste un café rapide avec un ami, répondit-il en lui rendant son sourire.

Nathalie se mit alors à intervenir.

— Oh, Alex, c'est super que tu traînes avec Liana. Mais dis-moi, tu es sûr que c'est juste de l'amitié ? Je vois souvent Marion te regarder avec un regard… intéressant.

Le cœur de Liana se serra, tandis que Marion se figeait sur place. Elle n'aimait pas du tout ce qu'elle venait d'entendre.

— Quoi ? s'écria Liana, surprise. Marion a un regard intéressant sur Alex ?

Marion, sentant la pression, essaya de sourire, mais cela se transforma en un rictus maladroit.

— C'est juste une blague, Nathalie, dit-elle, essayant de minimiser la situation.

Alex, réalisant l'ampleur de l'intrigue, intervint :

— Écoutez, n'écoutez pas Nathalie, elle essaie juste de vous énerver. Elle est comme ça...

Nathalie se contenta de sourire, satisfaite de son coup. Elle savait que la graine du doute était semée.

Liana, troublée par les paroles de Nathalie, regarda Alex puis Marion, se sentant prise dans un tourbillon d'émotions.

— C'est bien d'être amis, mais on peut toujours être transparents, n'est-ce pas ? demanda Liana, un peu perplexe.

Alex hocha la tête, tandis que Marion détourna le regard, perdue dans ses pensées.

CHAPITRE 29

Les jours suivants, la tension entre les trois amis s'accentua. Alex continuait de ressentir une forte attraction pour Liana, mais il était conscient que ses sentiments n'étaient pas réciproques. D'un autre côté, il sentait que Marion, qui était de plus en plus silencieuse, avait quelque chose sur le cœur.

Un soir, après une longue journée de travail, ils se retrouvèrent tous au parc pour décompresser. Liana, essayant de briser la glace, proposa de jouer à un jeu de société, mais l'ambiance était tendue.

— Allez, ne soyez pas si sérieux ! dit-elle en riant. Qu'est-ce qui se passe ?

Marion, encore plus réservée, tenta de sourire.

— Rien, c'est juste une journée longue, répondit-elle.

Alex, se sentant mal à l'aise, décida d'aborder le sujet.

— Écoutez, je ne veux pas que tout ça devienne bizarre entre nous. Si l'un de vous a quelque chose à dire, il devrait le faire maintenant.

Liana hocha la tête, mais Marion restait silencieuse. Elle savait que Liana se confierait à elle, mais elle ne pouvait pas se résoudre à lui avouer ce qu'elle ressentait pour Alex.

Nathalie, toujours en retrait, observait la scène, un sourire satisfait aux lèvres. Elle savait qu'elle avait réussi à créer un fossé entre eux, mais elle voulait encore plus de désordre.

En attendant, Alex se préparait à affronter ses propres émotions, sachant qu'il devait choisir entre avouer ce qu'il ressentait pour Liana ou protéger leur amitié.

La nuit tomba lentement, et l'amitié qui les unissait semblait vaciller sous le poids des secrets et des jalousies. Les tensions entre eux promettaient de s'intensifier, et chacun d'eux allait devoir faire face à la réalité de leurs sentiments.

***

La vie quotidienne de Liana reprit son cours, marquée par le rythme du travail au restaurant, ses responsabilités avec la famille, et les moments partagés avec Marion et Alex. Elle commençait à se sentir de plus en plus à l'aise dans sa routine, appréciant les petites joies des journées ensoleillées et les éclats de rire avec ses amis. Mais une ombre du passé était sur le point de surgir à nouveau.

Un soir, après avoir terminé son service au restaurant, Liana rentra chez elle, épuisée mais satisfaite. Elle s'installa sur son lit, se déchaussant tout en se préparant à consulter ses messages. En ouvrant son téléphone, elle remarqua une notification qui fit battre son cœur un peu plus vite.

Nouveau message de Tristan.

Liana déglutit, le cœur battant. Cela faisait des mois qu'elle n'avait pas eu de nouvelles de lui, et son absence avait laissé un vide dans son esprit. Avec un mélange d'excitation et d'anxiété, elle ouvrit le message.

Tristan : « Salut Liana ! J'espère que tu vas bien. Je suis désolé pour mon absence, j'avais tellement de choses en tête. Est-ce que ça te dit qu'on se voit pour aller boire une petite bière ? »

Les mots dansaient devant ses yeux. Liana sentit une vague de souvenirs l'envahir – la chaleur de leurs conversations, la légèreté de leurs moments passés ensemble. Mais une part d'elle hésitait, se demandant si elle devait renouer ce contact après avoir pris un certain temps pour se concentrer sur elle-même.

Finalement, elle se décida à répondre.

Liana : « Salut Tristan ! Ça fait longtemps. Je vais bien, merci. Une bière me semble une bonne idée. Quand es-tu disponible ? »

Elle appuya sur « envoyer », son cœur battant la chamade, se demandant quelle direction prendrait leur rencontre. En attendant sa réponse, elle se leva pour se préparer un thé, le cerveau encore tourbillonnant d'émotions.

***

Le lendemain, Tristan lui répondit rapidement.

Tristan : « Super ! Je suis libre ce week-end. Que dirais-tu de samedi soir ? »

Liana acquiesça avec un sourire. Cela lui semblait une bonne idée. Elle avait toujours aimé leur petite routine de se retrouver pour discuter et rire.

Liana : « Ça marche ! On se voit samedi à 19h ? »

Après quelques échanges de messages, ils se mirent d'accord. Liana ressentait une excitation mélangée à une légère nervosité. Que dirait-elle ? Que se passerait-il ?

Le samedi arriva rapidement. Liana se préparait avec soin, choisissant une tenue qui la faisait se sentir à la fois à l'aise et confiante. En regardant son reflet dans le miroir, elle se rappela les conversations qu'elle avait eues avec Marion à propos de Tristan, de ce qu'il représentait pour elle. Elle se demandait comment les choses auraient changé entre eux.

Quand elle arriva au bar, elle repéra Tristan assis à une table, l'air détendu, avec une bière à la main. Il avait toujours ce sourire qui lui faisait fondre le cœur.

— Salut, Liana ! s'exclama-t-il en se levant pour l'accueillir. Tu es rayonnante !

Elle sentit une chaleur monter à ses joues alors qu'elle s'installait en face de lui.

— Merci, toi aussi ! Ça fait plaisir de te voir.

Leurs échanges reprirent rapidement comme s'ils ne s'étaient jamais quittés. Ils discutèrent de leur vie respective, des nouvelles expériences, des amitiés, et des changements survenus depuis leur dernière rencontre. Tristan lui parla de son travail et de ses voyages, tandis que Liana partagea des anecdotes sur ses nouveaux amis et son emploi au restaurant.

Au fil de la conversation, Liana sentit une complicité naturelle et spontanée renaître entre eux. Mais en même temps, elle avait une petite voix dans sa tête qui lui rappelait la complexité de sa vie actuelle et elle se demanda toujours quelle était la réelle raison de ces mois d'absence.

Alors qu'ils plaisantaient sur des souvenirs partagés, Tristan s'arrêta un instant, son regard devenant plus sérieux.

— Tu sais, je suis vraiment content d'être de retour et de pouvoir te voir. Tu es quelqu'un de spécial pour moi, Liana.

Le cœur de Liana fit un bond. Elle n'avait pas oublié les sentiments qu'elle avait eu pour lui, mais elle était également consciente de la direction que prenait sa vie actuellement.

— Je... je suis contente de te revoir aussi, dit-elle en tâchant de garder une note de légèreté dans sa voix.

Tristan continua, son regard fixant le sien.

— J'ai pensé à toi pendant mon absence. Je veux être honnête, je n'ai jamais cessé de penser à nous.

Liana se sentit déstabilisée. Les mots de Tristan résonnaient en elle, mais elle savait que la situation était différente maintenant. Elle avait d'autres priorités, d'autres relations à naviguer.

— Tristan, je… ça a été un moment difficile pour moi, dit-elle finalement, choisissant ses mots avec soin. Je me concentre sur ma vie ici en ce moment. J'apprécie vraiment notre amitié, mais il est compliqué de revenir en arrière.

Tristan sembla comprendre, un léger soupir s'échappant de ses lèvres.

— Je comprends, et je ne veux pas te mettre mal à l'aise. Je voulais juste être franc avec toi.

Ils continuèrent leur conversation, mais Liana savait que les sentiments entre eux restaient à l'état latent. Alors qu'ils se séparaient, Liana se sentit à la fois réconfortée par la connexion qu'ils partageaient et préoccupée par ce que cela signifiait pour sa vie actuelle.

***

Les jours suivant leur rencontre, Liana ne pouvait s'empêcher de penser à Tristan. Chaque instant passé ensemble, chaque rire partagé, ravivait une flamme qu'elle croyait éteinte. Elle avait toujours été folle amoureuse de lui, et malgré sa vie actuelle, ses sentiments prenaient le dessus. Petit à petit, elle commença à le revoir plus souvent.

Ils se retrouvaient pour des bières, des dîners, et parfois même pour de longues promenades dans les parcs de Londres. À chaque rendez-vous, Liana oubliait le reste : les questionnements sur son avenir, ses responsabilités au travail, et même l'amitié grandissante avec Alex. Liana était simplement heureuse d'être à nouveau avec Tristan.

Un soir, alors qu'ils étaient assis sur un banc, sous un ciel étoilé, Tristan lui parla de ses projets futurs.

— J'ai encore quelques examens à passer pour intégrer la police criminelle, lui expliqua-t-il avec enthousiasme. Et puis, j'aimerais vraiment acheter une maison ici à Londres, fonder une famille. C'est ça mon rêve.

Liana l'écoutait, fascinée. Chaque mot semblait la rapprocher un peu plus de lui. Elle se sentait à la fois excitée et un peu perdue, mais elle ne posa aucune question sur son absence prolongée, cherchant à ne pas briser l'enchantement du moment.

Avec tous ces nouveaux sentiments, Liana ressentit le besoin d'en parler à Marion.

Lors d'un de leurs cafés habituels, elle lui raconta tout.

— C'est comme si tout était redevenu possible, lui confia-t-elle, le regard brillant. Je ne peux pas croire à quel point je suis heureuse de le revoir. J'ai l'impression qu'il n'y a jamais eu de pause entre nous.

Marion sourit, mais son regard trahissait une certaine préoccupation.

— Et qu'en est-il de ce que tu ressens pour Alex ? demanda-t-elle. Je sais qu'il s'est beaucoup investi dans votre amitié.

Liana haussait les épaules, un peu gênée.

— Je ne sais pas… Je me sens bien avec Alex, mais rien ne peut égaler ce que je ressens pour Tristan. C'est compliqué.

Marion l'écouta attentivement, mais elle ne pouvait s'empêcher de ressentir une légère jalousie pour Alex, qui semblait avoir des sentiments pour Liana.

Au fur et à mesure que Liana passait du temps avec Tristan, Alex commença à remarquer qu'elle était moins disponible pour leurs sorties habituelles. Il avait toujours été un ami loyal et se préoccupait sincèrement de Liana. Il ressentit une petite pointe de jalousie en la voyant s'éloigner.

Un soir au restaurant, alors qu'ils prenaient une pause, Alex se décida à aborder le sujet.

— Liana, ça fait un moment que je ne t'ai pas vue en dehors du boulot. Tu es occupée ?

Liana, consciente de la tendresse de son ami, ne pouvait s'empêcher de ressentir une culpabilité.

— Je suis désolée, Alex. J'ai revu Tristan, et ça prend un peu de temps. Je pensais que tu comprendrais.

Alex fit une pause, son regard se faisant plus sérieux.

— Bien sûr, je comprends, mais tu sais que je tiens à toi, n'est-ce pas ?

Liana hocha la tête, un léger frisson d'inquiétude parcourant son esprit. Elle savait que les sentiments d'Alex pour elle commençaient à se renforcer, mais elle n'était pas prête à les confronter.

CHAPITRE 30

Plus les jours passaient, plus Liana se sentait enivrée par son histoire avec Tristan. Ils passaient des heures ensemble, partageant des rires et des confidences, et Liana oubliait la complexité de sa vie. Mais chaque retour à la maison était accompagné d'une pensée sur Alex. Elle s'inquiétait de le décevoir, de laisser leurs liens s'effriter.

Marion, consciente de la situation, proposa à Liana de parler franchement à Alex pour ne pas le blesser davantage. Liana savait que c'était peut-être la meilleure chose à faire, mais elle se sentait partagée. Elle n'était pas prête à blesser Alex, mais elle ne voulait pas non plus renoncer à la chance de retrouver une relation avec Tristan.

Puis les semaines passèrent et Liana et Tristan continuèrent à se voir. Petit à petit, leur relation devint plus sérieuse, comme si chaque rencontre leur permettait de rattraper le temps perdu. Les discussions sur l'avenir, les rêves et les projets de vie ensemble s'intensifièrent, et Liana se mit à envisager un futur avec lui.

Les rendez-vous se transformèrent en soirées à deux, à cuisiner ensemble, à se balader dans les rues animées de Londres, et à partager des secrets enfouis. Liana se sentait comblée, transportée par la force de ses sentiments pour Tristan. C'était comme si toutes les incertitudes qu'elle avait ressenties auparavant s'étaient évanouies.

Cependant, cette nouvelle dynamique commença à créer une distance entre Liana et Alex. Les soirées qu'ils passaient ensemble devinrent plus rares. Alex ressentait la différence, mais il ne savait pas comment aborder le sujet sans paraître possessif. La jalousie s'insinuait lentement en lui, tout comme l'inquiétude de perdre Liana.

Marion, de son côté, observait le changement avec une inquiétude grandissante. Elle était contente pour Liana, mais elle ne pouvait s'empêcher de se sentir un peu laissée de côté, surtout lorsque les soirées avec ses deux amis se transformaient en événements où Tristan prenait une place prépondérante.

Nathalie, toujours présente dans l'ombre, continuait à observer les interactions entre Liana, Alex et Tristan. Elle se réjouissait secrètement de l'éloignement croissant entre

Liana et Alex. Pour elle, cela ne faisait que renforcer son sentiment de posséder un avantage dans cette histoire compliquée. Elle espérait voir Alex souffrir et revenir vers elle.

***

Un soir, après une longue journée de travail, Marion invita Liana à prendre un verre pour discuter. Elle se sentait un peu mise de côté et avait besoin de partager ses sentiments.

— Écoute, Liana, je suis contente que tu sois heureuse avec Tristan, mais j'ai l'impression qu'on ne se voit plus autant qu'avant, dit-elle, un brin d'inquiétude dans la voix.

Liana se sentit mal à l'aise. Elle ne voulait pas blesser Marion, mais elle était également happée par son histoire avec Tristan.

— Je sais, je suis désolée. C'est juste que les choses avancent avec Tristan, et je... je veux vraiment donner une chance à notre relation, expliqua-t-elle.

Marion hocha la tête, mais ses yeux trahissaient une certaine tristesse.

— Je comprends, mais n'oublie pas que je suis toujours là pour toi. Je ne veux pas me retrouver à l'écart. Je ne veux pas qu'on perde ce que l'on a cette amitiè à laquelle je tiens.

Liana lui prit la main, ressentant la sincérité de son amie. Elle savait qu'elle devait faire des efforts pour maintenir leur amitié, mais la passion qu'elle ressentait pour Tristan compliquait les choses.

Liana se trouva à un carrefour. Sa relation avec Tristan devenait de plus en plus sérieuse, mais elle ne pouvait ignorer les sentiments d'Alex et l'inquiétude de Marion.

***

Les mois passèrent, et la relation entre Liana et Tristan continua à se renforcer. Un soir, alors qu'ils savouraient un dîner romantique dans l'appartement de Tristan, il aborda un sujet qui bouleversa Liana.

— Tu sais, Liana, je pense qu'il serait formidable qu'on fasse un pas en avant dans notre relation. Que dirais-tu de venir vivre avec moi ? demanda-t-il, un sourire chaleureux sur le visage.

Liana resta silencieuse un moment, surprise par la proposition. L'idée de partager un espace avec lui était à la fois excitante et effrayante. Elle avait toujours été indépendante et l'idée de quitter son rôle de fille au pair pour emménager avec un partenaire était un grand changement.

— Je… je dois y réfléchir, finit-elle par répondre, ne voulant pas donner de réponse précipitée.

Après cette conversation, Liana se sentit tiraillée. Elle savait qu'elle devait en parler à ses amis. Marion et Alex étaient importants pour elle, et elle ne voulait pas qu'ils se sentent mis à l'écart de sa décision.

Lors d'une soirée, Liana invita Marion et Alex chez elle, dans la maison de la famille pour laquelle elle travaillait. Ils s'installèrent autour d'un verre, et elle prit une grande respiration pour partager la nouvelle.

— Tristan m'a proposé de venir vivre avec lui, dit-elle enfin, la nervosité palpable dans sa voix.

Marion écarquilla les yeux, visiblement surprise.

— C'est une grande étape, Liana ! Tu en penses quoi ? demanda-t-elle, curieuse.

Liana hésita, se sentant un peu perdue.

— Je ne sais pas encore… C'est une belle opportunité, mais c'est un grand changement.

J'aime ma vie, et je ne veux pas perdre ce que j'ai avec vous deux.

Alex, qui était resté silencieux jusqu'à présent, intervint.

— C'est normal d'hésiter. Mais si tu sens que c'est ce que tu veux, alors fonce. Nous serons toujours là pour toi, qu'importe la décision que tu prendras.

***

Au fil des jours, Liana réfléchit de plus en plus à la proposition de Tristan. Elle se voyait bien vivre avec lui, mais elle savait également qu'il fallait qu'elle prenne des décisions concernant sa carrière. Elle avait commencé à ressentir le besoin de changer de travail. Le rythme de vie en tant que serveuse et fille au pair devenait de plus en plus pesant, surtout avec les exigences d'une relation grandissante.

Finalement, après mûre réflexion, Liana prit la décision de quitter son emploi de serveuse. Elle ne pouvait pas continuer à jongler entre sa relation avec Tristan et ses obligations professionnelles.

Elle se mit alors à chercher un autre travail et, à sa grande surprise, trouva une offre pour un poste de réceptionniste et assistante d'un chef étoilé dans la cuisine française dans un restaurant à South Kensington. Cela représentait une belle opportunité pour elle, non seulement d'évoluer dans sa carrière, mais aussi de se rapprocher du monde de la gastronomie, un domaine qui l'intéressait énormément.

Lorsqu'elle annonça à Marion et Alex son nouveau travail, ils furent ravis pour elle. Cependant, Alex ne pouvait s'empêcher de ressentir une pointe de tristesse en pensant à la distance que cela pourrait créer entre eux.

— Ça a l'air incroyable, Liana ! s'exclama Marion, son enthousiasme communicatif.

— Oui, c'est un bon choix pour toi. Avec un emploi à plein temps, tu vas pouvoir construire ta vie avec Tristan, ajouta Marion, avec un sourire encourageant.

Liana hocha la tête, reconnaissant que c'était un pas en avant dans sa vie. Elle n'avait jamais pensé à travailler dans la gastronomie comme un rêve, mais ce poste de réceptionniste et assistante d'un chef étoilé représentait une véritable opportunité. Elle allait enfin avoir un salaire stable, mieux rémunéré que son rôle actuel de fille au pair et de serveuse, ce qui lui permettrait d'être plus autonome.

Cependant, alors qu'elle parlait de son nouveau travail, elle remarqua qu'Alex restait un peu en retrait, un sourire moins éclatant sur son visage.

— Ça va, Alex ? demanda-t-elle, un peu inquiète.

Il prit un instant avant de répondre.

— Oui, bien sûr. C'est juste… tu sais, on passait beaucoup de temps ensemble, et ça risque de changer. Mais je suis vraiment content pour toi, Liana. Tu mérites de réussir.

Liana sentit un léger pincement au cœur. Elle savait que ses décisions pouvaient affecter ses amis, surtout Alex, avec qui elle avait partagé tant de moments. Elle tenta de le rassurer.

— Je ne vais pas vous oublier, je suis là. Nous allons continuer à nous voir et vous viendrez à la maison. Vous comptez beaucoup pour moi. Je veux juste faire ce qui est mieux pour moi en ce moment.

Elle espérait que cela suffirait à apaiser ses inquiétudes. Alors qu'elle se préparait à ce nouveau chapitre de sa vie, elle était à la fois excitée et nerveuse, consciente que des défis l'attendaient. Mais cette fois, elle se sentait prête à les affronter, déterminée à avancer tout en gardant ses amis près de son cœur.

CHAPITRE 31

Liana se tenait dans la cuisine lumineuse de Hampstead, un mug de thé chaud entre les mains, ses yeux posés sur les grandes baies vitrées donnant sur le jardin. Anna riait dans le salon, Clara chantonnait à l'étage, et Tom, concentré, alignait des blocs sur le tapis. C'était un quotidien qu'elle connaissait par cœur, un cocon qui avait été le sien pendant des mois. Mais aujourd'hui, quelque chose avait changé.

Elisabeth entra dans la pièce, ses lunettes sur le bout du nez, une pile de courriers à la main.

— Tu veux un autre thé ? proposa-t-elle en posant les enveloppes sur le plan de travail.

Liana inspira doucement, puis secoua la tête.

Non merci… En fait, je voulais te parler d'un truc.

Elisabeth releva les yeux, attentive.

— Bien sûr. Qu'est-ce qui se passe ?

Liana hésita une seconde. C'était là, le moment.

— J'ai pris une décision… Je vais quitter mon poste ici. J'ai trouvé un nouveau travail, et… je vais emménager avec Tristan.

Il y eut un silence, paisible mais chargé. Elisabeth la fixa un instant, puis un léger sourire s'étira sur son visage.

— Je m'en doutais un peu, dit-elle en posant doucement sa tasse. Tu semblais ailleurs ces derniers temps, plus épanouie, mais aussi un peu plus préoccupée.

Liana baissa les yeux, touchée par cette bienveillance.

— Je suis vraiment reconnaissante pour tout ce que vous m'avez apporté. C'est grâce à vous que j'ai pu tenir ici, que j'ai trouvé une sorte de famille…

— Tu en feras toujours un peu partie, Liana. Ce n'est pas parce que tu pars que tu disparais. James et moi sommes contents pour toi. C'est une belle étape.

— Merci. Je… je ne voulais pas partir du jour au lendemain. Si vous avez besoin, je peux rester encore une semaine, le temps que vous trouviez quelqu'un.

— Ce serait parfait, répondit Elisabeth en posant une main douce sur son bras. On a de la chance de t'avoir eue. Tristan a de la chance, lui aussi.

Liana esquissa un sourire timide, les yeux brillants.

Plus tard ce soir-là, dans la pénombre d'un restaurant discret de Soho, elle retrouva Tristan. Il s'était levé à son arrivée, l'avait enlacée sans un mot. Son regard cherchait le sien, curieux, un peu fébrile.

— Alors ? dit-il en s'asseyant. Tu y as réfléchi ?

Liana acquiesça, le cœur battant.

— Oui. J'ai parlé à Elisabeth. J'ai donné une semaine de préavis. Et si ta proposition tient toujours…

Il la fixa intensément, comme s'il avait besoin d'entendre les mots.

— Elle tient.

Elle sourit.

— Alors oui. J'emménage avec toi.

Il s'empara de sa main sur la table et la serra doucement.

— Tu ne vas pas le regretter.

Et dans son regard à lui, pour la première fois depuis longtemps, Liana sentit qu'elle avançait vers quelque chose qui ressemblait à un début.

La semaine suivante passa à une vitesse déconcertante. Entre les jeux avec les enfants, les repas partagés avec Elisabeth et James, les trajets à l'école et les histoires du soir, chaque geste prenait une nouvelle saveur. Liana se surprenait à s'attarder dans la cuisine, à observer les rires d'Anna, à profiter de chaque instant comme on savoure les dernières pages d'un livre qu'on a adoré.

Clara lui avait dessiné un petit carnet de souvenirs, avec des cœurs et des gribouillis maladroits.

— Comme ça, tu ne m'oublieras pas, avait-elle dit avec le sérieux d'une enfant.

Le soir même, elle retrouva Marion et Alex dans un bar discret près de Camden. L'ambiance était chaleureuse, un peu bruyante, comme elle aimait. Marion lui fit un signe enthousiaste en la voyant entrer.

— Eh ben ! Tu nous fais une star maintenant ? lança Alex avec un sourire taquin. Madame la réceptionniste à South Kensington, s'il vous plaît !

Liana éclata de rire en retirant sa veste.

— Arrête, t'es bête !

— Sérieusement, t'as l'air bien, dit Marion en la regardant. Moins… stressée qu'avant.

— Ouais. C'est bizarre, j'ai l'impression d'avoir grandi en une semaine.

Ils commandèrent des verres, trinquèrent à "la nouvelle vie de Liana", à Tristan — "le mystérieux flic qui a réussi à l'envoûter", selon Marion — et surtout, à leur amitié.

— Tu ne nous oublies pas, hein ? dit Alex en la regardant avec un faux air grave.

— Jamais. Vous êtes les premiers que j'ai rencontrés ici. Vous êtes ma famille, aussi.

Ils finirent la soirée à rire, à se raconter des souvenirs, à refaire le monde comme à leurs débuts. Liana savait que quelque chose changeait, mais rien ne se perdait. Tout évoluait. Et ça lui allait.

Le lendemain matin, le ciel de Londres était encore pâle et voilé quand le bruit d'un moteur résonna dans la rue tranquille de Hampstead. Liana jeta un dernier regard à sa chambre, désormais rangée, vidée de ses effets personnels. Sa valise était fermée, son sac sur le dos, et des cartons l'attendaient dans l'entrée.

Elle descendit les marches alors que le camion de location s'arrêtait juste devant la maison. Tristan en descendit, souriant, bonnet vissé sur la tête, les yeux pétillants malgré l'heure.

— Prête ? lança-t-il en ouvrant les bras.

— Aussi prête que possible, répondit-elle en souriant, même si sa gorge était un peu nouée.

Ils chargèrent ses affaires ensemble. Ce n'était pas grand-chose, mais chaque objet avait une histoire : une écharpe offerte par Marion, un cadre photo avec sa fratrie, un carnet de notes à moitié rempli de pensées éparses. Tristan l'aida avec une douceur silencieuse, comprenant l'importance du moment sans en faire trop.

Une fois le camion prêt, elle rentra une dernière fois dans la maison.

Elisabeth l'attendait dans le couloir, avec James à ses côtés. Les enfants encore en pyjama accoururent vers elle.

— Tu vas nous manquer, dit Anna en l'étreignant.

— Vous aussi, murmura Liana, les yeux humides.

Clara s'accrocha à sa jambe. Tom lui donna une tape maladroite sur le bras, façon garçon de six ans ému qui ne sait pas comment dire adieu. Elisabeth prit Liana dans ses bras.

— Tu peux revenir quand tu veux. La porte est toujours ouverte.

— Merci… pour tout. Vraiment.

Elle recula, leur adressa un dernier sourire, et sortit. Tristan l'attendait à côté du camion, les mains dans les poches.

— Ça va ? demanda-t-il.

Liana hocha la tête.

— Oui. C'est un peu dur… mais je suis prête.

Il lui ouvrit la portière côté passager.

— Allez. C'est le début d'un nouveau chapitre.

Elle monta dans le camion. En s'éloignant, elle regarda la maison s'effacer dans le rétroviseur. Il y avait un pincement au cœur, bien sûr. Mais aussi une chaleur immense.

Parce qu'elle savait que ce qu'elle quittait n'était pas perdu — juste transformé. Et que ce vers quoi elle allait, même s'il était encore flou, avait le goût d'un avenir qu'elle avait choisi.

CHAPITRE 32

Le nouvel appartement était lumineux, spacieux et étonnamment calme pour un coin aussi central de Londres. Situé dans une petite rue résidentielle de Notting Hill, il avait un charme discret : parquet clair, murs aux teintes douces, quelques meubles choisis avec soin, visiblement pensés pour durer.

Tristan posa le dernier carton au sol et s'étira.
— Voilà. Tout est là.

Liana s'assit sur le canapé moelleux, observant la pièce avec un mélange de fatigue et d'excitation. Elle avait du mal à croire que c'était chez elle, maintenant. Une nouvelle page, une vraie.

— Ça fait bizarre, souffla-t-elle.

Tristan s'approcha, s'agenouilla devant elle et lui prit les mains.

— Ça fait bizarre aujourd'hui… mais demain, tu verras, ce sera naturel.

Elle sourit, touchée. Il avait ce talent pour la rassurer sans promettre des choses qu'il ne pouvait pas tenir.

Le lendemain, dès l'aube, Liana se leva, noua ses cheveux rapidement, et enfila une tenue sobre mais élégante : chemisier blanc, pantalon noir, chaussures confortables mais classes. Elle se regarda dans le miroir, inspira un bon coup, puis attrapa son sac.

— Bonne chance, murmura Tristan encore à moitié endormi depuis leur lit.

— Merci. J'essaie de ne pas m'évanouir avant d'arriver là-bas.

Elle quitta l'appartement, sauterelles dans le ventre, et prit le métro direction South Kensington. Le quartier avait ce côté raffiné et un peu intimidant. Les vitrines étaient impeccables, les passants pressés mais stylés, et elle se demanda, l'espace d'un instant, si elle allait vraiment être à la hauteur.

En arrivant devant le restaurant, un bâtiment sobre et élégant à la façade anthracite, elle sentit son cœur accélérer. Une plaque discrète affichait le nom du chef étoilé — Marcello Rinaldi — et elle se demanda s'il allait être aussi froid que les rumeurs le disaient.

Mais c'est Claire, la réceptionniste principale, qui l'accueillit à l'entrée. Une femme élégante dans la quarantaine, au regard perçant mais au sourire sincère.

— Liana ? Bienvenue. Tu es pile à l'heure, c'est déjà un bon point.

Elle hocha la tête, impressionnée, et la suivit à l'intérieur. L'ambiance était feutrée, les tables parfaitement dressées, tout brillait. On sentait la rigueur dans les moindres détails.

Claire lui montra son bureau, lui expliqua rapidement les bases : planning, réservations, codes à respecter, attitude à adopter. Liana écoutait, notait mentalement tout, ne voulant rien rater.

— Tu verras, ici, c'est intense, mais on apprend vite. Et si tu tiens le rythme… tu peux aller loin, ajouta Claire en posant une main légère sur son épaule.

À la fin de la journée, Liana avait mal aux pieds, la tête pleine, mais le cœur étrangement léger. Elle avait réussi. Elle s'en était sortie. Elle n'était plus la fille au pair qui tâtonnait dans un pays étranger. Elle devenait une femme qui avançait.

Et en rentrant chez elle, quand Tristan l'accueillit avec un plat de pâtes à moitié cramé et un sourire fier, elle se dit que, malgré la fatigue, elle était exactement là où elle devait être.

Le lendemain, Liana commença sa journée un peu plus tôt. Claire lui avait confié qu'ils attendaient une visite surprise de Rinaldi dans la matinée. Apparemment, le chef passait rarement, mais quand il venait, tout le monde se mettait au garde-à-vous.

— Il a l'œil pour les détails, tu vas voir. Rien ne lui échappe, avait soufflé Claire en l'ajustant sur sa tenue. Et il ne parle pas beaucoup. Mais quand il parle… tout le monde écoute.

Liana, intriguée, s'efforça d'être irréprochable. Elle se tenait droite, les cheveux bien attachés, sa voix calme au téléphone. Elle revérifia les réservations, les menus, les couverts brillants. Elle voulait que tout soit parfait.

Il arriva vers dix heures trente.

Marcello Rinaldi portait une veste sombre, des lunettes de soleil qu'il retira à peine entré, et une aura de calme glacé. Il n'était pas très grand, mais il imposait par sa posture, son regard précis, et sa façon d'évoluer dans le restaurant comme s'il en percevait chaque respiration.

Il ne dit rien d'abord. Il passa le long des tables, observa les fleurs, fit un signe discret à un serveur qui changea aussitôt un verre mal aligné. Puis il s'arrêta devant le comptoir, là où se trouvait Liana.

— C'est vous, la nouvelle ?

Sa voix était grave, nette, presque douce. Liana acquiesça.

— Oui, monsieur. Liana.

Un bref silence. Il la regarda quelques secondes, puis hocha la tête.

— Vous parlez bien. Et vous avez les yeux vifs. Gardez ça. Ici, les gens brillent ou ils brûlent.

Il tourna les talons, s'éloigna sans un mot de plus. Claire, derrière Liana, souffla presque de soulagement.

— T'as eu un compliment. Accroche-toi.

Liana resta un instant figée, le cœur battant. Il n'avait pas dit grand-chose, mais elle avait senti… une reconnaissance. Une validation.

***

Ce soir-là, en rentrant chez elle, elle retrouva Tristan qui l'attendait avec une bouteille de vin et deux verres déjà prêts.

— Alors ? Il t'a parlé ?

— Oui, sourit-elle. Trois phrases. Mais je crois que je les retiendrai toute ma vie.

Ils trinquèrent, les verres tintèrent doucement dans l'appartement encore un peu en désordre, mais rempli d'un nouveau rythme à deux.

Liana s'habituait doucement à cette nouvelle cadence. Les horaires de Tristan, les siens, les repas pris ensemble entre deux shifts, les silences partagés qui n'étaient pas pesants, juste remplis de confiance.

Certains soirs, quand ils parvenaient à se retrouver un peu plus tôt, elle l'entendait rentrer, poser doucement ses clés dans le petit bol près de la porte, puis venir la chercher dans la cuisine. Parfois, ils préparaient à deux un plat simple — un risotto, une poêlée de légumes, ou juste des pâtes à l'ail et au persil, comme elle les aimait.

— Tu sais que tu cuisines mieux que certains de mes collègues au commissariat ? avait-il plaisanté un soir. Sérieusement, tu me sauves la vie.

Ils mangeaient souvent sur le canapé, une couverture sur les genoux, un film en fond, parfois même sans trop le regarder. Ce qu'elle préférait, c'était quand Tristan commençait à lui parler. Vraiment parler.

Il lui racontait certaines missions en infiltration, des filatures dans des quartiers qu'elle connaissait à peine, des déguisements improbables, des suspects bavards.

— Et là, le mec m'explique en détail son plan de vol… à moi, genre le gars pense que je suis son nouveau partenaire. Je devais garder mon sérieux, mais à l'intérieur, j'avais envie de rire tellement c'était surréaliste.

Elle écoutait, fascinée. Parfois inquiète. Mais toujours fière. Il avait cette manière posée, presque méthodique, de raconter les choses, mais ses yeux s'animaient, et elle sentait qu'il aimait ce qu'il faisait.

Une nuit, alors qu'ils étaient allongés dans leur lit, il s'était tourné vers elle, l'air un peu plus sérieux.

— Je ne t'ai jamais trop parlé de ma famille, hein ?

— Non… mais j'aimerais bien.

Alors il lui parla de son père, gardien de prison depuis plus de vingt ans, dur à la tâche, pas toujours démonstratif, mais profondément loyal. De sa mère, réceptionniste dans un commissariat, toujours le mot gentil, celle qui avait appris à tous à ne jamais juger trop vite. Et de sa sœur, future avocate, ambitieuse, parfois un peu trop sérieuse, mais brillante et drôle quand elle se laissait aller.

Liana, émue, se confia aussi un peu. Sur ses sœurs, sur Maxime, sur les pommes de terre qui revenaient tout le temps à table quand elle était petite, sur les goûters que leur mère préparait pour leurs amis, sur cette maison qui n'avait pas grand-chose mais qui vibrait de vie.

Tristan l'écoutait en silence. Et quand elle s'était arrêtée, il avait simplement glissé sa main dans la sienne.

— T'as une force en toi, Liana. Tu t'en rends compte, un peu ?

Elle avait souri. Pas parce qu'elle y croyait forcément, mais parce que venant de lui, ces mots avaient un poids.

Et même s'ils ne se voyaient pas tous les soirs, même si elle finissait parfois à 22h, même si les semaines étaient longues, elle se sentait heureuse. Ancrée. À sa place.

Un jeudi soir, alors que Liana venait à peine de rentrer du restaurant, les cheveux encore attachés à la va-vite et les pieds fatigués, elle trouva Tristan dans la cuisine, un plat de lasagnes réchauffant au four et deux verres de vin déjà servis.

— J'ai deviné que t'allais rentrer affamée, dit-il en souriant.

Elle le regarda, attendrie. C'était dans ces petits gestes-là qu'elle l'aimait le plus.

— Et j'ai une surprise, ajouta-t-il, un peu malicieux.

— Dis-moi.

— Ma sœur, Juliette, veut te rencontrer. Elle est curieuse de "la fameuse Liana". C'est ses mots, pas les miens. On est invités dimanche pour le déjeuner chez mes parents. Tu te sens de venir ?

Liana sentit son cœur battre un peu plus fort. C'était une étape. Une vraie. Mais elle hocha la tête sans hésiter.

— Bien sûr que oui. Ça me fait plaisir. J'ai hâte.

— Parfait. T'as pas besoin de stresser, tu vas leur plaire. Juliette est un peu piquante, mais elle est cool. Et ma mère va vouloir t'adopter.

Ils dînèrent tranquillement, entre rires et silences confortables. Puis, allongés sur le canapé, elle laissa sa tête tomber contre son épaule, bercée par le film qui tournait en fond et la chaleur de sa main dans la sienne.

Ce soir-là, Liana se dit qu'elle était vraiment là où elle devait être.

CHAPITRE 33

Le dimanche arriva plus vite que Liana ne l'avait imaginé. Debout devant le miroir, elle avait passé de longues minutes à hésiter entre deux robes — l'une un peu trop chic, l'autre trop décontractée. Finalement, elle opta pour une tenue simple, élégante, et des boucles d'oreilles discrètes. Elle voulait faire bonne impression, sans trop en faire.

Tristan l'attendait dans le salon, prêt, un manteau sur le bras.

— Tu es magnifique, souffla-t-il en l'embrassant sur le front. Ils vont t'adorer.

La maison des parents de Tristan se trouvait dans un quartier calme de la banlieue de Londres, un pavillon aux briques rouges entouré d'un petit jardin bien entretenu. Dès qu'ils arrivèrent, la porte s'ouvrit avant même qu'ils n'aient eu le temps de frapper.

— Mon garçon ! s'exclama une femme brune, les traits doux, en ouvrant grand les bras. Ah, tu m'avais prévenue, mais elle est encore plus jolie en vrai !

Liana rougit légèrement en recevant l'accolade chaleureuse d'Elena, la mère de

Tristan. Le père, Robert, se contenta d'un hochement de tête bienveillant et d'un sourire sincère.

— Bienvenue chez nous, dit-il d'une voix calme.

La première partie du déjeuner se passa dans une ambiance légère. On parlait du travail de Tristan, de la cuisine de Liana — "Marcelo Rinaldi ? Rien que ça !", avait dit Elena, impressionnée —, de la pluie anglaise et de quelques souvenirs embarrassants de Tristan enfant que sa mère adorait raconter.

Puis Juliette fit son entrée, légèrement en retard, un sac griffé au bras, lunettes de soleil encore posées sur la tête alors qu'on était à l'intérieur.

— Salut tout le monde, lança-t-elle en embrassant ses parents. Tristan.

Elle se tourna ensuite vers Liana avec un sourire poli, un peu figé.

— Et toi, tu dois être Liana.

— Oui, enchantée.

Juliette lui serra la main, sans s'attarder.

— Tu travailles avec Rinaldi, c'est ça ? Le chef au caractère bien trempé ?

Liana sourit doucement.

— C'est lui. Mais ça se passe bien. Je suis assistante et réceptionniste pour l'instant.

Juliette hocha la tête, haussa à peine les sourcils.

— C'est… original comme parcours. T'as étudié quoi, déjà ?

Tristan intervint aussitôt, posant sa main sur celle de Liana.

— Elle a un parcours riche. Et beaucoup de courage, tu verrais tout ce qu'elle a déjà traversé.

Juliette se contenta d'un petit sourire, pas méchant, mais suffisamment distant pour que Liana le remarque.

Le reste du repas se passa dans une ambiance un peu flottante. La mère de Tristan faisait tout pour inclure Liana, lui posant mille questions, lui demandant si elle aimait les lasagnes maison, s'ils pensaient adopter un chat — "Tristan adorait les chats, petit !" — et Robert, lui, écoutait, ponctuait de quelques blagues discrètes.

Juliette, elle, restait polie, mais réservée. Comme si elle observait. Jugeait, peut-être. À un moment, Liana la surprit à la regarder, son regard un peu flou, indéchiffrable.

Plus tard, sur le chemin du retour, Liana resta silencieuse un moment, le regard tourné vers les gouttes qui glissaient sur la vitre.

— T'as remarqué ? demanda-t-elle finalement.

— Juliette ?

— Oui. Elle ne m'aime pas trop, hein.

Tristan soupira.

— Elle est… particulière. Elle a toujours eu ce côté un peu critique, avec tout le monde. Elle s'ouvre difficilement. Mais elle apprendra à te connaître. Et à t'apprécier. Elle n'a pas le choix.

Il la regarda tendrement.

— Moi, je t'aime. C'est tout ce qui compte.

Elle posa sa tête contre son épaule, et laissa ce silence-là les envelopper. Celui qui rassure. Celui qui unit.

***

Le silence dans la voiture se prolongea un peu, mais ce n'était pas un silence pesant. C'était celui qu'on partage quand on est fatigué, quand la journée a été longue, pleine de sourires forcés, de mots pesés, d'observations muettes.

Tristan gara la voiture devant leur immeuble, coupa le moteur, puis se tourna vers elle.

— T'as été parfaite, tu sais.

Liana haussa les épaules, un peu gênée.

— Peut-être pour ta mère, oui… mais ta sœur…

— Juliette est comme ça. Elle vit dans une autre bulle. Elle aime ce qui brille. Mais elle n'a rien contre toi. Elle ne te connaît pas encore, c'est tout. Et crois-moi, elle n'a jamais validé aucune de mes ex, donc t'es déjà mieux partie que les autres.

Liana esquissa un sourire, touchée malgré elle.

Ils montèrent, et une fois à l'intérieur, elle enleva ses chaussures avec soulagement, laissant tomber son manteau sur le dossier du canapé.

— Tu veux qu'on mange un truc ? proposa Tristan. Je n'ai pas super faim après tout ce qu'on a englouti, mais je peux te faire une tisane ou un chocolat chaud.

— Un chocolat chaud, ce serait parfait, murmura-t-elle, en s'affalant sur le canapé.

Pendant qu'il s'activait dans la cuisine, elle alluma une bougie parfumée et mit un fond de musique douce. Quand il revint avec deux mugs fumants, elle lui fit de la place, se blottit contre lui.

— Tu sais… ta famille est adorable, hein. Vraiment. Ta mère est un amour.

— Et mon père ?

— Très sympa. J'aime bien son humour. Mais ta sœur… ouais, j'ai senti qu'elle ne me trouvait pas à la hauteur. Et ça m'a un peu piqué. Je sais que je n'ai pas fait de grandes études, ni grandi dans le même monde qu'elle… mais je n'ai pas à avoir honte non plus, si ?

Tristan la regarda longuement, la tasse entre ses mains.

— Bien sûr que non. T'as rien à prouver à Juliette. Ce que t'as vécu, ce que t'as construit toute seule, c'est mille fois plus impressionnant que n'importe quel diplôme accroché à un mur.

Elle baissa les yeux, touchée, émue.

— Merci…

Il l'attira doucement contre lui, et elle posa sa tête sur son torse, écoutant les battements calmes de son cœur.

Ils restèrent comme ça, longtemps. À moitié lovés, les jambes entremêlées sous une couverture, un film en sourdine à la télé qu'ils ne regardaient même pas vraiment. Liana se sentit légère, apaisée. Elle avait beau sentir cette petite morsure au fond d'elle à cause de Juliette, elle savait qu'ici, dans ces bras-là, elle avait trouvé un endroit où elle pouvait être elle-même sans se justifier.

Ce soir-là, elle s'endormit dans le canapé, la tête posée sur Tristan, un sourire léger aux lèvres, pendant que la pluie recommençait à danser contre les vitres.

***

Le lendemain matin , le soleil brillait timidement, filtrant à travers les rideaux de la chambre. Liana s'étira lentement, savourant le fait d'avoir une journée rien qu'à elle. Pas de téléphone qui sonne, pas de clients à accueillir, pas de stress.

Tristan était déjà partis au travail aux aurores. Elle jeta un coup d'œil à son portable. Un message de Marion, envoyé la veille au soir :

« Demain, restau avec Alex et moi ? Ça te dit ? »

Elle avait répondu aussitôt : « Oui, avec plaisir ! Ça me manquait trop. »

Quelques heures plus tard, elle retrouva ses deux amis devant un petit resto italien cosy à Camden. Marion arriva la première, toute souriante, les cheveux attachés en une tresse soignée, toujours aussi douce. Alex suivit peu après, vêtu d'une chemise noire simple, mais impeccable, un léger parfum musqué dans son sillage.

— Ah ben vous deux, j'vous jure, j'avais trop besoin de vous voir, s'exclama Liana en les prenant tous les deux dans ses bras. Ça faisait longtemps.

— Et t'as l'air rayonnante, lança Marion avec un clin d'œil. L'amour, ça te réussit.

Liana rit, légèrement gênée.

— Peut-être bien…

Ils prirent place dans un coin tranquille, échangèrent des nouvelles, des potins, des rires. Marion raconta son quotidien chez sa famille d'accueil, les devoirs, les disputes entre les enfants, les moments de tendresse.

— Franchement, ça va. Je suis bien là-bas, ils sont gentils. J'ai l'impression que je fais partie de la famille parfois, dit-elle avec un sourire attendri.

Alex, de son côté, annonça fièrement :

— Et moi j'ai été promu manager au resto. Enfin ! J'ai plus de responsabilités, mais c'est motivant. Puis j'ai un peu augmenté mon salaire, ce n'est pas du luxe.

— Wahou, bravo Alex ! s'exclama Liana, sincèrement heureuse. Tu le mérites tellement.

Il rougit légèrement, baissant les yeux vers son assiette.

— Merci…

Puis, presque à voix basse, il ajouta :

— Et… j'ai eu des nouvelles de Nathalie.

Marion leva un sourcil.

— Attends, Nathalie, la folle furieuse ?

— Elle m'a écrit une lettre. Une vraie lettre. Genre, manuscrite, envoyée par la poste. Elle voulait s'excuser pour tout ce qu'elle avait fait. Elle disait qu'elle avait compris beaucoup de choses, qu'elle voulait juste me dire pardon.

Liana fronça les sourcils.

— Et tu lui as répondu ?

— Non. Je ne sais pas… Je n'ai pas envie de retomber là-dedans. Mais en même temps, ça m'a un peu chamboulé de recevoir ça. C'est étrange… de revoir ce nom sur une enveloppe.

Le silence s'installa un instant autour de la table. Liana posa doucement sa main sur celle d'Alex.

— Tu mérites la paix, Alex. Et elle ne t'en a pas laissé. Prends soin de toi d'abord, pas d'elle.

Il leva les yeux vers elle, et elle vit une lueur douce, presque douloureuse, dans son regard.

Cette tendresse silencieuse qu'il gardait pour elle, enfouie mais encore bien présente.

Ils continuèrent leur repas, puis sortirent se balader dans les rues animées. Entre deux éclats de rire, des souvenirs partagés et des regards complices, Liana se sentit à sa place. Elle avait peut-être changé de vie, mais ces deux-là resteraient toujours ses piliers.

Après leur balade, ils s'étaient arrêtés dans un parc. Les arbres commençaient à perdre leurs feuilles, et l'air était frais, mais agréable. Ils s'étaient installés sur un banc, leurs gobelets de café fumant entre les mains. Les rires s'étaient calmés, laissant place à une atmosphère plus douce, presque nostalgique.

— Vous vous rappelez, la toute première soirée qu'on avait faite ensemble ? Celle où Alex avait renversé du vin rouge sur sa chemise blanche ? lança Marion en pouffant.

— T'exagères, ce n'était même pas ma chemise, c'était celle du serveur ! protesta Alex en riant.

— C'est vrai, intervint Liana, en le taquinant du regard. Mais t'avais tellement paniqué qu'on aurait dit que t'avais foutu le feu au resto.

Ils éclatèrent de rire tous les trois. Puis le silence retomba, mais ce n'était pas un silence gênant. C'était un silence rempli de confiance, de souvenirs partagés, de choses qu'on n'a pas besoin de dire pour être comprises.

— Vous me manquez, murmura Liana en regardant droit devant elle.

Marion posa sa tête contre son épaule.

— Toi aussi, tu nous manques. Mais t'as l'air heureuse. Et c'est tout ce qui compte.

— Je le suis. Même si tout va vite. J'ai l'impression de courir tout le temps… mais j'aime bien ma vie, là. C'est nouveau, c'est différent… et puis Tristan, il est vraiment… je ne sais pas, c'est comme si… je pouvais respirer à côté de lui.

Alex ne dit rien. Il fixait le sol, le pied balançant doucement une feuille tombée devant lui.

— C'est bizarre, reprit-il, de te voir dans une autre vie. T'étais notre Liana à nous, et maintenant t'es celle de Tristan.

Liana tourna lentement la tête vers lui. Il souriait, mais il y avait un peu de tristesse dans ses yeux. Elle sentit son cœur se serrer.

— Je suis toujours votre Liana, murmura-t-elle. Ça ne changera jamais.

Alex releva les yeux vers elle. Il hocha doucement la tête.

— J'espère.

Un vent léger souleva ses cheveux. Elle frissonna, et Marion la prit par le bras.

— Bon, faut pas que ça devienne trop mélancolique tout ça. On reste amis, pas vrai ? Quoi qu'il arrive.

— Pour toujours, répondit Liana.

Ils restèrent encore un moment là, blottis contre le vent, un trio un peu bancal mais solide, forgé dans les galères, les rires, et les petits bouts de cœur qu'on laisse derrière soi quand la vie avance.

Le soleil commençait à descendre lentement derrière les immeubles londoniens, dorant les façades et allongeant les ombres sur les trottoirs. Les trois amis marchaient côte à côte, les pas tranquilles, les cœurs un peu plus légers. Liana n'avait pas envie que ce moment s'arrête. C'était simple, c'était doux, c'était eux.

Ils arrivèrent devant la bouche de métro où ils devraient bientôt se séparer.

— Tu rentres à quelle heure ce soir ? demanda Marion, en jetant un coup d'œil à Liana.

— Je ne sais pas… sûrement qu'il ne sera même pas encore rentré quand j'arriverai, dit-elle avec un petit sourire. Il bosse tard, en ce moment.

Marion hocha la tête. Elle semblait hésiter, puis, juste avant que les portes du métro ne s'ouvrent, elle lâcha :

— Au fait… Tu lui as déjà demandé pourquoi il avait disparu, pendant tous ces mois ? Pourquoi il ne t'a pas écrit ?

Liana s'arrêta un instant. Elle haussa les épaules, le regard fuyant.

— Non… enfin… je n'ai pas envie de revenir là-dessus. Ce qui compte, c'est maintenant. Ce qu'on vit. Ce qu'il me dit, ce qu'il me montre… c'est plus fort que tout le reste.

Elle disait ça d'un ton convaincu. Sûr. Mais dans son ventre, un petit noeud s'était resserré. Une question qu'elle avait volontairement évité. Une boîte qu'elle n'osait pas ouvrir, de peur de ce qu'elle pourrait y trouver.

— T'as raison, murmura Marion, un brin pensive. Mais parfois, c'est dans ce qu'on évite qu'il y a le plus à comprendre.

Les portes du métro se refermèrent. Marion et Alex s'éloignèrent, la main levée en signe d'au revoir. Liana resta un moment là, seule sur le quai. Elle sortit son téléphone, relut rapidement un des messages adorables que Tristan lui avait envoyés dans la journée. Elle sourit.

Puis, elle rangea son téléphone dans sa poche.

Elle n'avait pas besoin de réponses. Pas ce soir.

CHAPITRE 34

Liana referma la porte de l'appartement dans un petit soupir de contentement. Sa soirée avec Marion et Alex lui avait fait du bien. Elle se sentait légère, pleine d'une douce énergie. Ce genre d'amitié, simple et sincère, la ramenait toujours à l'essentiel.

Tristan était déjà là, allongé sur le canapé, une bière à la main et un sourire fatigué. Elle s'approcha pour l'embrasser, il la prit dans ses bras, l'attira contre lui.

— Alors, c'était bien ?

— Oui, ça m'avait manqué, eux. On a bien rigolé… et Alex a été promu manager !

— Ah ouais ? Stylé. Faut fêter ça.

Elle acquiesça, la joue contre son épaule.

— Et toi ?

— Longue journée, répondit-il en fermant brièvement les yeux. Mais j'ai bien avancé.

Ils mangèrent des restes réchauffés, installés sur le canapé, un film en fond. Rien de spectaculaire, mais c'était leur petit rituel, et Liana adorait ça. Ce genre de soirée simple, où rien ne comptait d'autre que d'être là, ensemble.

Le lendemain, le réveil sonna trop tôt. Liana attrapa son téléphone à tâtons, grogna.

— T'as mis l'alarme un ton plus agréable ou c'est encore le klaxon de camion ?

Tristan rit à moitié, les yeux fermés.

— J'aime bien te voir râler au réveil.

Elle le frappa doucement avec un oreiller.

— Tu verras si je t'apporte ton café ce matin.

— Promis, je râle demain, toi tu dors.

Après une matinée intense au restaurant, Liana termina son service vers 15h. C'était un jour spécial pour elle. Elle avait posé sa soirée, Tristan aussi. Ils s'étaient promis un petit dîner à deux, au calme. Pas dehors, non, mais chez eux. Elle voulait lui faire plaisir, cuisiner quelque chose de bon, sortir même deux verres à pied.

Elle passa au marché en sortant du travail, choisit des ingrédients avec soin. Rentrée à la maison, elle se mit directement aux fourneaux. Pendant que la sauce mijotait, elle prit une douche rapide, enfila une jolie robe noire toute simple mais élégante, mit un peu de musique douce.

À 19h30, tout était prêt.

À 20h, rien.

À 20h10, son téléphone vibra.

« Babe, je suis désolé. Je viens d'être appelé. Un collègue est tombé malade, je dois remplacer pour une garde. Je te promets que je t'expliquerai demain. Je t'embrasse. »

Liana resta figée un instant, le portable à la main.

Elle relut le message. Deux fois.

Puis, lentement, elle le reposa sur la table.

Elle souffla, sourit faiblement. Bien sûr. Ce n'était pas de sa faute. C'était le boulot. C'était important. Elle comprenait.

Elle servit son assiette, s'assit seule à table. Le vin resta dans la bouteille.

Elle mangea lentement, en silence, les yeux parfois perdus dans le vide. Puis, elle rangea, nettoya, et alla se coucher sans bruit.

***

La nuit fut étrange.

Dans son rêve, elle était dans la maison de son enfance. Elle reconnaissait les murs, les vieux carreaux de carrelage, les petits objets de leur ancienne cuisine. Mais tout était vide. Les meubles avaient disparu, les voix des enfants résonnaient dans le couloir sans qu'on puisse les voir. Elle appelait, marchait pieds nus sur le carrelage glacé. Personne ne répondait.

Puis, dans le salon, elle vit une silhouette. Une femme, de dos. Elle avait l'air familier, mais elle ne bougeait pas. Liana s'en approcha. La femme tourna légèrement la tête.

C'était sa mère.

Mais son visage était flou, comme effacé par un voile.

— Maman ?

Aucune réponse.

Elle tendit la main, mais la silhouette recula, lentement, et disparut dans le mur.

Liana se réveilla en sursaut, le cœur battant à tout rompre. Le drap collait à sa peau. Elle était seule dans le lit.

Tristan n'était pas encore rentré.

Elle s'assit, dos au mur, et mit quelques minutes avant de se lever.

Le silence de l'appartement lui parut immense.

***

Le soleil filtrait doucement à travers les rideaux. Un de ces matins pâles de Londres, entre gris et or, comme s'il hésitait encore à s'installer vraiment.

Liana ouvrit les yeux lentement. L'autre côté du lit était froid. Inoccupé.

Elle resta allongée quelques instants, à écouter le silence. Puis elle se leva, enfila un pull et marcha pieds nus jusqu'à la cuisine.

Un mot sur le plan de travail, griffonné rapidement.

« Je suis rentré tard. Trop crevé. Je n'ai pas voulu te réveiller. Je t'embrasse. On se parle ce soir. »

Elle resta figée, le mot entre les doigts.

Il était passé. Comme une ombre. Et elle, elle avait rêvé de sa mère. Un rêve si étrange, si réel qu'elle avait encore l'impression d'en porter le poids dans son ventre.

Elle posa le mot, fit couler un café. Elle aurait pu lui envoyer un message. Lui demander comment s'était passée sa nuit. Mais elle ne le fit pas.

Elle préférait attendre. Voir s'il l'écrivait. Voir s'il allait lui en parler, vraiment.

La journée passa dans une sorte de flottement. Liana accomplissait les gestes, servait les clients, souriait à moitié. Marcelo remarqua son air ailleurs, lui lança une blague idiote pour la faire rire. Ça marcha un peu.

Mais le rêve ne la quittait pas.

Le visage flou de sa mère. Sa voix absente. La sensation de vide dans la maison.

Et puis ce mot de Tristan. Cette absence sans vraie explication.

Quelque chose l'inquiétait, sans qu'elle puisse dire quoi. Pas de panique. Juste… un soupçon de doute, comme une épine sous la peau.

CHAPITRE 35

Liana enchaînait les journées avec la même régularité, presque mécanique. Le travail au restaurant, ses moments avec Tristan, et cette routine qui s'était installée doucement dans son quotidien. C'était une vie de travail, de petits instants partagés, mais il y avait toujours cette sensation étrange, un fil invisible qui semblait tirer son esprit vers des questions qu'elle n'osait pas encore formuler.

Ce jour-là, après un service long et exténuant, Liana rentra chez elle plus fatiguée que d'habitude. Le bruit de la porte d'entrée se fit entendre à peine quelques minutes après son arrivée. Tristan. Comme à son habitude, il était de retour après une longue journée de garde. La porte se referma dans un léger cliquetis, et elle entendit le son de ses pas dans le couloir.

— Salut, bébé, dit-il doucement, un sourire sur les lèvres malgré la fatigue évidente sur son visage.

Il l'embrassa sur le front, un geste qui avait quelque chose de protecteur et d'affectueux, comme s'il cherchait à lui offrir un peu de douceur après la journée. Il se laissa tomber dans le canapé, son regard déjà tourné vers l'écran de son téléphone.

Liana s'installait dans la cuisine, ses pensées flottant toujours entre la routine de sa journée et les échos du rêve étrange de la veille. Elle essayait de se concentrer sur le repas qu'elle préparait, mais quelque chose la perturbait. Ses yeux se posèrent sur la table de la salle à manger, où un petit objet avait attiré son attention.

Un stylo noir. Un stylo élégant, presque trop beau pour être juste un simple outil. Il avait un design particulier, fin, de qualité, presque raffiné, et pourtant, il ne lui disait rien. Pas du tout.

Elle s'approcha doucement, le prit entre ses doigts, et examina la gravure. "H & K", à peine visible sur le côté. Une marque. Ou un prénom. Ce n'était pas le genre de stylo qu'il possédait, pas celui qu'il utilisait habituellement. Son regard s'attarda un instant sur l'objet. Rien de grave, bien sûr. Juste une question sans réponse. Mais pourquoi ce stylo ici, dans leur appartement ? Tristan n'avait jamais parlé de ce genre de détail.

Sans vraiment y réfléchir, elle reposa le stylo. Il n'y avait rien à ajouter. Rien de particulier. Un simple objet oublié, sans doute.

Mais dans l'air, il y avait quelque chose de différent. Quelque chose qui persistait.

Le soir, Tristan était toujours aussi tendre. Peut-être un peu plus épuisé, les traits tirés. Mais il souriait encore.

— T'as l'air fatigué, dit Liana en s'installant près de lui sur le canapé.

Il haussait les épaules, un petit rire fatigué dans la voix.

— C'est la fin des examens qui arrivent. Ça commence à devenir un peu plus stressant. Mais tu me connais, je gère.

Elle se laissa aller contre lui, le sentant un peu plus distant que d'habitude, mais il n'en disait rien. Ses yeux brillaient d'une détermination silencieuse. Elle caressa doucement sa main, cherchant à le rassurer.

— T'inquiète pas, je sais que tu vas y arriver.

Il sourit, mais son regard resta un instant fixé sur le vide, comme si ses pensées étaient ailleurs. Le silence s'étira un peu. Liana n'en dit rien. Elle savait que c'était le stress de ses examens. C'était normal. Il avait beaucoup de pression.

Elle caressa ses cheveux, tenta de briser la tension, mais un léger malaise flottait encore. Il était là, à côté d'elle, et pourtant, il y avait quelque chose qui semblait l'éloigner, sans qu'elle ne puisse l'identifier précisément.

Les minutes passèrent. Il avait l'air épuisé, mais toujours aussi doux et attentionné. Ils s'endormirent dans le calme, sans autres mots.

Le lendemain, au moment de partir pour le travail, Tristan lui fit un dernier baiser avant de sortir.

— Je vais rentrer plus tard ce soir, j'ai une garde de nuit, mais on se rattrapera.

Liana hocha la tête, son cœur toujours un peu lourd. Elle se disait que c'était juste le stress de ses examens, la fatigue accumulée. Rien de plus.

Mais tout de même, dans un coin de son esprit, le stylo restait là, comme un petit caillou dans sa chaussure.

***

Le lendemain, Liana s'efforça de ne pas penser à ce stylo. Elle s'occupa toute la journée, comme à son habitude, enchaînant les services au restaurant. Mais une légère gêne persistait, une petite poussière dans l'air. Quand elle rentra chez elle ce soir-là, elle n'eut pas le courage de confronter Tristan directement. Après tout, ce n'était rien. Juste un stylo. Mais le doute s'infiltrait. Ce stylo elle ne l'avait jamais vu auparavant.

Elle s'assit sur le canapé, une tasse de thé entre les mains, et observa Tristan qui s'affairait à préparer un dîner léger. Il semblait encore fatigué, mais son air détendu et ses sourires rassurants l'apaisèrent pendant un instant.

— T'as pensé à ta préparation pour les examens ? lui demanda-t-elle.

Il tourna son regard vers elle, un sourire fatigué mais sincère.

— Oui, je vais m'y mettre sérieusement ce week-end. Mais là, je suis content de passer un peu de temps avec toi ce soir.

Liana hocha la tête, appréciant le geste, mais en même temps, elle ne pouvait pas s'empêcher de se demander si Tristan, tout comme ce stylo, cachait quelque chose. Ce n'était pas le moment d'en parler, pas encore. Elle voulait se concentrer sur le moment présent.

Le reste de la soirée se déroula comme une routine confortable, mais une partie de l'esprit de Liana restait suspendue à ce stylo.

Liana se leva tôt le lendemain, l'esprit encore marqué par ce fameux stylo. Mais elle se forçait à avancer. Tristan était déjà parti pour sa journée, et elle n'avait pas l'intention de le laisser savoir qu'elle avait retrouvé l'objet. Ce n'était pas qu'elle soupçonnait vraiment quelque chose, mais le doute s'infiltrait petit à petit, et elle ne savait plus bien comment le gérer. Les petites questions s'accumulaient dans sa tête, des détails qu'elle n'avait jamais remarqués avant.

Elle s'attarda sur la journée, entre le restaurant et les tâches quotidiennes. Ce soir-là, comme prévu, elle rejoignit Tristan chez eux. Ils s'assirent ensemble pour dîner, mais Liana n'avait plus le cœur à savourer la tranquillité. Les questions tournaient dans sa tête. C'est à ce moment-là qu'elle se lança.

— Dis, Tristan, tu travailles encore beaucoup en ce moment ?

— Oui, tu le sais bien, les examens arrivent bientôt, répondit-il distraitement, en coupant son steak. Pourquoi ?

— Non, rien… Je pensais juste que tu avais l'air fatigué ces derniers jours.

— C'est normal. Et toi, ça va avec ton travail ?

— Oui, ça va. Mais… je ne sais pas, je trouve que tu sembles un peu distant ces derniers temps.

Tristan leva les yeux au ciel et soupira.

— Quoi, encore ? Tu veux qu'on parle de ça maintenant ?

— C'est juste que… j'ai remarqué quelques petites choses. Comme… hier soir, t'étais encore en retard, tu sais, et ça m'inquiète un peu.

— Liana, t'es vraiment en train de me faire un numéro sur ça ? Je bosse, ok ? Je n'ai pas toujours le temps de répondre à tes attentes à la minute près, désolé.

Liana sentit une pointe de froideur dans sa voix. Elle se tut, déstabilisée. Ce n'était pas ce qu'elle avait espéré, et elle n'osait pas poursuivre la conversation. Le reste du dîner se déroula dans un silence tendu, Liana évitant de poser d'autres questions et Tristan se concentrant sur son assiette. Une fois le repas terminé, Tristan se leva sans dire un mot et se dirigea vers le canapé, sortant son ordinateur portable pour réviser pour ses examens. Liana se retrouva seule, avec ses pensées et ses doutes qui se multipliaient.

***

La tension qu'elle ressentait avec Tristan la suivait tout au long de la semaine. Le silence entre eux devenait plus lourd à chaque journée. Liana se précipita donc sur l'occasion d'une rencontre avec Marion, espérant vider son sac. Quand elles se retrouvèrent pour un café,

Marion remarqua aussitôt le trouble sur son visage.

— Ça ne va pas, Liana ?

— Tristan, en ce moment, il… je ne sais pas, il est bizarre. Il est souvent sur la défensive, comme s'il m'évitait un peu. Et je… je me demande s'il me cache quelque chose.

— Tu crois qu'il te ment ?

— Non, je ne sais pas. Mais… il y a ce stylo, tu vois. Il y a quelque chose de bizarre à propos de ça.

— Un stylo ? C'est tout ?

— Ouais, mais je ne sais pas… Je l'ai trouvé sur la table de la salle à manger comme ça par hasard, je ne l'avais jamais vu avant et je ne sais pas pourquoi, mais ça m'a troublée.

— Peut-être que ce n'est rien. Ou peut-être qu'il a eu un petit coup de cœur pour un stylo… mais ça ne veut rien dire.

— Peut-être, mais je me pose des questions.

— Franchement, Liana, tu n'as pas l'air d'une paranoïaque, mais réfléchis bien : Est-ce que tu ne serais pas un peu en train de te faire des films ?

— Je… je ne sais pas. Je ne veux pas le perdre, Marion, mais je me sens un peu perdue.

— Écoute, tu devrais lui en parler clairement, sinon tu vas tourner en rond. Si tu as des doutes, il faut que tu lui poses les bonnes questions.

Marion lui lança un regard désapprobateur. Liana hocha la tête, sachant qu'elle avait raison, mais ce n'était pas si simple.

***

Quelques jours plus tard, Tristan proposa un dîner avec sa sœur Juliette, qu'il n'avait pas vue depuis un moment. Liana hésita un instant, mais accepta. C'était l'occasion de passer un bon moment, de se détendre un peu et d'essayer d'apaiser l'atmosphère.

Quand ils arrivèrent chez Juliette, la tension était palpable. Juliette n'avait jamais montré un enthousiasme débordant à l'égard de Liana, mais ce soir-là, elle semblait particulièrement distante. Elle les accueillit froidement, sans vraiment chercher à engager la conversation. Tout de suite, les sujets de conversation devenaient gênants.

— Alors, comment va le restaurant ? demanda Juliette d'un ton légèrement moqueur. Toujours aussi épuisée ?

— Ça va, ça va, répondit Liana, tentant de masquer son malaise. C'est un travail assez exigeant, mais je m'y fais.

— Tant mieux, mais tu sais, Tristan me disait que tu semblais un peu… stressée ces derniers temps.

— Oui, c'est vrai, admit Liana, en jetant un regard furtif à Tristan. Il y a eu quelques petites tensions, rien de grave.

Juliette, apparemment amusée, haussait un sourcil mais ne répondit pas. La conversation dériva sur d'autres sujets, mais Liana sentit bien que la sœur de Tristan n'était pas à l'aise avec elle. Elle faisait des remarques sur la façon dont elle vivait sa vie, parfois sans subtilité, et Liana se sentit de plus en plus mal à l'aise.

— Ah en fait, je ne sais pas si Tristan t'a dit mais j'ai un double des clés de votre appartement au cas où il arrive quelque chose un jour ou si vous perdez les vôtres… donc ne soit pas étonnée si un jour tu me vois affalée sur ton canapé. Lança Juliette avec un petit rire.

Liana ne répondit pas mais la regarda avec un petit sourire en coin.

Le dîner se termina sans incident majeur, mais Liana ne pouvait s'empêcher de se demander pourquoi Juliette avait été aussi distante et piquante à la fois. La soirée s'acheva sur un ton plutôt froid, sans qu'ils ne se disent grand-chose de plus.

***

De retour chez eux, Tristan sembla plus détendu, mais Liana, elle, était encore un peu secouée par la soirée.

— Alors, ça s'est bien passé avec ma sœur ? demanda-t-il en enlevant ses chaussures.

— Oui, ça va… mais elle n'était pas super sympa avec moi ce soir.

— C'est Juliette, elle n'a jamais été facile. Ne t'en fais pas.

— C'est ça… répondit Liana, mais elle n'était pas convaincue.

Le lendemain, alors qu'ils prenaient leur petit-déjeuner ensemble, Liana décida de faire part de ses préoccupations à Tristan. Elle avait besoin de comprendre, de savoir s'il y avait plus derrière tout ça.

— Tristan, je… je veux te poser une question, mais… je ne veux pas que tu prennes ça mal, commença-t-elle doucement.

— Tu veux encore parler de Juliette ?

— Oui, mais ce n'est pas que ça. C'est juste que… elle n'était pas super sympa avec moi hier soir. Je me demandais… C'est normal qu'elle soit si distante ?

— (Soupir) Liana, tu sais, Juliette, c'est… c'est compliqué. Elle n'a jamais aimé mes ex. Elle a toujours été un peu possessive, et je suppose que ça fait partie d'elle. Mais tu sais, c'est ma sœur, je suis son seul frère, alors je pense qu'elle… elle s'inquiète de me voir avec quelqu'un d'autre.

— Mais ça a l'air plus… compliqué que ça, Tristan. Comme si elle savait quelque chose que je ne sais pas.

— Non, non, c'est juste Juliette. Elle a un caractère particulier, et tu devrais t'y habituer. Ce n'est rien contre toi.

— Mais je n'ai pas l'impression que ce soit juste ça…

— (Hésitant) Liana, on en reparlera plus tard. Je suis pressé, je dois retourner au travail. Et puis… Juliette, tu sais, elle est comme ça, ça ne changera pas. Je vais la voir de temps en temps, mais c'est tout. Elle n'est pas facile à vivre, mais ça n'a rien à voir avec toi, ok ?

— D'accord… murmura Liana, sans être totalement convaincue.

Elle avait senti une pointe d'irritation dans la voix de Tristan, un signe qu'il ne voulait peut-être pas vraiment discuter de ce sujet. Mais Liana restait perplexe. Il y avait quelque chose de plus, et elle en était certaine.

***

Après le départ de Tristan pour ses examens, Liana se retrouva seule dans l'appartement. Elle se remémorait ce moment où elle avait trouvé le stylo. C'était un détail, certes, mais pourquoi un objet si insignifiant l'avait-il troublée à ce point ? Il n'était pas seulement un stylo quelconque, elle en était convaincue. Il y avait quelque chose d'intriguant, de caché derrière cela. Un secret ? Un souvenir ? Un lien avec quelqu'un d'autre ?

Elle pensa à Juliette… et à la distance étrange entre Tristan et sa sœur. Peut-être savait-elle quelque chose. Mais quoi ? Et pourquoi Tristan était-il si réticent à en parler ? Et ce stylo avait disparu il n'était même plus là.

Ce soir-là, Tristan rentra tard, fatigué par sa journée de révisions. Liana, toujours inquiète, n'arrivait pas à se défaire de ses pensées.

— Tu es encore fatigué, Tristan, tu devrais te reposer un peu.

— Oui, je sais, mais les examens arrivent, je dois bosser. Ce n'est pas le moment de flancher.

— Je comprends… mais j'ai l'impression que tu m'échappes un peu, ces derniers temps.

— C'est parce que je suis concentré sur autre chose, Liana. Tu sais, les examens, le travail… Je ne veux pas te laisser de côté, mais tu comprends bien que c'est important pour moi, tout ça.

— Oui, je comprends, répondit-elle,

Liana se tut, se sentant déconcertée par l'attitude de Tristan. Il semblait vraiment agacé cette fois, comme s'il voulait absolument tourner la page sur ce sujet.

***

Le lendemain, Liana décida de revoir Marion. Elle avait besoin de parler de tout cela, de partager ses doutes, même si elle savait que ses questions devenaient de plus en plus intrusives.

— Liana, je crois que tu te fais des films, sérieusement. Si tu n'as pas confiance en lui, ça va être compliqué. Ce stylo, c'est sûrement un détail.

— Mais ce n'est pas le détail qui m'inquiète, Marion. C'est la façon dont il réagit en ce moment. Il devient tout froid, distant… ça ne me semble pas normal.

— Peut-être que tu as raison. Mais tu sais, il a un passé, et il n'est pas forcément prêt à tout te dévoiler. Puis il a beaucoup de travail ça doit être stressant.

— Je sais, mais… il y a des silences qui en disent long, tu ne trouves pas ?

— Tu sais, Liana, les gens ont parfois leurs secrets. Peut-être qu'il n'a pas envie de te les partager tout de suite. Et Juliette… je suis sûre qu'elle est au courant de quelque chose. Mais de là à ce qu'il te cache quelque chose… je ne sais pas.

Liana quitta Marion, perdue dans ses pensées. Elle sentait que la situation devenait de plus en plus compliquée. Elle n'avait pas l'intention de forcer Tristan à lui révéler quoi que ce soit, mais elle ne pouvait pas ignorer cette sensation grandissante que quelque chose lui échappait.

CHAPITRE 36

Les jours passaient, et la routine semblait revenir doucement après les examens de Tristan. Liana remarqua qu'il semblait plus détendu, un poids en moins sur ses épaules. Un matin, alors qu'il vérifiait les dates de ses examens, il se tourna vers elle avec un sourire radieux.

— C'est bon, c'est officiel, je vais les passer ! C'est dans deux jours, je suis plutôt content. Je crois que je suis prêt, dit-il, visiblement soulagé.

— Je suis tellement fière de toi, Tristan, lui répondit-elle, soulagée aussi qu'il puisse enfin souffler un peu.

— Merci, Liana. Ça va être un soulagement quand tout ça sera terminé.

***

Lorsque ses examens furent enfin terminés, Tristan semblait avoir retrouvé son sourire habituel. Liana remarqua qu'il était plus présent, plus attentif, comme s'il avait enfin retrouvé l'équilibre après des semaines de révisions.

Un soir, après une journée tranquille, Tristan la prit dans ses bras et lui murmura :

— Je suis désolé pour ces derniers temps. Je sais que j'ai été un peu… distant, et parfois un peu sec. Mais maintenant, je vais être là pour toi.

— Tu n'as pas à t'excuser, Tristan, répondit-elle, sincère. Mais c'est vrai que j'ai ressenti ton absence ces dernières semaines.

— Je sais… Mais là, ça va aller. Et pour m'excuser, j'ai une petite surprise pour toi.

Liana le regarda, intriguée.

— Je me suis arrangé pour que tu aies quelques jours de congé. J'ai appelé ton travail, et tu as un long week-end à partir de demain. On part quelque part, juste toi et moi. Un petit moment à nous.

— Vraiment ? Tu n'avais pas besoin de faire ça…

— Si, je voulais. Je veux qu'on passe du temps ensemble, sans stress.

***

Le lendemain, ils prirent la route pour un week-end dans une petite ville à la campagne. Liana était émue par l'attention de Tristan. Les journées étaient parfaites : promenades dans la nature, repas dans des petits restaurants charmants, rires et moments à deux. Tristan semblait enfin détendu, prêt à profiter du moment présent.

Le dernier jour du week-end, Tristan proposa de déjeuner chez ses parents. Liana n'était pas nerveuse cette fois-ci, elle avait déjà rencontré ses parents et connaissait bien la maison. Elle était même heureuse de pouvoir passer encore un peu de temps avec eux, surtout dans une ambiance plus calme et décontractée.

Le repas se passa bien, et Liana se sentit totalement à l'aise avec eux. Après le déjeuner, alors que tout le monde se dirigeait vers le salon, elle se retrouva seule un moment dans la pièce où Tristan et sa sœur avaient grandi, la bibliothèque, pleine de souvenirs de famille. Ses yeux parcouraient les étagères jusqu'à ce qu'ils s'arrêtent sur une boîte en bois, discrètement posée sur une étagère, un peu à l'écart.

Curieuse, Liana s'en approcha et l'ouvrit doucement. À l'intérieur, elle découvrit une vieille photo en noir et blanc, légèrement froissée par le temps. Sur la photo, un jeune homme et une jeune femme souriaient, bras dessus bras dessous. Liana en distingua rapidement les traits familiers : le jeune homme ressemblait étrangement à Tristan. Ce n'était pas lui, bien sûr, mais il y avait une forte ressemblance. Il avait des traits similaires, une posture similaire. Elle se sentit troublée, surtout lorsque son regard se posa sur les mots inscrits en bas de la photo : "H&K, toujours ensemble, toujours."

Elle cligna des yeux, un frisson parcourant son dos. H&K. Ce n'était pas la première fois qu'elle voyait cette combinaison de lettres. Elle se souvint soudainement du stylo qu'elle avait trouvé quelques semaines auparavant, portant exactement la même inscription, "H&K". Son cœur se serra.

Qui étaient ces personnes ? Pourquoi Tristan n'en avait-il jamais parlé ? Pourquoi cette photo avait-elle été cachée dans une boîte, au fond de la bibliothèque de ses parents ? Et pourquoi "H&K" ?

Liana remit rapidement la photo dans la boîte, referma doucement le tout et se détourna. Elle ne voulait pas être vue en train de fouiller dans les affaires de la famille. Mais cette découverte la perturbait profondément. Était-ce une vieille histoire d'amour ? Une relation oubliée ? Et pourquoi ne lui en avait-il jamais parlé ?

Liana tenta de faire comme si de rien n'était. Elle retourna auprès de Tristan, son esprit en

proie à mille interrogations. Pourquoi ce secret ?
Et pourquoi avait-elle l'impression que cette
découverte n'était que la première d'une série de
mystères qu'elle n'était pas prête à résoudre ?
Elle décida de garder cela pour elle, du moins
pour l'instant, mais elle savait que cela la
tourmenterait encore pendant un certain temps.

***

Le lundi soir, l'appartement était silencieux
quand Liana tourna la clé dans la serrure. Elle
poussa la porte doucement, les bras chargés d'un
sac en papier kraft qui sentait bon les épices.
Tristan était au travail, et elle revenait juste d'une
course qu'il lui avait demandé de faire.

Mais en entrant dans le salon, elle s'arrêta net.

Juliette était assise sur le canapé, les jambes
croisées, un verre d'eau à la main, comme si elle
vivait là.

— Salut ! dit-elle simplement, avec un sourire
tranquille.

— Mais… qu'est-ce que tu fais là ?

— Ben j'ai les clés, non ? répondit Juliette en
haussant les épaules. Je me suis dit que je
passerais voir mon frère car il ne répondait pas à

mes messages. Il n'y avait personne, alors je me suis installée.

Liana posa son sac sur la table basse, un peu déconcertée.

— Oh ok, T'aurais pu me prévenir…

— Tu m'aurais dit non ?

Liana ne répondit pas tout de suite. Elle enleva sa veste et alla dans la cuisine se servir un verre d'eau à son tour. Puis, elle trouva l'occasion propice pour questionner sa belle-sœur.

— Juliette, j'ai trouvé un stylo l'autre jour sur la table de notre salle à manger, il ne serait pas à toi par hasard? demanda Liana.

— Lequel ?

— Un stylo noir avec une inscription dessus… H&K.

Juliette leva les yeux vers elle, impassible. Son regard se fit un peu plus fermé.

— Ah, non… Je ne crois pas. C'est peut-être un vieux crayon que Tristan avait, ou que j'ai laissé ici un jour sans faire exprès. Je n'en sais rien.

Liana fronça légèrement les sourcils. La réponse sonnait faux. Juliette évitait ses yeux.

— Non, c'est juste que… je ne l'ai jamais vu avant.

— Ah bon ? C'est juste un stylo après tout c'est quoi le problème. Tu veux que je le reprenne ?

— Non, rien laisse. Ce n'est pas important.

Un silence s'installa. Juliette se leva, s'étira.

— Bon, je ne vais pas m'éterniser. Je voulais juste passer, voir si tout allait bien. T'as l'air fatiguée, d'ailleurs.

— Je vais bien.

Juliette sourit, un peu en coin, comme si elle savait quelque chose que Liana ignorait.

— Je repasserai plus tard. Embrasse Tristan pour moi.

Elle attrapa sa veste et sortit sans se presser, laissant Liana seule.

Liana s'assit, sans bouger, les yeux perdus dans le vide.

CHAPITRE 37

Tristan referma la porte avec un léger courant d'air et déposa les clés sur la commode, comme à son habitude. Liana, assise sur le canapé, leva les yeux de son livre.

— T'as passé une bonne journée ? demanda-t-elle tranquillement.

— Épuisante, mais ça va. Et toi ? Il y avait quelque chose de prévu ce soir ?

— Non, pas spécialement. Juste… Juliette est passée.

Il s'arrêta net dans le couloir. Ses épaules se figèrent. Il pivota lentement vers elle.

— Juliette ? Ici ?

— Oui, elle a dit qu'elle passait comme ça. Que tu étais parti faire une course.

Il avança dans le salon, l'air tendu, presque inquiet.

— Elle t'a dit quelque chose ? Tout s'est bien passé ? Elle a été… correcte ?

Liana esquissa un sourire pour le rassurer.

— Oui, oui, ne t'en fais pas. Elle a été polie, un peu… piquante peut-être, mais ça allait. On a discuté un peu.

Tristan soupira et s'affala à côté d'elle.

— Elle est toujours un peu… sur la défensive, surtout avec les gens qu'elle connaît pas bien. Ce n'est pas contre toi, c'est son caractère.

Un silence s'installa quelques secondes. Liana hésita. Elle ne voulait pas en faire un interrogatoire, mais la curiosité la rongeait depuis sa conversation avec Juliette.

— D'ailleurs, dit-elle en posant doucement le livre sur ses genoux, l'autre jour j'ai vu un stylo… sur la table de la salle à manger. Un stylo un peu spécial. Il y avait des initiales gravées dessus. H et K. Juliette a fait une remarque dessus aujourd'hui, enfin… ça m'a intriguée. C'est quoi exactement ?

Tristan fronça à peine les sourcils. Il baissa les yeux, comme pour réfléchir.

— Oh… ça ? dit-il en haussant les épaules. Je sais plus trop… c'est un vieux truc que j'ai retrouvé dans des affaires. Aucune idée d'où ça vient. C'est peut-être un vieux stylo promo ou un cadeau bizarre, tu sais, les trucs qu'on garde sans faire gaffe.

Il évita soigneusement son regard.

Liana le fixa quelques secondes, mais ne dit rien. Elle le connaissait assez pour sentir qu'il éludait. Il mentait mal, ou du moins… pas assez bien pour la convaincre totalement. Mais elle décida de ne pas insister.

— D'accord, répondit-elle simplement.

Elle sourit, mais quelque chose en elle était resté suspendu. Le nom, les initiales, le regard fuyant de Tristan. Il y avait quelque chose, c'était évident. Mais quoi exactement ? Elle n'était pas encore prête à le bousculer. Pas tant qu'il ne serait pas prêt à lui faire confiance. Alors, elle attendrait.

Mais elle n'oublierait pas.

Il se leva pour aller dans la cuisine, mais s'arrêta au bout de quelques pas.

— Liana ?

Elle releva les yeux vers lui.

— Merci de pas m'en avoir voulu… si Juliette a été un peu sèche.

Elle haussa les épaules, un léger sourire sur les lèvres.

— Je commence à comprendre votre dynamique.

Il revint vers elle, s'accroupit à hauteur du canapé, et prit sa main entre les siennes. Son regard, cette fois, était sincère, sans détour.

— Je n'ai pas toujours été très simple, ces derniers temps. Mais je te promets que je vais essayer d'être plus là. J'ai passé une période compliquée… et parfois, je gère ça mal. Mais ça n'a rien à voir avec toi. T'as été patiente, gentille, présente. Je m'en rends compte, tu sais.

Elle serra doucement sa main.

— Je sais. Et je suis là. Tant que tu veux bien que je sois là.

Il se pencha pour déposer un baiser sur son front, puis un autre, plus tendre, sur ses lèvres.

— J'ai vraiment de la chance de t'avoir, murmura-t-il.

Ils restèrent quelques minutes ainsi, dans le calme du salon, les mains liées, les regards échangés, sans que rien ne soit dit. Et pourtant, tout était là. Le doute, la tendresse, la confiance fragile… et quelque chose qui ressemblait à de l'amour, même s'ils ne le disaient pas encore.

Liana ferma un instant les yeux, posée contre lui. Elle ne savait pas où tout cela les mènerait. Mais ce soir, elle voulait simplement profiter de la chaleur de ses bras et du silence rassurant de leur appartement.

Demain, elle réfléchirait.

CHAPITRE 38

Le week-end suivant, Tristan reçut une invitation d'un ancien coéquipier de rugby. Un petit séjour à la campagne, entre potes, leurs compagnes, du bon vin, de la bonne bouffe, et des souvenirs à la pelle. Il avait hésité, puis accepté, entraînant Liana avec lui dans cette escapade improvisée.

Ils prirent la route un vendredi soir, musique douce dans les enceintes, les doigts entrelacés sur le levier de vitesse. Le trajet se fit dans une atmosphère légère. Liana avait l'impression de redécouvrir une autre facette de Tristan — détendue, rieuse, plus jeune presque.

Arrivés dans une grande maison en pierre, entourée de champs dorés, ils furent accueillis avec chaleur. L'ambiance était joyeuse, détendue. Les hommes se lançaient des vannes, des regards complices, pendant que les filles installaient les plats, riaient autour d'un verre.

Le lendemain après-midi, après une balade, un moment calme se dessina. Liana se retrouva assise dehors, sur la terrasse, avec une des compagnes : Élise, pétillante, drôle, un peu trop bavarde peut-être.

— Ça te fait quoi d'être avec le Tristan ? lança-t-elle en souriant. Ce mec, c'était la star du rugby à l'époque, tu savais ?

Liana rit, un peu surprise.

— Il m'a parlé du rugby, mais sans trop rentrer dans les détails. J'imagine qu'il était bon.

— Bon ? Il était redoutable ! Même son frère Hadrian avait du mal à le suivre.

Élise se figea. Un court silence s'installa.

— Enfin… ouais. C'est vieux tout ça.

Liana haussa un sourcil, intriguée.

— Son frère ?

Élise sembla hésiter, comme si elle avait réalisé la gaffe trop tard.

— Ah non mais… enfin, laisse tomber, ce n'est pas important. Juste des histoires de l'époque. J'crois que j'me mélange un peu les pinceaux…

Elle se leva un peu trop rapidement, prétextant aller chercher une bouteille à l'intérieur.

Liana resta là, figée, son verre à moitié plein à la main. Son cœur battait plus vite.

Un frère ?

Elle n'avait jamais entendu parler d'un frère.

Et surtout, elle avait cru entendre un prénom, juste avant qu'Élise ne se ravise. Harry ? Ou bien… Hadrian ? Elle n'aurait su dire. Mais ça commençait par un H. Et aussitôt, une image s'imposa à son esprit : le stylo. H & K.

Ce n'était peut-être rien.

Mais c'était peut-être beaucoup.

Le reste du week-end se déroula sans accroc. Les rires, les grillades, les apéros interminables au soleil couchant, les regards complices échangés entre Tristan et Liana… tout semblait simple, évident. Ils dormaient dans une chambre à l'étage, mansardée, avec une petite fenêtre donnant sur les champs. Liana adorait s'y lover contre lui, le soir, quand le silence remplaçait l'agitation de la journée.

Mais cette fois, malgré les bras de Tristan autour d'elle, son esprit vagabondait.

Un frère.

Il n'en avait jamais parlé. Pas une seule fois. Même dans ses rares confidences sur son enfance ou ses parents, jamais le moindre "mon frère et moi", jamais un "nous" à la place du "je".

Et ce prénom… Hadrian ? Elle n'en était pas sûre. Peut-être avait-elle mal entendu. Mais pourquoi Élise aurait-elle menti, ou même esquivé, si ce n'était qu'un détail anodin ?

Liana essayait de ne pas trop y penser, de ne pas le laisser prendre toute la place. Mais quelque chose clochait. Il y avait un fil, à peine visible, qui dépassait. Et elle avait l'étrange sensation que si elle tirait dessus… tout risquait de se défaire.

Le dimanche soir, en reprenant la route, Tristan était joyeux, plus détendu que jamais. Il lui parla de ses amis, des années de rugby, de quelques anecdotes de vestiaire. Rien de très sérieux. Liana l'écoutait, riait à ses blagues. Elle lui souriait sincèrement.

Mais quelque part, dans un recoin de son esprit, l'ombre d'Hadrian venait de naître.

CHAPITRE 39

Le retour à Londres se fit en douceur. Liana retrouva le calme de leur appartement, les rituels qu'ils s'étaient créés tous les deux. Café le matin pendant que Tristan lisait les infos, dîner parfois improvisé sur le canapé, et ces longues soirées où ils riaient pour un rien. Il était attentionné, tendre, plus présent que jamais. Depuis qu'il avait intégré la criminelle, ses horaires étaient moins éreintants. Ils se voyaient plus. Ils vivaient mieux.

Quelques jours plus tard, Liana retrouva Marion et Alex dans un petit café du centre, leur repaire habituel. Elle avait hâte de leur raconter le week-end, les amis de Tristan, les rires, les anecdotes, le barbecue. Mais ce fut surtout un nom, glissé au détour d'une conversation, qu'elle finit par évoquer.

— C'est bête, hein, dit-elle en touillant son thé, mais... ce week-end, y a une fille qui a prononcé un prénom. Hadrian il me semble et elle a dit que Tristan a un frère . Et quand j'ai posé une question, elle a esquivé direct. Ce n'est peut-être rien... mais j'ai l'impression qu'il me cache un truc.

Marion fronça les sourcils, visiblement intriguée. Alex, lui, se crispa un peu.

— Attends, Hadrian ? Il ne t'a jamais parlé d'un Hadrian ? Un frère ? Rien ?

— Rien du tout.

— Ce n'est pas très net, ton mec, murmura Alex, en croisant les bras. Il a quand même disparu des mois, et maintenant t'as des trucs bizarres qui ressortent. Faudrait pas que tu te fasses avoir, Liana.

Marion posa une main sur le bras d'Alex pour le calmer.

— Oh, ça va, Alex. T'as toujours été parano, laisse-la un peu respirer. Et si elle est heureuse ?

Il haussa les épaules, un peu vexé peut-être, mais ne répondit pas.

À ce moment-là, une voix familière les interrompit :

— Alex ? C'est bon, t'es prêt ? On peut aller manger ?

Liana se retourna, figée. Nathalie. Talons, manteau chic, regard fuyant.

— Nathalie ? s'étonna Liana.

— Oui, répondit-elle, un peu gênée. Salut Liana, salut Marion.

Liana regarda Alex, totalement prise au dépourvu.

— Vous vous voyez à nouveau ?

Alex détourna le regard, un demi-sourire au coin des lèvres.

— Ce n'est rien de fou, hein. On a discuté, elle s'est excusée, on essaie de redevenir amis. Tranquillement.

Marion haussa un sourcil, sceptique.

— Des amis qui dînent ensemble le soir, maintenant ?

Alex esquiva, comme il savait si bien le faire.

— Allez, on s'attrape bientôt, Liana. J'te text' ce soir, ok ?

Et ils s'éloignèrent tous les deux, laissant Liana un peu sonnée. Ce n'était pas tant Nathalie. C'était l'impression étrange que les choses bougeaient autour d'elle, sans qu'elle en ait le contrôle.

***

L'hiver s'installe doucement à Londres, les vitrines commencent à briller, les rues se couvrent de guirlandes, et Liana adore cette période de l'année. Quand Tristan lui annonce qu'ils sont invités à passer quelques jours en Suède, chez son ami Kim, elle est surprise, puis ravie. Cinq jours à Gothenburg. Juste eux deux, le froid, la neige, des dîners chaleureux et des balades sous les flocons.

Kim est étudiant en médecine, un ami fidèle de Tristan depuis l'université. Il vit là-bas depuis deux ans maintenant, avec sa compagne suédoise, Freja — douce, lumineuse, légèrement excentrique, mais pleine de charme. Dès leur arrivée, les rires fusent. L'ambiance est joyeuse, détendue.

Ils dorment dans une petite chambre d'amis bien chauffée, sous une couette épaisse, et chaque matin, ils se réveillent avec l'odeur du café suédois et des brioches à la cannelle. Ils sortent bien emmitouflés, prennent des photos sur le port gelé, se perdent dans les ruelles décorées de guirlandes, visitent des marchés de Noël. Le soir, ils dînent tous ensemble à la lumière des bougies, échangent des anecdotes, boivent du vin chaud.

Tristan est détendu comme jamais. Il rit, il cuisine avec Freja, il parle médecine avec Kim. Et Liana le regarde, attendrie. Elle se dit qu'elle a de la chance.

Elle n'a rien oublié, pourtant. Ni le stylo. Ni Juliette. Ni le prénom glissé au détour d'une phrase. Mais elle veut profiter de ces moments.

Alors elle range ses pensées, les plie soigneusement dans un coin de sa tête.

Le dernier soir, ils marchent seuls dans la neige, main dans la main. Il s'arrête, la regarde et lui dit doucement :

— J'aimerais que tu sois là à chaque étape de ma vie.

Elle sourit, mais au fond, un tout petit quelque chose la pince. Ce "chaque étape" résonne, un peu trop fort. Parce qu'elle sent qu'il y en a déjà eu d'importantes… sans elle.

Le quatrième jour, alors que la neige tombe en silence sur les toits de Gothenburg, ils se promènent tous les quatre dans le centre-ville. Ils entrent dans une petite boutique aux allures vintage, pleine de pulls en laine tricotés à la main, de bonnets, de manteaux chauds et de chaussettes rigolotes.

Freja, enthousiaste, entraîne Tristan dans une cabine d'essayage.

— Je veux vous voir tous les deux dans ces pulls ! s'exclame-t-elle en riant, les bras chargés de vêtements.

Kim et Liana, restés à l'entrée de la boutique, s'amusent à regarder les vitrines. Puis, dans un moment de calme, Liana se tourne vers lui.

— Dis-moi… Tu connaissais Hadrian ? demande-t-elle, d'un ton qui se veut léger.

Kim tourne légèrement la tête vers elle, surpris.

— Hadrian ? Il marque une pause. Ah… Hadrian, le frère de Tristan ?

Elle hoche la tête, jouant avec le rebord de ses gants.

Kim fronce un peu les sourcils.

— Non. Je ne l'ai jamais connu personnellement. Je crois qu'il est décédé avant que je rencontre Tristan. Il baisse un peu la voix. Tout ce que je sais, c'est qu'ils étaient très proches. Ils faisaient pas mal de rugby ensemble quand ils étaient jeunes. Fusionnels, apparemment. Mais Tristan n'en parle jamais. Et comme on se connaît pas depuis l'enfance non plus…

Il hausse les épaules.

— Et puis, Tristan est quelqu'un de plutôt discret sur sa famille. Même Juliette, il n'en parle pas tant que ça.

Liana garde le silence un instant, observant Kim.

— Tu t'entends bien avec Juliette, non ?

Il sourit.

— Oui, on s'entend bien. Elle m'a toujours un peu suivi de loin, je crois qu'elle aime bien mon parcours. Elle m'a posé pas mal de questions sur mes études, mes choix… C'est flatteur. Elle est marrante, Juliette. Un peu piquante parfois, mais attachante.

À ce moment-là, Tristan ressort de la cabine, hilare, enroulé dans un pull trop grand pour lui, et Freja le suit en riant.

— Bon, verdict ? On prend celui-ci ou celui avec les rennes ? lance-t-il à Liana en s'approchant.

Elle sourit, range sa curiosité au fond de sa poche, comme le petit secret qu'elle couve depuis plusieurs jours.

Le cinquième jour, l'heure du départ approche. Les valises sont prêtes, posées à l'entrée de l'appartement de Kim et Freja. Il neige encore, plus doucement cette fois, comme un rideau léger sur la ville silencieuse. Kim les accompagne jusqu'à l'arrêt du tramway, les mains enfoncées dans ses poches, Freja glissée contre lui.

— Reviens quand tu veux, frérot , dit Kim en serrant Tristan dans ses bras.

— Et toi aussi, Liana , ajoute-t-il avec un sourire chaleureux. Ça m'a fait super plaisir de vous avoir.

— C'était vraiment un super séjour, merci pour tout , répond Liana sincèrement.

Dans le tram, Liana regarde le paysage défiler, les toits blancs, les passants emmitouflés, les vitrines illuminées. Tristan s'endort doucement sur son épaule, apaisé, détendu. Elle, en revanche, reste éveillée. Les mots de Kim résonnent dans sa tête. Hadrian est mort. Ils étaient très proches. Mais Tristan n'en parle jamais.

Elle se repasse la scène de la boutique, ce moment suspendu. Le prénom. Le silence de Tristan quand elle avait parlé du stylo. Juliette, ce sourire en coin. Tout prend un sens nouveau.

Elle baisse les yeux sur la main de Tristan, posée sur la sienne. Il est là, bien vivant, aimant, attentionné. Et pourtant, quelque chose reste enfoui, tapi dans un recoin de son passé.

Elle ne sait pas encore quoi.

Mais maintenant, elle sait qu'il y a bien eu un frère.

Hadrian.

Et avec lui, sûrement, un secret encore bien plus lourd.

Le tram arrive à l'aéroport. Londres les attend.

CHAPITRE 40

Le retour à Londres se fait sous une pluie fine, mais le cœur de Liana reste encore tout emmitouflé dans les souvenirs suédois. Gothenburg l'a marquée : ses rues enneigées, les soirées à rire autour de la table, la complicité entre eux quatre. Kim est charmant, et sa petite amie rayonnante. Le séjour a été une bulle, hors du temps.

De retour dans leur appartement, la routine reprend. Liana retrouve le rythme du restaurant étoilé, ses horaires, ses exigences… mais aussi la fierté d'y travailler. Tristan, de son côté, continue son service à la brigade. Ils ne se voient pas autant qu'ils le voudraient, mais leurs moments ensemble sont précieux, sincères, doux. L'amour est là, solide et calme.

Décembre file. Londres s'habille de lumières, les vitrines rivalisent de magie, et Liana sent l'excitation monter à l'approche des fêtes. Cette année, ils passent le réveillon du 24 chez la famille de Liana, en France. Juste une nuit, pour pouvoir aussi honorer l'invitation de la famille de Tristan, de retour à Londres pour le 25.

Le 24, ils prennent l'Eurostar, valises légères, mais cœurs chargés d'envie de partage. À leur arrivée, la fratrie de Liana les accueille dans un tourbillon de cris, d'embrassades, de plats à finir, de cadeaux à cacher. Elle retrouve cette ambiance unique : un joyeux chaos plein de tendresse.

Tristan s'intègre naturellement. Il aide en cuisine, joue avec les enfants, discute avec ses beaux-frères. Liana le regarde, un sourire attendri accroché aux lèvres.

La soirée est belle. Chaleureuse. Riche de souvenirs et de rires. Liana offre ses cadeaux avec attention : un livre bien choisi, une écharpe douce, des jouets adorés…

Pour une nuit, elle oublie tout. Même ce prénom qui ne la quitte plus depuis la Suède : Hadrian.

Le 25 au matin, ils reprennent l'Eurostar. Direction la maison des parents de Tristan, à Londres même. Une maison qu'elle connaît déjà, mais qu'elle redécouvre avec les yeux des fêtes. Guirlandes sur les rampes de l'escalier, bougies aux fenêtres, odeur de cannelle dans la cuisine.

Ses parents les accueillent chaleureusement.

Juliette est là aussi. Toujours aussi élégante, mystérieuse, un peu distante. Elle s'assied près de Liana à table, échange quelques banalités, mais son regard semble parfois la sonder.

— Vous étiez en Suède, c'est ça ? Avec Kim ?

— Oui , sourit Liana. C'était génial. Il fait très froid, mais c'est tellement beau.

— Kim est brillant , commente Juliette avec un ton presque neutre. J'aime beaucoup ce qu'il fait.

Un léger silence s'installe, que Tristan brise en servant le plat principal.

Le dîner se poursuit dans une ambiance paisible. On échange les cadeaux, on évoque quelques souvenirs, on rit doucement. Mais une tension sourde flotte par moments, imperceptible.

Liana la sent sans pouvoir la nommer.

Quand elle s'endort ce soir-là, lovée contre Tristan, elle pense à cette maison où tout est à sa place, où tout est calme. Mais dans ce calme, il y a quelque chose qui sonne faux.

Hadrian. Pourquoi ce prénom m'obsède ?

Le lendemain matin, la lumière douce filtre à travers les rideaux. Liana descend en chaussettes, attirée par l'odeur du café et du pain grillé. La table du petit déjeuner est déjà dressée. La mère de Tristan s'affaire joyeusement, pendant que le père lit un journal plié devant lui. Juliette est là, impeccablement coiffée malgré l'heure, un mug de thé fumant entre les mains. Tristan sort de la salle de bain, encore un peu endormi.

L'ambiance est paisible, presque chaleureuse.

— Bien dormi ? demande la mère de Tristan à Liana, un sourire bienveillant au coin des lèvres.

— Très bien, merci… C'était vraiment une belle soirée hier.

— Ça nous a fait plaisir de vous avoir , ajoute le père, posant enfin son journal.

Liana s'assied à côté de Tristan. Elle se sert un jus d'orange pendant que Juliette pioche une tartine dans le panier.

— Alors Liana , lance Juliette d'un ton un peu joueur, toujours curieuse de savoir d'où vient le stylo mystérieux ? H&K, c'est ça ?

Elle sourit légèrement, un peu trop ironiquement. Ses yeux croisent ceux de Tristan. Un battement de silence suspend l'instant.

— Euh … Oui, répond Liana en haussant les sourcils. J'avoue, ça m'intriguait un peu.

Elle regarde Tristan, qui baisse les yeux, concentré soudainement sur sa tasse.

Juliette hausse les épaules avec une légèreté calculée.

— Oh… C'est vieux, cette histoire. C'est… sentimental.

Elle se reprend vite, comme si elle en avait trop dit.

— Enfin bref. Ce n'est pas important.

Mais il est trop tard. Liana a senti le malaise.

— C'était quelqu'un de la famille ? demande-t-elle doucement.

Encore un silence. Cette fois, plus pesant.

La mère de Tristan se racle doucement la gorge, visiblement gênée et peinée. Le père, lui, replie lentement son journal et sort de table.

Juliette regarde Tristan, attendant visiblement qu'il prenne la parole.

Mais il reste figé.

Liana tourne la tête vers lui.

— Tristan ?

Il lève enfin les yeux vers elle. Et dans ce regard, elle lit l'hésitation, la douleur… et la peur.

— On en parlera plus tard, d'accord ? murmure-t-il simplement.

Juliette détourne le regard, et le petit déjeuner reprend, comme si rien ne s'était passé. Mais la tension ne retombe pas. Elle s'installe, discrète mais bien présente.

Et dans le cœur de Liana, un vide se creuse. Elle sait maintenant avec certitude qu'il y a un secret. Et que ce secret porte un nom : Hadrian.

La valise claque doucement en se refermant. Tristan la soulève d'un geste fluide pendant que Liana enfile son manteau dans l'entrée. La maison est baignée de cette lumière grise d'hiver, celle des lendemains de fête un peu mélancoliques.

— Bon… on y va , dit Tristan en serrant la main de son père.

— Bon retour à vous deux, et encore merci d'être venus , répond-il avec un sourire sincère.

Juliette s'avance vers eux. Elle serre Tristan dans ses bras, puis embrasse Liana sur la joue.

— Prenez soin de vous.

Un regard furtif s'échange entre elle et Liana, mais aucun mot de plus n'est dit.

Sur le perron, alors que Tristan est déjà sorti pour charger la valise dans le coffre, la mère de

Tristan retient Liana une seconde, sa main douce sur son bras.

— Liana…

Liana se retourne. Elle hésite, puis se lance dans un souffle :

— Je suis désolée si je vous ai blessés ce matin. Ce n'était pas mon intention. J'ai juste senti qu'il y avait quelque chose, et comme Tristan ne m'en parle pas… j'ai posé des questions. Je me suis peut-être un peu trop mêlée de ce qui ne me regardait pas.

La mère lui offre un sourire triste, plein de tendresse.

— Tu ne nous as pas blessés, Liana. Tu es quelqu'un de bien. Et je vois combien tu tiens à lui…

Elle marque une pause, son regard un peu embué.

— Ce qu'il s'est passé… a été une épreuve terrible pour nous tous. Et surtout pour Tristan. Il ne s'est jamais vraiment relevé. Il garde ça en lui, comme un secret trop lourd. Mais il t'aime, je le vois. Donne-lui du temps. Le jour viendra où il t'en parlera.

Liana hoche doucement la tête.

— Merci…

La mère la prend alors dans ses bras, brièvement, mais avec sincérité.

— Reviens quand tu veux.

Dehors, le moteur ronronne. Liana rejoint Tristan sous le ciel bas, le cœur encore noué par cette conversation. Le vent de décembre mord un peu ses joues, mais il y a quelque chose dans ses pas qui trahit une résolution. Elle sait qu'elle devra attendre. Mais elle attendra.

CHAPITRE 41

Dans la voiture, le chauffage souffle doucement, rythmant le silence. Liana regarde par la vitre, les paysages défilent, brumeux et gris, comme s'ils n'avaient pas vraiment envie d'exister aujourd'hui. Ses mains sont croisées sur ses genoux, serrées l'une contre l'autre.

Tristan conduit, concentré sur la route. Le silence entre eux est dense, presque palpable. Pas un silence confortable — un de ceux qui cherchent leurs mots.

Au bout de quelques minutes, il jette un coup d'œil furtif vers elle.

— T'as pas trop froid ? Je peux monter le chauffage si tu veux.

Sa voix est douce, un peu hésitante. Comme s'il parlait d'autre chose. Comme s'il n'y avait pas eu ce regard échangé, cette conversation retenue sur le perron.

Liana secoue la tête.

— Non, ça va.

Elle garde les yeux sur la vitre, mais elle sent son regard, posé sur elle, brièvement.

Encore un silence.

— Tu veux de la musique ?

Elle hausse les épaules.

— Comme tu veux.

Tristan appuie sur un bouton. La radio diffuse un vieux morceau de rock anglais, discret, presque lointain. Liana reconnaît à peine le refrain. Ils écoutent quelques instants.

Puis Tristan parle, comme s'il commentait la météo.

— Mes parents t'aiment bien, tu sais.

Liana tourne un peu la tête, sans répondre.

Il poursuit, les yeux sur la route.

— Ma mère… Elle est juste un peu… protectrice. Après ce qui s'est passé, c'est normal.

Un battement.

— Elle m'a dit que t'étais quelqu'un de bien.

Liana inspire profondément. Elle cherche ses mots, mais ils semblent trop lourds pour sortir.

— Je n'ai pas voulu foutre le bordel.

Tristan secoue la tête doucement.

— T'as rien foutu du tout. T'as été toi. Et c'est bien comme ça.

Il tourne vers elle un sourire rapide, un peu maladroit, mais sincère.

— Et puis… je préfère quelqu'un qui pose des questions qu'une fille qui fait semblant de rien.

Liana esquisse un sourire, mince, mais vrai. Elle s'appuie un peu contre la portière, plus détendue.

La voiture continue de filer sur l'autoroute détrempée. Le silence revient, mais il est différent maintenant. Moins dur. Plus souple.

Puis, sans un mot, Tristan posa sa main sur sa jambe. Un simple geste. Pas envahissant, pas lourd. Juste là, comme une ancre.

Liana baissa les yeux. Sa main à lui était chaude, un peu rugueuse, mais rassurante. Il ne la regardait pas. Il continuait de conduire, le regard fixe, concentré. Mais ce contact-là disait tout. Il disait "je suis là", "je te vois", "je tiens à toi".

Et c'était ça le pire.

Parce qu'il était tellement gentil. Tellement attentionné. Toujours doux, toujours présent quand elle en avait besoin. Il ne criait pas, ne s'énervait pas, ne disparaissait jamais. Il était là. Solide. Patient.

Comment lui en vouloir ?

Elle aurait voulu rester fâchée. Qu'il lui donne une bonne raison de douter, de se fermer, de se protéger. Mais non. Il était juste… lui. Et c'était précisément ce qui la désarmait.

Et puis il y avait les mots de sa mère, juste avant le départ. Ce regard plein de tendresse, ce sourire presque brisé quand elle avait dit : « Il ne s'est jamais vraiment relevé. »

Liana le savait maintenant. Il y avait quelque chose, quelque chose de lourd, d'enfoui. Mais ce n'était pas contre elle. C'était en lui, quelque part très loin, très profond.

Et malgré tous ses questionnements, malgré les silences, malgré cette part de mystère qu'il traînait comme une ombre, elle l'aimait.

C'était ça, la vérité nue.

Elle l'aimait, malgré tout.

***

Le quotidien reprit sa place, doucement, comme une nappe qu'on étale sur une table familière.

Tristan retourna à son poste, et Liana, elle, allait travailler et contente de retrouver ses collègues. Elle accueillait les clients avec élégance, gérait les réservations, coordonnait les arrivées avec le service en salle. Une routine exigeante, mais qui lui plaisait. Le cadre raffiné, les lumières tamisées, les échanges polis… elle s'y sentait à sa place, dans ce rôle à mi-chemin entre l'ombre et la scène.

Les jours passèrent vite, rythmés par les plannings, les mails, les textos volés entre deux shifts. Et bientôt, le Nouvel An approcha.

— Je bosse ce soir-là , lui avait dit Tristan la veille, en ajustant sa montre. Y'a une opération spéciale. Terrain. En civil. Je ne peux pas t'en dire plus, tu sais comment c'est mais je ta raconterai tout une fois la mission terminée . Je t'aime !

Il avait l'air tendu, mais déterminé. Il l'avait embrassée avant de partir, avec cette intensité discrète qu'elle commençait à bien connaître. Ça voulait dire je suis désolé, et prends soin de toi.

Le soir du 31, Liana mit une robe sobre mais élégante, un peu de parfum, un trait de liner discret. Elle arriva au restaurant peu avant 17h. La salle brillait de mille feux, les tables ornées de bougies dorées et de menus spéciaux. Tout était prêt pour une soirée chic, feutrée, festive sans être trop bruyante.

Elle resta jusqu'à après minuit. Elle trinqua avec quelques clients habitués, échangea des sourires, des vœux, un toast rapide avec l'équipe. Pas d'ivresse, pas d'euphorie. Juste une atmosphère douce, professionnelle, presque suspendue.

Quand elle quitta le restaurant, il était un peu plus de 1h du matin. Londres brillait encore sous les feux artificiels des fêtards. Elle prit un taxi pour rentrer — pas question de traverser la ville à cette heure avec ses talons.

L'appartement était calme, plongé dans une semi-obscurité accueillante. Tristan n'était pas rentré. Elle retira ses chaussures, posa son manteau avec soin, puis se versa une coupe de prosecco qu'elle avait laissée au frais le matin-même, en prévision.

Elle venait à peine de s'installer dans le canapé que la sonnette retentit. Il était 2h12.

Elle sursauta, puis alla ouvrir.

— Bonne année, connasse ! lança Marion en débarquant avec une bouteille entamée dans une main et un chapeau de fête dans l'autre.

— T'es sérieuse ?

— Bah ouais ! Tu crois vraiment que j'allais te laisser commencer l'année toute seule ? Allez, fais-moi une place, j'ai des ragots, du mousseux, et des vœux de fortune à faire.

Liana laissa entrer son amie en souriant. Marion s'installa aussitôt, servit deux coupes, puis leva son verre.

— À toi. À cette nouvelle vie. Et aux flics mystérieux.

Liana rit doucement, le regard un peu lointain.

— Ça va mal finir, cette histoire.

— Ou bien très, très bien.

Les verres tintèrent doucement. Et sous les lumières de guirlande encore accrochées au mur, l'année commença, dans la chaleur inattendue d'une amitié fidèle.

Puis elles s'étaient installées sur le tapis, les jambes croisées, les coupes à moitié pleines posées entre elles. Marion avait enlevé ses talons et grignotait un reste de biscuits de Noël tirés de son sac.

— Bon alors , dit-elle, le ton soudain plus doux, t'as l'air dans tes pensées depuis tout à l'heure. C'est à cause de Tristan ?

Liana haussa les épaules, pensive.

— C'est compliqué. Enfin… pas lui. Lui, il est génial. Il est là, il est doux, attentionné, tu vois ? C'est juste… tout ce qu'il ne dit pas.

Elle hésita un instant, puis reprit, en triturant le bord de sa manche.

— À Noël, chez ses parents, sa sœur Juliette a parlé des initiales H&K que j'avais vu sur le stylo, en disant à tous le monde que je lui avais posé des questions , comme ça, l'air de rien. Mais ce n'était pas anodin. Je l'ai bien vu dans son regard. Elle voulait m'embarrasser et mettre la discorde entre Tristan et moi !

Marion ne dit rien, attentive.

— Et là… tout s'est enclenché. J'ai posé des questions, j'ai senti que ça mettait tout le monde mal à l'aise. Sa mère avait les larmes aux yeux, son pére est sorti de table et Tristan restait là figé.

Un silence flotta entre elles, un peu pesant. Puis Liana reprit, la voix plus basse.

— Sa mère m'a dit de lui laisser du temps. Qu'un jour, il m'en parlerait. Qu'il fallait juste attendre.

— Et tu veux attendre ? demanda Marion doucement.

Liana prit une grande inspiration. Son regard s'était perdu quelque part au-delà des murs de l'appartement.

— Je l'aime. Vraiment. Et je sais qu'il m'aime aussi. Mais je suis paumée. Parce que j'ai besoin de comprendre. Pas tout, pas tout de suite. Mais au moins… pourquoi il est revenu comme ça, un jour, après des mois sans nouvelles. Pourquoi il a disparu. Ce qui s'est passé.

Marion la regarda longuement, puis haussa les épaules avec une petite moue compatissante.

— Tu veux la vérité ?

Liana leva les yeux vers elle.

— Toujours.

— Alors écoute ton instinct. Si tu sens qu'il est prêt, qu'il est en train d'ouvrir une porte… reste. Mais si tu sens qu'il te garde à distance trop longtemps, que tu te perds en attendant, alors demande. Pose les questions. Même si c'est dur.

Un silence suivit, mais il n'était pas lourd. Il était plein de cette sororité tranquille que rien ne remplace.

— Ouais… souffla Liana. Je crois que je suis à ce moment-là. Celui où je sens qu'il va falloir que je sache. Que je lui demande. Même s'il n'a pas envie. Parce que… j'ai besoin de vérité.

Marion lui tendit sa coupe, un sourire en coin.

— Alors on trinque à ça. À la vérité. Même quand elle pique.

— Surtout quand elle pique , répondit Liana avec un sourire fatigué.

Leurs coupes s'entrechoquèrent dans un petit clac discret, et dehors, quelque part dans la ville, les derniers feux d'artifice crépitaient encore.

***

La porte s'ouvrit dans un léger cliquetis, et Tristan entra, les cheveux humides, le manteau encore couvert de quelques gouttes de pluie.

Marion se leva aussitôt, lui adressant un sourire un peu surpris.

— Salut, flic ténébreux.

Il esquissa un sourire fatigué.

— Salut Marion. Bonne année.

— Bonne année à toi aussi.

Elle attrapa sa bouteille vide, remit ses chaussures à la hâte.

— Bon, je vous laisse… Je suis passée pour pas qu'elle trinque toute seule. Mission accomplie.

Elle lança un clin d'œil complice à Liana, puis disparut dans le couloir avec un petit geste de la main.

Tristan referma doucement la porte derrière elle, posa son sac, puis s'approcha de Liana sans un mot.

— Bonne année , dit-il dans un souffle.

Elle sourit, se leva à son tour.

— Bonne année.

Il l'enlaça. D'abord doucement. Puis plus fort. Ses bras autour d'elle, sa main dans ses cheveux, son souffle contre sa tempe. Elle se blottit contre lui sans rien dire, sentant tout ce qu'il ne disait pas, tout ce qu'il taisait encore.

Mais ce soir, elle décida de ne pas poser de questions. Pas maintenant. Pas tout de suite.

Ils s'embrassèrent longuement. Ce n'était pas une urgence, ni une échappée. C'était un besoin calme, une évidence. Une façon de se retrouver, de se dire sans les mots qu'ils étaient là, encore, ensemble.

Ils s'aimaient. Malgré les silences, malgré les zones d'ombre, malgré les doutes.

Cette nuit-là, ils la passèrent enlacés, corps à corps, peau contre peau, comme pour effacer les absences et les pourquoi. Il n'y avait que la chaleur, les souffles entremêlés, les draps froissés et cette sensation rare d'être exactement à sa place.

Une nouvelle année commençait. Et même si tout n'était pas clair, même si beaucoup restait à découvrir… il y avait ça. Eux. Et c'était déjà beaucoup.

CHAPITRE 42

Le mois de janvier s'écoula doucement, sans heurts. Un début d'année presque trop calme.

Tristan rentrait plus tôt, souriait plus souvent. Il y avait encore des silences, des zones floues, mais Liana sentait qu'ils n'étaient plus des murs — plutôt des rideaux qu'il finirait, un jour, par écarter.

De son côté, Liana se sentait bien. Occupée, concentrée. Le travail se passait bien. Elle s'était faite une vraie place.

Un soir de fin janvier, Marion lui proposa un dîner.

— Alex veut te voir. Il a réservé quelque part, un petit resto péruvien hyper stylé. T'es dispo ?

— Carrément.

Elles se retrouvèrent sur place. Alex était déjà installé à une table, en train de chipoter des chips de patate douce en attendant leurs cocktails.

— Vous êtes en retard, je meurs de faim , lança-t-il avec un grand sourire.

— Toi, t'as pas changé , rit Liana en posant son manteau.

Ils commandèrent, trinquèrent, parlèrent un peu de tout, un peu de rien. Et puis, au moment où les plats arrivaient, Alex lâcha comme une bombe tranquille :

— Au fait… j'ai invité quelqu'un à nous rejoindre.

Liana haussa un sourcil.

— Ah ouais ? Qui ça ?

La porte du restaurant s'ouvrit presque au même instant. Une silhouette fine se glissa à l'intérieur, les yeux hésitants, le regard cherchant la table. Marion se retourna, puis se figea.

— Tu te fous de moi…

Nathalie.

Liana sentit son estomac se nouer une demi-seconde. Mais elle resta droite. Calme. Elle n'allait pas fuir.

Nathalie s'approcha, mal à l'aise, un petit sac à la main.

— Salut…

Alex se leva, lui fit la bise, puis dit doucement, en la présentant presque comme une vieille amie :

— Voilà. Je voulais que vous vous revoyiez. Nathalie et moi, on a reparlé. On a mis les choses à plat. On est… bons amis maintenant.

Nathalie se tourna vers Liana, la voix plus basse, presque tremblante.

— Je voulais m'excuser. Vraiment. Pour tout ce que j'ai fait, tout ce que j'ai dit. J'ai complètement perdu la tête, à cette époque. J'étais paumée. Jalouse. En colère. Et au final, c'est toi que j'ai blessée, et je le regrette.

Silence.

Liana la regarda, longtemps, pesant les mots, les gestes, les cicatrices.

Puis elle hocha lentement la tête.

— D'accord. Je t'entends. Merci de t'excuser.

Elle ne savait pas encore si elle pouvait lui pardonner vraiment. Mais elle pouvait au moins accueillir l'intention. Et ce soir, elle n'avait pas envie de guerre.

Nathalie s'assit timidement. Marion, elle, restait méfiante, son regard oscillant entre Alex et Nathalie comme si elle guettait le moindre faux pas.

Mais la soirée continua. Le ton redevint léger. Elles finirent même par rire, un peu. Comme si l'année précédente appartenait à une autre vie.

Il était un peu plus de minuit quand Liana poussa la porte de l'appartement. Les lumières étaient tamisées, et une odeur de menthe et de bois flottait dans l'air — Tristan avait laissé une tisane infuser sur le comptoir.

Il apparut dans l'encadrement de la porte du salon, en tee-shirt et pantalon de jogging, les cheveux encore humides d'une douche rapide.

— Hey… dit-il doucement. T'as passé une bonne soirée ?

— Oui. C'était… intéressant.

Elle posa son sac, retira ses bottines.

— On a mangé péruvien. Alex était là, Marion aussi. Et… Nathalie.

Tristan haussa légèrement les sourcils.

— Nathalie ? La Nathalie ?

— Ouais. Elle s'est excusée. Apparemment, elle a retrouvé un cerveau entre-temps.

Il esquissa un sourire, amusé.

— Et t'as survécu à la rencontre ?

— À peine , répondit Liana avec un petit rire, puis elle s'approcha pour déposer un baiser sur sa joue.

Elle alla se verser un verre d'eau pendant qu'il se réinstallait dans le canapé. Il la regardait avec cette attention discrète, comme s'il scrutait les moindres traces de tension sur son visage.

— Tu veux en parler ?

— Non. C'est bon. Juste… c'était bizarre. Mais je suis contente que ce soit fait.

Elle s'installa près de lui, en tailleur, son verre entre les mains.

Et puis, alors qu'un silence tranquille s'installait, le téléphone de Tristan vibra contre la table basse. Il tendit la main sans bouger son regard, déverrouilla l'écran. Son regard se durcit légèrement. Liana le remarqua tout de suite.

Il lut le message rapidement, puis verrouilla l'écran, le posa face cachée.

— Tout va bien ? demanda-t-elle, posant son verre.

Il tourna les yeux vers elle, lui sourit — un sourire un peu forcé.

— Oui. Juste une info de boulot.

Elle hocha lentement la tête, ne répondit rien.

Elle voyait bien que quelque chose n'allait pas. Ce petit pli entre ses sourcils, cette façon qu'il avait eue de refermer son téléphone, comme s'il ne voulait pas qu'elle voie.

Mais elle ne posa pas de question. Pas ce soir. Pas tout de suite.

Elle se rapprocha, se pelotonna contre lui, sa tête sur son épaule.

— Merci pour la tisane, murmura-t-elle.

Il glissa un bras autour d'elle et l'embrassa sur le front.

— Je t'en prépare une autre si tu veux.

Elle secoua doucement la tête, ferma les yeux. Il y avait des choses à dire. Mais pour l'instant, ce silence-là leur suffisait.

Le rythme des jours reprenait, fluide et presque trop lisse. Liana ne savait pas si c'était une accalmie ou simplement ce moment suspendu juste avant que tout bascule.

Un soir, elle rentra plus tard que d'habitude. Le restaurant avait organisé un événement privé, et elle avait dû rester pour accueillir les derniers invités, sourire, faire bonne figure. Elle rêvait d'un thé chaud et d'un moment dans les bras de Tristan.

Quand elle poussa la porte de l'appartement, la lumière était tamisée comme souvent, et une musique douce flottait dans la pièce. Tristan était assis sur le canapé, en jogging, un livre ouvert devant lui mais le regard ailleurs.

— Hey , dit-elle en retirant son manteau.

— Hey, toi. T'as l'air crevée.

Il se leva, vint l'embrasser. Ses lèvres étaient tièdes, distraites.

— Longue soirée ?

— Oui. Et toi ?

— Journée chargée.

Ils se retrouvèrent quelques minutes plus tard dans le salon, chacun avec une tasse de thé, blottis sous le même plaid. Liana s'endormait presque contre son épaule quand le téléphone de Tristan vibra entre les coussins.

Il le sortit aussitôt de sa poche.

L'écran s'alluma. Juste une seconde. Un aperçu. Suffisant.

Liana n'avait pas cherché à regarder. Mais elle l'avait vu.

« Tu me manques. J'ai trop besoin de toi dans ma vie. Je t'aime et je t'aimerai toujours. — K. »

K.

Elle ne bougea pas. Pas un mot. Juste cette petite paralysie intérieure, comme si son cœur avait raté un battement.

Tristan tapota rapidement quelque chose sur l'écran, puis le verrouilla aussitôt. Il ne dit rien. Ne la regarda pas.

Liana, elle, gardait les yeux fixés sur sa tasse, mais sa respiration avait changé. Moins profonde. Plus tendue.

Une minute passa. Deux.

Puis elle murmura :

— C'était qui ?

Il hésita, juste une seconde trop longue.

— Personne d'important.

Elle hocha la tête. Et ce geste, si simple, lui demanda un effort immense.

Elle ne répondit rien. Ne posa pas plus de questions.

Mais le calme qu'elle avait connu ces dernières semaines venait de se fissurer. Une ligne fine, presque invisible… mais irréversible.

***

Le lendemain, Liana passa la matinée à travailler comme un automate. Sourires mécaniques, réponses polies, gestes précis. Mais tout sonnait creux. Une seule image tournait en boucle dans son esprit : ce message. Ce fichu message.

« Je t'aime et je t'aimerai toujours. — K. »
K.

Cette simple initiale la hantait. Elle n'avait pas osé lui en reparler le matin même. Tristan s'était levé tôt, avait pris son café debout dans la cuisine, l'avait embrassée sur le front, comme toujours. Mais quelque chose avait changé. Elle n'arrivait plus à faire semblant.

Alors, quand l'après-midi arriva, et qu'elle eut sa coupure entre deux services, elle envoya un message à Marion.

Liana : « Tu bosses ? Je peux passer ? »

Marion : « Viens. Thé chaud et ragots garantis. »

Un quart d'heure plus tard, elle était installée dans le petit salon cosy de Marion, les jambes repliées sous elle, une tasse brûlante entre les mains.

Marion la fixa sans détour.

— Bon. T'as une tête de meuf qui va imploser. Dis-moi tout.

Liana prit une longue inspiration.

— Hier soir… Tristan a reçu un message. J'ai vu l'aperçu. C'était signé "K". Et ce n'était pas un message neutre. Genre : tu me manques, j'ai besoin de toi dans ma vie, je t'aime et je t'aimerai toujours.

Marion haussa les sourcils, déjà prête à dégainer un commentaire, mais Liana leva une main.

— Attends. Ce n'est pas tout. Sur le coup, je n'ai rien dit. Mais depuis ce matin, j'y pense. Et là, ça m'a frappée. Tu te rappelles le stylo, celui que j'ai trouvé sur la table de la salle à manger ?

— Oui, celui avec les initiales…

— H & K. Et sur la photo aussi, celle qui était dans la boîte, chez ses parents. Y'avait marqué H & K.

Un silence se posa.

Marion fronça les sourcils.

— Tu crois que ce K, c'est la même ? Que c'est quelqu'un de son passé ?

— Je ne sais pas. Mais tout est flou. Et plus j'y pense, plus je me dis qu'il y a un truc qui ne colle pas. Il ne m'a jamais parlé d'elle. Jamais. Et cette lettre, ce message… Il l'a planqué. Il m'a dit que c'était "personne d'important", mais franchement ? Ce message ne venait pas d'une pote.

Elle fixa le fond de sa tasse, les doigts crispés.

— Et s'il me mentait depuis le début ? Et s'il y avait eu une autre femme ? Ou… pire ?

Marion posa une main sur son bras.

— Hé. Respire. Ce n'est peut-être pas ce que tu crois. Mais ouais, t'as raison de vouloir comprendre. T'as le droit de poser des questions, Liana. T'as le droit de savoir à qui t'as donné ton cœur.

Liana acquiesça lentement, la gorge nouée.

— Je l'aime. Mais je ne peux pas vivre avec un doute comme ça. Je ne peux pas faire semblant qu'il n'y a rien, alors que tout en moi hurle qu'il y a quelque chose.

Marion serra doucement sa main.

— Alors pose-lui la question. Oblige-le à sortir de son silence. Tu mérites la vérité.

Liana baissa les yeux. Elle savait que Marion avait raison.

Mais elle savait aussi que ce qu'elle découvrirait pourrait tout changer.

***

Le soir, Liana rentra plus tôt que d'habitude. L'appartement était silencieux, presque trop calme. Elle se changea rapidement, se fit un thé qu'elle ne but pas, et s'installa sur le canapé, les jambes croisées, le regard perdu dans le vide.

Elle n'attendait qu'une chose : que Tristan rentre.

Le bruit de la clé dans la serrure, vers 20h30, la fit presque sursauter. Il entra, le visage fatigué, une sacoche sur l'épaule, le regard cherchant aussitôt le sien.

— Hey… dit-il en refermant la porte. Tu m'attendais ?

— Oui.

Le ton était calme, mais clair. Sans détour.

Il posa lentement ses affaires, s'approcha. Elle ne bougea pas. Il comprit vite qu'il n'allait pas s'asseoir à côté d'elle pour parler de sa journée.

— Il faut qu'on parle.

Tristan haussa légèrement les sourcils, s'adossa au dossier d'une chaise, bras croisés.

— Je t'écoute.

Liana le fixa droit dans les yeux.

— Je veux savoir ce qu'il se passe, Tristan. Qui est K ? C'est qui cette personne qui t'écrit je t'aime et je t'aimerai toujours ? Et pourquoi tu fais comme si ce n'était rien ?

Un silence. Pesant. Puis il soupira, détourna le regard.

— C'est compliqué.

— Compliqué ? Sérieusement ? Tu veux que je continue à dormir à côté de toi sans rien dire alors que j'ai vu ce message et que tu refuses même de m'en parler ?

Il pinça les lèvres, agacé.

— C'était quelqu'un du passé. Ce n'est rien. Je n'ai même pas répondu.

— Rien ne t'envoie un message pareil. Et si ce n'est vraiment rien, pourquoi tu caches ton téléphone ? Pourquoi tu verrouilles l'écran aussitôt ?

Tristan se redressa, plus tendu.

— Parce que je savais que tu allais réagir comme ça.

— C'est-à-dire, comme une femme normale qui découvre qu'il y a peut-être une autre dans ta vie ?

— Il n'y a personne d'autre, Liana !

Le ton était monté. Il s'en rendit compte et ferma les yeux un instant, comme pour reprendre le contrôle.

— Tu me fais confiance, oui ou non ?

— Comment tu veux que je te fasse confiance si tu refuses de me dire la vérité ? Tu gardes tout pour toi, tu caches des choses, tu fais comme si de rien n'était, et tu veux que je continue à sourire comme une idiote ?

Il tourna le dos, marcha jusqu'à la cuisine, ouvrit un placard, le referma sans rien prendre.

— Ce n'est pas le moment, Liana. J'ai eu une journée de merde.

— Le moment ? Et ça fait combien de temps que ce n'est pas le moment ? Depuis le début ? Depuis que tu m'as laissée sans nouvelles pendant des mois ?

Il se figea, le dos toujours tourné.

Liana, elle, sentait sa voix trembler, mais elle ne recula pas.

— Si tu tiens à moi, dis-moi la vérité. Parce que sinon, j'vais finir par penser que t'as jamais vraiment été honnête. Et que tout ça, c'est qu'une façade.

Tristan resta immobile quelques secondes, puis souffla dans un murmure :

— Je t'aime, Liana. Mais y'a des choses… que je ne peux pas dire. Pas encore.

Elle baissa les yeux, douloureusement.

— Alors peut-être que ce n'est pas moi que tu devrais aimer.

Il se retourna, les yeux sombres, blessé. Mais elle n'attendit pas qu'il réponde. Elle se leva, prit son sac, et sortit.

Elle ne savait pas où elle allait. Mais ce soir, elle ne pouvait plus rester là. Pas avec ce vide entre eux.

CHAPITRE 43

Liana marcha un moment, sans vraiment savoir où aller. Le vent glacial fouettait ses joues, mais elle ne sentait presque rien. Elle avait quitté l'appartement sans réfléchir, juste poussée par ce besoin vital d'air, de distance… de vérité.

Dans sa main, son téléphone vibrait presque. Elle le regarda, comme si elle espérait un message de Tristan. Rien.

Elle inspira à fond, chercha un nom dans ses contacts, et appuya sur Alex.

— Allô ? répondit la voix chaude et un peu inquiète de son ami.

— C'est moi… murmura-t-elle.

— Liana ? Qu'est-ce qui se passe ?

Elle hésita, puis lâcha dans un souffle :

— J'ai besoin d'un endroit où dormir ce soir. Je peux venir chez toi ?

Un petit blanc. Pas de jugement. Juste une réaction naturelle.

— Bien sûr. Tu viens quand tu veux. Je t'envoie mon code de porte. T'as mangé ?

Elle esquissa un sourire, les larmes aux yeux.

— Non… Mais je t'en demande déjà assez.

— Arrête. T'es pas toute seule, OK ? Viens. J'te prépare un thé.

Elle soupira, soulagée.

— Merci, Alex… vraiment.

Quelques minutes plus tard, elle montait les escaliers de l'immeuble d'Alex. Il lui ouvrit la porte aussitôt. Sweat large, chaussettes dépareillées, un bol de nouilles instantanées à la main.

— T'as une sale tête.

— Merci, c'est gentil , souffla-t-elle en entrant.

Il la prit doucement dans ses bras, sans parler. Juste ce geste simple, humain, nécessaire.

— Viens, pose-toi.

Elle se laissa tomber sur le canapé. L'appartement d'Alex était modeste, un peu en vrac, mais chaleureux. Il lui apporta un plaid, posa une tasse chaude sur la table basse, et s'installa à côté d'elle.

— Tu veux en parler ? Ou pas ?

Elle hocha la tête, les yeux rivés à sa tasse.

— J'ai vu un message. Sur le téléphone de Tristan. D'une fille. Signé K. Elle lui disait qu'elle l'aimait. Qu'elle l'aimerait toujours.

Un silence.

— Merde.

Elle poursuivit, plus bas.

— Il m'a dit que ce n'était rien. Mais c'est faux. Et je peux plus faire semblant. Il y a trop de zones d'ombre. Je suis tombée amoureuse d'un type dont je ne sais même pas la moitié de l'histoire…

Alex resta silencieux un moment, puis dit doucement :

— Tu sais que t'as bien fait de venir ici, hein ? T'as pas besoin de tout porter toute seule. Reste le temps que tu veux.

Elle lui sourit faiblement, reconnaissante.

Et cette nuit-là, dans le canapé d'un ami, emmitouflée dans un vieux plaid et une fatigue immense, Liana sentit son cœur se fissurer un peu plus.

Mais elle savait aussi que le moment d'avoir des réponses approchait. Elle ne fuirait pas longtemps. Pas cette fois.

***

Le matin perça à travers les rideaux tirés, doux mais implacable. Liana ouvrit les yeux lentement, désorientée un instant. Puis elle se souvint : le canapé d'Alex, la soirée d'hier, les larmes silencieuses, le thé refroidi sur la table basse.

Elle se redressa doucement, enroulée dans le plaid. Alex dormait encore sur le fauteuil d'à côté, recroquevillé sous une vieille couverture.

Elle attrapa son téléphone posé à côté d'elle.
6 appels manqués.
3 messages. Tous de Tristan.

« Liana, je suis désolé. Je me suis emporté. J'ai paniqué.

Reviens à la maison, s'il te plaît. On doit parler.

Je t'aime. Tu me manques déjà. »

Elle resta un moment immobile à fixer l'écran. Il y avait quelque chose dans ces mots — cette urgence mêlée à la peur de perdre. Mais il y avait encore des doutes, des blessures pas refermées.

Alex bougea dans son fauteuil, entrouvrant les yeux.

— Tu dors plus ? marmonna-t-il.
— Non… Il m'a écrit.

Il hocha lentement la tête.

— Tu vas rentrer ?

Elle soupira, puis acquiesça.

— Oui. J'peux pas rester dans le flou. Faut qu'on parle. Qu'il me dise enfin la vérité.

Alex s'étira, l'air encore à moitié endormi.

— Tu veux un café avant ?

Elle sourit faiblement.

— Non, merci. Si je reste, je vais douter encore. Je dois y aller maintenant.

Elle se leva, remis un peu d'ordre dans ses cheveux, attrapa son manteau.

— Merci pour hier soir. Vraiment. T'as été là quand j'en avais besoin.

Il lui adressa un sourire tendre.

— Toujours. Et si ça ne va pas… tu sais où me trouver.

Liana hocha la tête, puis quitta l'appartement.

Quelques minutes plus tard, elle était dans le métro, le regard perdu dans les tunnels sombres qui défilaient. Le téléphone serré dans sa main. Son cœur battait plus vite à mesure qu'elle approchait de l'appartement.

Elle savait qu'elle allait frapper à la porte avec des questions.

Mais elle espérait encore qu'en face, cette fois, il y aurait enfin des réponses.

CHAPITRE 44

Liana s'arrêta un instant devant la porte de l'appartement. Son cœur battait à tout rompre. Elle inspira profondément, puis tourna la clé dans la serrure.

Tristan était là, dans le salon, tournant en rond, les traits tirés. Dès qu'il la vit, il s'avança d'un bond.

— Liana…

Elle n'eut pas le temps de dire un mot. Il la serra contre lui, fort, longtemps, comme s'il avait eu peur de ne jamais la revoir. Ses bras autour d'elle tremblaient légèrement.

— Je suis désolé. Tellement désolé. J'ai merdé… Je t'aime.

Elle resta figée quelques secondes, puis relâcha lentement ses épaules, les yeux humides.

— Il faut qu'on parle, Tristan.

Il hocha la tête, recula doucement pour la regarder en face.

— Je sais. Viens t'asseoir.

Ils s'installèrent dans le canapé. L'atmosphère était dense, mais plus calme. Comme si l'orage était passé, laissant derrière lui l'obligation de tout remettre à plat.

Tristan inspira profondément.

— Le message… c'est de Kelly.

Liana le fixa, sans ciller.

— K pour Kelly ?

Il acquiesça.

— On a eu une relation assez intense… il y a quelques années. C'était passionnel, toxique, un peu n'importe quoi. J'ai coupé les ponts, mais elle revient toujours. Elle a du mal à tourner la page.

Il marqua une pause, visiblement mal à l'aise.

— Et… j'ai fait une erreur.

Liana sentit son ventre se contracter.

— Quelle erreur ?

Tristan baissa les yeux.

— C'était bien avant qu'on se retrouve, toi et moi. Une nuit, on s'est croisés par hasard… j'avais bu, elle aussi. Je n'étais pas bien dans ma tête à ce moment-là. Je l'ai revu. Juste une fois. Ça ne voulait rien dire. Mais elle, elle s'est accrochée.

Un silence s'installa.

— Et maintenant ? demanda Liana, d'une voix plus faible.

— Il n'y a plus rien. Je te jure. Je ne l'aime pas, je ne veux pas d'elle dans ma vie. Je veux toi.

Elle détourna légèrement le regard, le cœur lourd.

— Pourquoi tu ne m'en as jamais parlé ?

— Parce que je savais que ça poserait problème. Et parce que je crois… que j'espérais qu'elle lâche enfin l'affaire. Mais elle recommence toujours.

Liana le regarda un instant. Il avait l'air sincère. Fatigué. Mais sincère.

Elle secoua lentement la tête.

— J'ai besoin de temps, Tristan. Pour digérer tout ça.

Il la fixa avec tendresse.

— Je comprends. Mais je suis là. Et je t'aime. Je ne te laisserai jamais tomber.

Elle ne répondit pas tout de suite. Mais cette fois, elle ne quitta pas l'appartement.

Elle resta là, à côté de lui. Silencieuse. Présente. En train de reconstruire, doucement, quelque chose de fragile — et peut-être, encore, d'inestimable.

Les jours suivants passèrent sans éclat, presque trop paisibles. Liana et Tristan semblaient avoir trouvé un équilibre fragile, suspendu dans le silence des non-dits. Ils se levaient ensemble, prenaient leur café dans cette routine douce d'un couple qui essayait encore de se reconstruire.

Liana avait rangé au fond de sa mémoire le stylo, la photo, les lettres gravées. La vérité sur Kelly, aussi difficile soit-elle, lui avait permis de relâcher un peu la pression. De respirer. Même si au fond, une part d'elle restait en alerte.

Un soir, après sa journée au restaurant, elle rejoignit Alex et Marion dans un bar cosy du sud de Londres, à deux pas de Stockwell. Ils riaient, discutaient à voix basse autour de verres fumants quand, soudain, un bruit sec et violent retentit à l'extérieur. Une détonation. Puis une autre.

Le silence dans le bar fut immédiat. Le serveur arrêta de bouger, les conversations moururent instantanément. Quelques secondes plus tard, les sirènes retentirent au loin. Et très vite, la rue s'emplit de gyrophares, de bandes de sécurité, de policiers.

Alex jeta un œil par la vitre.

— Putain… on dirait une fusillade.

Liana se leva aussitôt, le cœur battant.

— C'est juste là, à deux rues.

Ils sortirent dans le froid de la nuit, gardant leurs distances, mais suffisamment proches pour voir l'agitation. Des enquêteurs, des techniciens de scène de crime, des journalistes déjà sur place. Et parmi eux… Tristan.

Il était en uniforme civil, brassard bien visible, et donnait des ordres à deux agents en faction.

— C'est bien lui… souffla Marion.

Liana s'approcha, traversa prudemment la ligne de sécurité. Quand Tristan l'aperçut, il sembla surpris, mais s'avança aussitôt vers elle.

— Tu vas bien ? Qu'est-ce que tu fais là ?

— J'étais au bar, juste à côté. J'ai entendu les coups de feu…

Elle s'arrêta un instant, observant son visage tendu, marqué par la gravité de la scène.

— Qu'est-ce qui s'est passé ?

Il hésita, puis, dans un murmure :

— Échange de tirs entre deux gangs. L'un d'eux était venu pour une vengeance. Mais… une petite fille de quatre ans a pris une balle perdue.

Liana sentit son estomac se nouer.

— Elle… elle est… ?

— Elle est à l'hôpital. En soins intensifs. On ne sait pas encore…

Un silence.

Elle vit dans les yeux de Tristan cette tension propre aux policiers de terrain. Pas la peur. L'impuissance.

— Tu veux que je reste ? demanda-t-elle doucement.

Il secoua la tête.

— Non. Ne t'en fais pas. J'ai encore des heures ici. Rentre à la maison, d'accord ? Je t'appelle dès que je peux.

Elle acquiesça, à contre-cœur, et lui serra la main un instant. Juste un contact. Une manière de dire je suis là, sans en rajouter.

Elle repartit rejoindre Alex et Marion, le cœur plus lourd qu'elle ne l'aurait cru. Il y avait des choses qu'elle ne pouvait pas contrôler. Ni chez lui. Ni dans ce monde autour d'eux, aussi imprévisible qu'un coup de feu dans la nuit.

Liana rentra seule, le cœur lourd, le bruit des sirènes encore dans la tête. Elle avait besoin de calme. De silence. De retrouver cette bulle douce qu'ils avaient créée ensemble, elle et Tristan. Mais il était encore au travail. Et l'attente de son retour était un mélange de curiosité inquiète et de tristesse.

Quelques heures plus tard, la porte s'ouvrit. Tristan entra, plus épuisé que jamais, l'expression marquée par la dureté de l'affaire. Liana le regarda, inquiète, avant de se précipiter vers lui.

— Tristan…

Il leva les yeux, et lorsqu'il la vit, quelque chose dans ses traits se relâcha, mais une ombre de tristesse persistait. Il s'assit sur le canapé, la tête dans les mains un instant, avant de la regarder, d'un air fatigué.

— La petite… Elle est décédée.

Liana se figea. Le monde autour d'elle sembla se ralentir. Cette histoire, ce drame qui la touchait bien plus qu'elle ne l'aurait imaginé.

— Non… Non, mais… balbutia-t-elle, la gorge nouée.

Il ferma les yeux, un instant.

— C'est… c'est dur, Liana. C'est difficile à encaisser, ce genre de trucs. Quand tu te retrouves à faire face à une injustice comme ça, une vie innocente perdue à cause de la folie des autres, ça te déchire.

Liana s'approcha, se baissant devant lui pour le regarder droit dans les yeux.

— Je comprends que ce soit dur. Je… je n'imagine même pas ce que tu ressens. » Elle toucha doucement son bras, puis leva la main pour caresser son visage. « Mais tu sais, tu n'es pas seul. Pas avec moi. Je suis là. Je serai toujours là pour toi.

Elle sentit une chaleur dans son cœur, mais aussi une profonde tristesse face à tout ce qu'il devait endurer dans son métier. Les gens ne comprenaient pas toujours, ne voyaient pas l'envers du décor. Mais elle voyait Tristan, dans toute sa douleur, son humanité.

Il prit sa main et la serra un instant.

— Merci… Ça me touche. Mais c'est compliqué parfois, Liana. Je… j'ai l'impression de tout voir en noir à des moments comme ça. Et je ne veux pas te faire porter cette lourdeur.

Elle secoua la tête, déterminée.

— Tu n'as pas à me protéger de ça. C'est… c'est une part de toi, de ton travail. Et je comprends que ça t'affecte, que ça te fasse mal. Mais ne t'enferme pas. Tu peux tout me dire, Tristan.

Il la regarda, la gorge serrée, puis se pencha vers elle, la prenant dans ses bras.

— Je n'ai pas envie que tu aies peur de ce que je ressens.

— Je ne suis pas effrayée. Elle lui sourit doucement, avant de l'embrasser sur le front. Je suis là, avec toi. Toujours.

Ils restèrent quelques instants ainsi, dans une étreinte silencieuse. Puis Tristan se releva, les yeux un peu plus clairs.

— Tu veux… prendre un bain avec moi ?
Elle hocha la tête, souriant légèrement.
— Oui, je crois que ça ferait du bien.

Le moment suivant, ils se retrouvèrent dans la salle de bain, l'eau chaude remplissant la baignoire. Liana se glissa doucement dans l'eau, suivie de Tristan. Les bulles dansaient à la surface. Le silence n'était plus lourd, il était apaisant.

Ils s'allongèrent l'un contre l'autre, juste à profiter de la chaleur de l'eau, de leur proximité. Leurs doigts s'entrelacèrent. Il n'y avait plus de mots à dire, juste cette tendresse qui se créait dans l'instant.

Quand ils sortirent du bain, enveloppés dans des serviettes moelleuses, ils se couchèrent ensemble, épuisés mais tranquilles. Tristan la serra contre lui, la tête posée contre ses cheveux, et elle se sentit apaisée, malgré tout. Parce qu'à cet instant précis, ils étaient là, ensemble, dans leur petit cocon, loin du tumulte du monde.

Le sommeil les enveloppa doucement, la nuit s'étendant, pleine de douceur et de chaleur.

CHAPITRE 45

Les premiers jours de février s'étaient écoulés tranquillement, dans un équilibre précaire entre le travail, les discussions avec Tristan et les moments de répit bienvenus. Liana avait retrouvé sa routine au restaurant, ce même lieu où elle se sentait épanouie. Mais un matin, alors qu'elle arrivait au travail, elle trouva une atmosphère différente. Les murs, normalement baignés d'une lumière douce et accueillante, semblaient plus gris, plus fermés.

Elle croisa plusieurs collègues dans l'entrée, mais tous étaient étrangement silencieux. Lorsqu'elle arriva à la réception, Claire l'attendait.

— Liana, je suis content que tu sois là. Nous devons te parler.

Elle sentit tout de suite que quelque chose n'allait pas. Le ton de Claire, habituellement calme et affable, était sérieux. Liana s'installa en face d'elle, se sentant déjà un peu nerveuse.

— Voilà, comme tu le sais, nous avons fait d'importants travaux d'agrandissement dans le restaurant, et malheureusement, après mûre réflexion, la direction a décidé de fermer l'établissement pendant une période de quatre à six mois.

Elle cligna des yeux, ne comprenant pas tout de suite.

— Fermeture ? Mais… pourquoi ?

— C'est une question d'efficacité. Nous devons revoir une partie de la structure, des installations… c'est pour garantir la qualité de notre service à long terme. Mais cela implique, comme tu peux l'imaginer, une réduction drastique des coûts. Et donc, une partie de nos employés va être mise en chômage technique.

Liana se sentit prise au dépourvu. Les mots "chômage technique" résonnaient dans sa tête.

— Mais… mais ce n'est pas possible. Je ne comprends pas…

Claire soupira.

— C'est une décision difficile à prendre, mais il faut que tous les employés se décident s'ils souhaitent rester pour travailler à temps réduit, ou s'ils préfèrent prendre un congé sans solde et chercher une autre opportunité pendant la période de fermeture. Il n'y aura malheureusement pas de moyens pour nous de maintenir tout le monde sur place avec les coûts fixes.

Liana resta un moment sans répondre, les yeux fixés sur la table. Quatre à six mois… c'était long. Elle se demandait si elle pouvait se permettre de rester sans travailler pendant tout ce temps, ou si elle devrait chercher un autre emploi. Mais trouver quelque chose d'aussi intéressant que son travail actuel ne serait pas facile.

— Vous pouvez m'expliquer comment cela va se passer pour ceux qui veulent rester ?

— Bien sûr, il y a un ajustement dans les horaires et, comme je le disais, une réduction du temps de travail. Mais ce ne sera pas suffisant pour tout le monde. Certains choisiront de chercher ailleurs. D'autres, peut-être comme toi, auront besoin de réfléchir à ce qu'ils veulent faire.

Liana hocha la tête, prenant une profonde inspiration. Elle comprenait la situation, mais cela ne rendait pas la décision plus facile. Elle avait vraiment apprécié son travail ici, la reconnaissance, l'ambiance. Mais quatre à six mois… c'était une éternité dans un monde où tout allait si vite.

Elle sortit de la pièce, son esprit en tourmente. La réalité s'imposait : elle devait réfléchir à ses options, trouver un plan B, ou prendre un risque en restant sans emploi pendant plusieurs mois.

    Lorsqu'elle rentra chez elle ce soir-là, elle n'avait pas encore parlé à Tristan de cette décision. Mais les mots tournaient dans sa tête, les mêmes questions revenaient. Elle se demandait si elle devait chercher quelque chose de temporaire ou bien profiter de ce temps pour explorer d'autres possibilités.

***

    Les jours suivants, Liana se leva chaque matin avec ce poids au cœur, l'incertitude de ce que l'avenir lui réservait. Elle ne pouvait s'empêcher de penser à l'annonce de fermeture du restaurant. Au début, elle s'était sentie perdue, mais avec le temps, l'idée d'un nouveau départ avait germé. Après tout, pourquoi ne pas explorer d'autres horizons ? Le monde était vaste, et elle avait des compétences. Elle parlait couramment anglais et français, avait un goût prononcé pour les voyages. Et si cette période d'incertitude était finalement une chance pour se réinventer ?

    Elle se retrouva à regarder plusieurs sites en ligne, ceux qui proposaient des offres de travail à l'étranger. Après tout, pourquoi ne pas essayer de devenir hôtesse de l'air ? Elle avait toujours aimé l'idée de voyager, de découvrir de nouveaux pays, de nouvelles cultures, et ce métier semblait être la parfaite opportunité.

Elle passa l'après-midi à parcourir des annonces, sans se décider, mais tout en se perdant dans ses pensées. Finalement, alors qu'elle feuilletait les pages, elle tomba sur une annonce qui attira immédiatement son attention. Un chef d'entreprise au Sri Lanka recherchait une personne parlant couramment l'anglais et le français, pour un poste d'assistante de direction. Un job apparemment idéal pour elle, tout en offrant la possibilité de travailler dans un cadre international.

Liana resta quelques secondes à fixer l'écran, l'idéale opportunité en face d'elle. Mais rapidement, une pensée envahit son esprit : cette annonce pouvait tout aussi bien être un fantasme qu'une véritable possibilité. Le Sri Lanka… c'était loin, trop loin. Et surtout, Tristan. Elle ne s'imagina quitter Londres, s'éloigner de lui, et un étrange sentiment de doute se forma dans son ventre. Non, ce n'était pas possible pour le moment. Elle ne pouvait pas partir si loin, pas avec tout ce qui se passait dans sa vie en ce moment.

Elle décida néanmoins de leur écrire, juste pour obtenir plus d'informations. Peut-être que cela ne menait nulle part, mais au moins, elle saurait à quoi s'attendre. Ce n'était pas tant une vraie volonté de partir, mais plus une manière de comprendre ce que cette opportunité impliquait. Elle formula un message poli, demandant des précisions sur le poste et les conditions, tout en restant vague, sans engagement.

Après avoir envoyé l'e-mail, elle laissa ses pensées vagabonder. Pourquoi s'était-elle sentie aussi attirée par cette annonce ? Était-ce juste la curiosité, ou une vraie envie de changer de vie ? Elle soupira et se leva, décidée à en parler à Tristan. Ce genre de décision, elle ne pouvait pas la prendre seule.

Le soir, alors que Tristan rentrait chez eux après sa journée de travail, Liana l'accueillit avec un léger sourire, mais ses pensées étaient ailleurs.

— Comment ça va ? demanda Tristan en la prenant dans ses bras.

— Ça va. Un peu perdue, mais ça va.

Liana s'installa dans le canapé à côté de lui et lui raconta ce qui s'était passé au restaurant, ce que Claire lui avait dit, puis ses réflexions sur l'avenir. Elle lui parla de l'idée de devenir hôtesse de l'air, de son hésitation, du Sri Lanka, et de cette annonce qui l'avait interpellée.

Tristan la regarda, un léger sourire aux lèvres.

— T'inquiète pas, Liana. Tu vas retrouver quelque chose. Même si ça prend un peu de temps, il y a toujours des opportunités qui se présentent. Et moi, je suis là pour te soutenir, peu importe ce que tu choisis.

Il la prit dans ses bras, et elle se sentit soudainement un peu plus apaisée. Ses inquiétudes semblaient s'estomper sous ses mots réconfortants. Mais, au fond, une petite voix dans sa tête lui disait qu'il faudrait qu'elle prenne une décision, et vite.

Elle réfléchit à tout cela pendant quelques minutes, avant de se redresser.

— J'ai écrit à un recruteur, juste pour avoir plus d'infos. Mais je ne sais même pas si je vais continuer avec ça. Le Sri Lanka, c'est tellement loin, et puis… je ne peux pas partir, je… je ne sais pas.

Tristan la regarda tendrement, serrant ses mains.

— Ah oui le Sri Lanka c'est beaucoup trop loin ! Je veux que tu restes avec moi près de moi

! Tu trouveras quelque chose sur Londres j'en suis sûre !

Liana le regarda, un sourire timide aux lèvres.

Le soir, elle se coucha avec un sentiment de calme retrouvé grâce à Tristan.

CHAPITRE 46

Un après-midi, alors que Liana rangeait des papiers dans le petit meuble de l'entrée, à la recherche d'un reçu égaré, elle tomba sur une boîte en bois, ancienne et un peu abîmée, glissée tout au fond d'un tiroir. Elle hésita une seconde, puis l'ouvrit avec précaution. À l'intérieur, quelques souvenirs : des bracelets, un vieux ticket de concert, un badge de police, et une petite photo usée par le temps.

Sur l'image, Tristan avait l'air d'avoir à peine dix-huit ans. Il souriait, bras dessus bras dessous avec Juliette, un peu plus jeune, et un autre garçon, plus âgé. Ils semblaient heureux, complices, un trio solide, inséparable.

Liana sentit son cœur se serrer. Elle reposa doucement la photo dans la boîte, mais ne put s'empêcher de la garder quelques instants entre ses doigts.

Le soir, lorsque Tristan rentra du travail, elle attendit qu'ils soient tous les deux installés dans le canapé, un thé fumant entre les mains.

— J'ai trouvé une vieille photo cet après-midi… dit-elle doucement.

Il releva les yeux, intrigué.

— Une photo de toi, Juliette... et un autre garçon.

Tristan resta silencieux un instant, le regard fixé sur sa tasse. Puis il hocha lentement la tête.

— C'était Hadrian. Mon grand frère.

Liana n'osa pas rompre le silence. Elle le regarda simplement, attendant qu'il continue s'il le souhaitait.

— Il était plus âgé que moi de cinq ans. Il nous protégeait tous les deux, Juliette et moi. On était vraiment proches... presque trop. Il savait tout de moi, je savais tout de lui.

Sa voix s'était adoucie, teintée d'une nostalgie douloureuse.

— Il est mort dans un accident de voiture. Il y a quelques années. Il conduisait... C'était un soir d'hiver, il pleuvait fort. Il a perdu le contrôle.

Tristan inspira profondément, ses mains tremblaient légèrement.

— Juliette était à quelques minutes derrière lui. Ils devaient nous retrouver chez nos parents. Quand elle est arrivée, les gyrophares... tout était déjà là. Elle n'a rien pu faire. Puis elle nous a appelé.

Liana sentit sa gorge se nouer. Elle posa sa main sur celle de Tristan, la serra doucement.

— Je suis désolée…

Il acquiesça sans un mot.

— Ça m'a détruit. J'ai mis longtemps à m'en relever… Et encore aujourd'hui, j'ai l'impression qu'il est là, quelque part.

— Tu ne m'en avais jamais parlé , souffla-t-elle.

— Parce que je ne savais pas comment. Et parce que parfois, je préfère juste… oublier.

Il la regarda, et elle vit dans ses yeux cette peine enfouie, ce poids qu'il portait sans le dire.

— Merci de me l'avoir dit , murmura-t-elle.

Il hocha la tête, puis l'attira contre lui.

— Il t'aurait beaucoup aimée, tu sais.

Liana ferma les yeux, le cœur serré. Ce passé-là, elle ne pourrait jamais en faire partie. Mais elle pouvait, au moins, essayer de le comprendre.

**

Les jours passaient, et Liana poursuivait ses recherches. Elle arpentait les sites d'offres d'emploi, notait des idées, envoyait quelques candidatures. Elle ne voulait pas rester sans rien faire, surtout maintenant que sa vie à Londres prenait forme, qu'elle avait enfin l'impression de construire quelque chose avec Tristan.

Quand l'invitation arriva, elle hésita un instant. Manger à nouveau chez les parents de Tristan ? La dernière fois avait été un peu tendue… Mais il insista doucement, et elle accepta.

Le dimanche suivant, sous un ciel pâle d'hiver, ils arrivèrent devant la maison familiale. Juliette était déjà là, assise dans le salon, un verre de vin blanc à la main, tirée à quatre épingles comme toujours. Elle salua Liana d'un regard distant et d'un sourire poli mais glacé.

Le repas se passa dans une ambiance globalement agréable. Le père de Tristan raconta une anecdote sur son métier d'ingénieur, la mère servit une tarte faite maison, et Juliette lança quelques piques déguisées comme à son habitude. Mais rien de vraiment méchant. Juste sa façon d'être, un peu supérieure, un peu ailleurs.

À un moment, Liana se leva et rejoignit la mère de Tristan dans la cuisine, qui essuyait les verres avec soin.

— Je… Je voulais vous dire… murmura-t-elle.

— Oui ? dit la mère en relevant les yeux, douce comme toujours.

— Tristan m'a parlé d'Hadrian. Je suis vraiment désolée.

La femme sembla surprise, touchée. Son regard s'embua légèrement.

— Merci, Liana. Ça me fait du bien de l'entendre.

Elle la prit dans ses bras, sans rien ajouter de plus, mais le geste en disait long.

De retour dans le salon, Tristan partit rejoindre son père dans la cuisine, laissant Juliette et Liana seules pour quelques minutes.

Juliette sirotait son vin d'un air nonchalant, les yeux fixés sur la cheminée. Puis elle tourna la tête vers Liana avec un sourire en coin.

— Alors… il t'a enfin parlé d'Hadrian ?

Liana acquiesça doucement.

— Oui. Je suis désolée, Juliette. Je ne savais pas, je…

— Mh. fit Juliette avec un petit rictus. Il a toujours été très secret, tu sais. Surtout depuis tout ça.

Liana n'ajouta rien. Elle sentait qu'il y avait autre chose, dans l'attitude de Juliette. Une provocation à peine voilée.

— Du coup, tu sais aussi pour Kelly ?

Liana haussa les sourcils.

— Kelly ? Oui… enfin, c'est son ex, non ? Il m'en a parlé.

Juliette éclata d'un petit rire moqueur.

— Son ex, oui. Mais t'as pas fait le lien ? H. & K. ?

Liana fronça les sourcils, figée.

— H.& K. ?

— Hadrian Et Kelly. dit Juliette avec lenteur, comme si elle parlait à une enfant.

— C'était leur truc à eux. Leur petite signature. Ils gravaient ça partout. Stylo, mur, carnet… Tu croyais que c'était quoi ? Des initiales au hasard ?

Le monde sembla vaciller autour de Liana. Elle resta figée un instant, la bouche entrouverte. Sa gorge était sèche.

— Mais… je pensais que Kelly, c'était juste une ex de Tristan…

Juliette se leva lentement, termina son verre et se pencha vers elle, presque amusée.

— Allô ? Tu ne comprends pas que tout est lié ?

Elle lui lança un dernier regard avant de quitter la pièce, comme si elle venait de laisser tomber une bombe et de s'éloigner dans l'explosion.

Liana resta là, seule, son esprit en vrac. Hadrian. Kelly. H.&K. Le message de "K". Le passé de Tristan. Le frère disparu. La fille qui ne lâchait pas.

Tout se mélangeait. Elle ne savait plus quoi croire.

***

Le lendemain après-midi, Liana retrouva Marion et Alex dans un petit café tranquille du quartier de Clapham. Il faisait gris, Londres était encore engourdie par l'hiver, et les effluves de cannelle et de café chaud flottaient dans l'air.

Liana n'avait presque rien dit en arrivant. Elle tournait sa cuillère dans son chocolat chaud, pensive, le regard dans le vide.

— Liana ? lança doucement Marion en s'approchant d'elle. Tu fais flipper là. Ça ne va pas ?

— T'as vu un fantôme ou quoi ? ajouta Alex, mi-sérieux mi-blagueur.

Liana releva les yeux.

— J'étais chez les parents de Tristan hier… Juliette m'a parlé.

Marion haussa un sourcil.

— Ah… Et ?

Liana inspira profondément.

— Elle m'a balancé un truc. Je n'arrive pas à le sortir de ma tête.

Elle leur raconta tout, sans rien oublier. Le repas, le moment avec la mère de Tristan, et puis… Juliette. Son sourire, ses mots, ce "H.&K." qu'elle croyait avoir compris, mais qui prenait soudain un tout autre sens.

Quand elle eut fini, un silence s'installa à leur table.

Alex fronça les sourcils.

— Attends. Donc, Kelly n'était pas juste une ex de Tristan. C'était la copine d'Hadrian ?

— Apparemment, ouais… dit Liana doucement. Et du coup, je me demande… pourquoi elle lui envoie encore des messages à Tristan ? Pourquoi elle dit qu'elle l'aime, qu'il lui manque ?

Marion fronça les sourcils à son tour.

— C'est bizarre. Sauf si… je ne sais pas… Peut-être qu'elle et Tristan ont eu une histoire après la mort d'Hadrian ?

Alex secoua la tête.

— Ou peut-être qu'ils l'ont eue avant. Ou pire, en même temps.

— Tu crois que Tristan a été avec la copine de son frère ? demanda Marion, choquée.

— Je ne sais pas, ce n'est pas clair. Mais ce H.&K., c'est leur truc à eux deux, Hadrian et Kelly. Pourquoi Tristan a un stylo gravé avec ça ?

Liana serra ses bras contre elle.

— C'est ça que je ne comprends pas… Il m'a dit qu'il avait recouché une fois avec elle, que c'était fini, qu'il ne ressentait rien. Mais… pourquoi elle revient dans sa vie comme ça ? Et pourquoi Juliette me balance tout ça d'un coup ?

— Peut-être parce qu'elle veut que tu fouilles. dit Alex, l'air grave. Peut-être qu'elle veut que tu découvres quelque chose.

— Ou peut-être qu'elle est juste jalouse que tu sois avec lui. suggéra Marion.

Liana hocha lentement la tête, mais son esprit était ailleurs. Il y avait trop de pièces dans ce puzzle. Trop de choses qu'elle ne savait pas.

— Il faut que je sache la vérité. Toute la vérité. dit-elle dans un souffle. Parce que je ne suis pas sûre de pouvoir continuer si je découvre que tout ça, c'était un mensonge depuis le début.

Alex posa une main sur son bras, rassurant.

— On est là, Liana. Quoi que tu décides de faire.

Elle leur offrit un petit sourire, mais son cœur était lourd. Il fallait qu'elle parle à Tristan.

Encore une fois. Il fallait qu'elle creuse. Parce que cette fois, elle ne pouvait plus se contenter de demi-vérités.

CHAPITRE 47

Quand Liana passa la porte de l'appartement ce soir-là, elle sentit une boule lui serrer la gorge. Tristan était là, assis sur le canapé, concentré sur son téléphone. Il releva les yeux en l'entendant arriver, sourit doucement, mais son sourire s'effaça vite quand il vit son visage fermé.

— Tout va bien ? demanda-t-il.

Elle enleva son manteau lentement, sans le regarder.

— Non.

Tristan se redressa aussitôt.

— Qu'est-ce qu'il se passe ?

Liana prit une grande inspiration, puis croisa son regard.

— Quand je me suis retrouvée avec Juliette chez tes parents, elle m'a balancé quelque chose.

Tristan fronça les sourcils.

— Quoi encore ?

— Elle m'a dit que tu m'avais enfin parlé d'Hadrian. Et ensuite… elle m'a parlé de Kelly. Elle m'a dit… H.&K., tu sais, ce que j'ai vu sur le stylo. Elle m'a dit que ça voulait dire Hadrian et Kelly.

Le regard de Tristan s'assombrit aussitôt.

— Sérieusement ? gronda-t-il. Mais qu'est-ce qu'elle cherche à faire, elle ? C'est ma sœur, putain, et elle fait tout pour foutre la merde dans notre couple.

Liana ne se laissa pas emporter par sa colère. Elle s'avança d'un pas vers lui.

— Je veux comprendre, Tristan. Je veux que tu m'expliques. Parce que ça fait trop. Trop de mystères. Trop de trucs flous. Tu dis que Kelly, c'était juste une ex, un dérapage… Mais là, j'ai besoin de savoir.

Elle marqua une pause, les yeux brillants.

— Parce que je dois te dire autre chose. La première fois qu'on est allés chez tes parents, j'ai vu une photo. Ton frère, Hadrian, et une fille. Et le stylo… c'était entre eux. C'était leur truc. Donc… c'est la même Kelly, c'est ça ? Celle qui était avec ton frère ?

Tristan passa une main sur son visage, comme pour tenter de se calmer, puis se leva lentement.

— Juliette… elle fait ça parce qu'elle pense que tu vas partir, que tu ne tiendras pas.

— Peut-être. Mais ce que je veux maintenant, c'est la vérité. Toute la vérité. Parce que j'en ai marre. J'en ai marre que tout aille bien et qu'à chaque fois, un truc vienne foutre le bordel.

Juliette me retourne le cerveau, Tristan. J'ai besoin que toi, tu sois clair.

Il la regarda longuement, comme s'il hésitait, luttant intérieurement. Puis il soupira, baissa la tête, résigné.

— Ok, Liana… Tu veux savoir ? Je vais tout te dire.

Elle le fixa, le cœur battant, le souffle suspendu.

— Tout.

***

Il s'assit sur le bord du lit, les coudes sur les genoux, le visage entre ses mains. Liana resta debout, face à lui, le cœur serré.

— Hadrian… commença Tristan dans un souffle. C'était mon grand frère. On était super proches tous les trois : lui, Juliette et moi. Mais avec lui, c'était différent. Il était mon modèle, mon repère. Il m'a appris tellement de choses, il veillait toujours sur nous.

Il leva les yeux vers elle, le regard chargé d'émotion.

— Un jour, il a rencontré Kelly. Elle était… magnifique. Généreuse, solaire. Toute la famille l'a tout de suite adorée. Même Juliette. À l'époque, elle était encore… plus douce, plus ouverte. Kelly faisait partie de notre famille.

Il marqua une pause, le regard dans le vide.

— Pendant des années, ils ont été ensemble. Sincèrement heureux, je crois. Mais… petit à petit, y'a eu des trucs bizarres. Kelly se rapprochait de moi. Elle me cherchait, elle me taquinait. Moi, j'étais jeune, con, flatté… je ne voyais pas le mal, ou alors je faisais semblant.

Il déglutit difficilement.

— Y'a eu une soirée. On avait bu. Un moment de flottement. On s'est embrassés. C'était un dérapage, rien de plus, je te jure. Mais après ça, elle ne lâchait pas. Elle me disait qu'elle ressentait quelque chose.

Liana restait silencieuse, glacée.

— Un jour, elle m'a dit : « Hadri m'a demandé en fiançailles. Mais si tu me dis que tu veux qu'on soit ensemble, je dis non. » Et moi… je lui ai dit non. Que je ne pouvais pas faire ça à mon frère.

Il serra les poings.

— Elle a accepté la demande. Et j'ai cru que tout ça était fini. Mais Juliette… elle avait tout compris. Elle nous observait. Elle n'a jamais rien dit à nos parents, mais elle savait. Elle m'en a voulu, à moi, à elle.

Un silence s'installa, lourd, pesant.

— Un soir, on était tous chez mes parents pour fêter les fiançailles. Après le dîner, Hadrian est allé se coucher, un peu alcoolisé. Mais il s'est levé dans la nuit. Et il nous a surpris, Kelly et moi… On s'était juste embrassés. Encore une fois. Une putain d'erreur.

Il ferma les yeux, la voix tremblante.

— Il est devenu fou. Il a hurlé, crié. Juliette est sortie de sa chambre, elle a tout compris. Elle a tenté de le calmer. Mais Hadrian a pris les clés de la voiture. Kelly l'a suivi. Puis, Juliette car elle ne voulait pas le laisser seul avec elle. Et moi, je suis resté figé.

Tristan prit une grande inspiration, les yeux humides.

— Ils ont eu un accident. Kelly s'en est sortie. Hadrian, non. Et Juliette, qui les avait suivis avec sa voiture a tout vu.

Un silence absolu remplit la pièce. Liana sentit son souffle se bloquer dans sa gorge.

Tristan se leva, s'approcha d'elle.

— Je n'ai jamais eu le courage de te raconter. Parce que je sais que c'est moche. Que j'ai fait des erreurs. Que j'ai brisé quelque chose dans ma famille.

Il s'arrêta à quelques centimètres d'elle.

— Juliette m'aime encore. Mais elle me tient responsable. Et elle t'en veut, parce que t'es celle qui me rend heureux, alors qu'elle pense que je ne mérite plus d'être heureux.

Liana le regardait, figée. Elle ne savait plus quoi dire. Tout prenait un sens, enfin. Le H&K, les regards de Juliette, les silences… Tout.

CHAPITRE 48

Liana recula de quelques pas, les bras croisés sur elle-même, comme pour se protéger d'un froid soudain.

— Je n'arrive pas à y croire... murmura-t-elle, le regard perdu. C'est... c'est énorme, Tristan. Tu te rends compte de ce que tu viens de me dire ?

Tristan restait debout, face à elle, les yeux rouges, les poings serrés.

— Je sais...

— Non, tu ne sais pas ! éclata-t-elle soudain. Ton frère est mort, Tristan. Il est mort à cause de cette histoire, de cette fille. Et toi... toi tu l'as revue ? Tu... tu es retourné la voir ? Tu as recouché avec elle ?!

Sa voix se brisa. Elle secoua la tête, les larmes aux yeux.

— Tu l'as revue, après tout ça ?

— C'était... Tristan tenta de parler, mais sa gorge était nouée. Il ferma les yeux, prit une inspiration tremblante. C'était il y a quelques mois. Elle m'a écrit. Elle disait qu'elle était malade. Un cancer. Elle disait qu'elle allait mourir...

— Et toi t'y as cru ? coupa Liana, abasourdie. Après tout ce qu'elle a fait, après tout ce que vous avez vécu ?

— Oui. J'y ai cru. J'avais besoin de savoir. J'avais besoin de… de comprendre. Elle disait qu'elle voulait me dire adieu.

Il avança d'un pas, mais Liana recula.

— Et donc tu y es allé ? Tu es resté avec elle ? Et vous avez… Elle s'arrêta, dégoûtée. Non mais t'as pas réfléchi une seconde ? Tu t'es dit quoi ? Allez, une dernière fois, comme à l'époque ? Comme si ton frère n'était pas déjà mort à cause de cette relation de merde ?

Tristan baissa la tête, incapable de répondre. Les larmes coulaient sur ses joues.

— Tu sais ce que ça fait ? continua Liana, la voix tremblante. De découvrir que tout ce que je vivais ici… cette vie qu'on construisait… elle était bâtie sur un putain de mensonge ?!

Un silence pesant s'abattit. Tristan murmura :

— Je voulais t'épargner ça. Je voulais que ce passé reste derrière moi. Mais Juliette… elle a tout fait remonter.

Liana ferma les yeux.

— Maintenant je comprends… Je comprends pourquoi elle est aussi froide. Pourquoi elle est cassante. Parce qu'elle s'était ouverte à Kelly. Elle l'aimait, elle l'adorait. Et au final, elle l'a perdue… et elle a perdu son frère.

Elle releva les yeux, le regard noyé dans les larmes.

— Et toi, tu t'es permis de retomber dans ce piège.

— Je n'ai jamais cessé de m'en vouloir, Liana. Je te jure. Ce que j'ai fait est impardonnable. Mais je t'aime, toi. Je veux que ce soit toi. C'est toi que j'ai choisie. » Il tomba à genoux. Dis-moi ce que je dois faire. Mais ne me quitte pas…

Liana resta figée, le cœur en morceaux. Tout s'entremêlait dans sa tête : l'histoire d'Hadrian, Juliette, Kelly, les non-dits, les mensonges, et maintenant… cette trahison.

Elle avait envie de hurler. De fuir. Mais aussi de rester. Parce qu'elle l'aimait. Mais comment faire confiance après ça ?

La nuit s'annonçait longue. Et le choix à venir… déchirant.

Liana éclata d'un rire amer, presque douloureux.

— Et alors ?! C'est ça la vérité, Tristan ? Tu t'es servi de moi ? Hein ? C'était quoi, moi, dans cette histoire ? Un pansement ? Un jeu ? T'as commencé une belle histoire, tu m'as fait croire que c'était du sérieux, et puis t'as disparu pendant des mois... pour aller la retrouver ? Sans une putain de nouvelle ?!

Tristan se redressa, secoué, mais silencieux.

— J'étais quoi pour toi, Tristan ?! continua-t-elle, la voix tremblante. Tu sais ce que ça m'a fait ? Ce silence ? Tu sais ce que j'ai ressenti ? Tu répondais plus à mes messages, tu t'es évaporé comme si je ne comptais pour rien, comme si j'étais qu'un passe-temps. Tu m'as brisé, Tristan. Tu m'as déchirée.

— Liana...

— NON ! hurla-t-elle, les larmes coulant sur ses joues. Tu reviens des mois après, comme une fleur, sans explication, sans rien, comme si de rien n'était ! Et moi, comme une idiote, je t'ouvre à nouveau les bras, parce que je t'aime. Parce que j'étais amoureuse de toi...

Il voulut s'approcher, elle recula.

— Tout ce temps, j'ai cru que ce qu'on vivait, c'était sincère. Que c'était vrai. Et là, je découvre que tout était construit sur un putain de mensonge !

Tristan murmura, la voix éraillée :

— Ce n'était pas un mensonge. Ce que j'ai vécu avec toi... c'est réel. C'est le plus réel que j'ai jamais connu. Je suis tombé amoureux de toi, Liana. C'est toi, maintenant. Pas elle.

— Alors pourquoi tu m'as laissée ?! Pourquoi t'es parti sans rien dire ?!

— Parce que j'étais paumé. Kelly… elle m'a dit qu'elle allait mourir. Et j'ai paniqué. J'ai été faible, j'ai eu peur qu'elle parte sans que je lui dise au revoir, sans comprendre…

— Et vous avez recouché ensemble. lança Liana, glaciale.

Un silence brutal.

Tristan baissa la tête.

— Oui.

Liana sentit ses jambes flancher. Elle s'assit lourdement, le souffle court.

— Tes parents… Ils savent ? demanda-t-elle d'une voix faible. Ils savent que c'était toi ? Que Kelly a trompé leur fils avec toi ?

— Non. souffla Tristan. Pour eux, Kelly l'a trompé. Mais ils n'ont jamais su avec qui. Ils savent juste qu'il a surpris un message ou autre, qu'il a pété un câble… mais ils ne savent pas que c'était avec moi.

— Et Juliette ?

— Elle, elle sait tout. Elle était là. Elle a tout vu. Elle l'a vu hurler, pleurer… Elle est montée dans sa voiture, elle l'a suivi. Elle a vu l'accident.

Elle a tout vécu. Et depuis ce jour, elle m'en veut. Elle ne me l'a jamais dit en face, mais je le sais.

Liana releva les yeux, noyés de chagrin.

— Mais pourquoi ? Pourquoi tu ne m'as pas raconté ça plus tôt ?

— Parce que j'avais honte. Parce que je savais que si je te le disais… tu me regarderais comme tu me regardes là, maintenant.

Liana murmura, la voix brisée :

— Et tu as raison. Parce que là, je ne sais plus qui tu es.

Liana resta là, immobile, comme figée dans le temps. Elle ne disait plus rien. Elle ne pleurait plus. Elle ne criait plus.

Elle avait juste cette boule énorme au creux du ventre. Une boule de douleur, de colère, de tristesse, d'incompréhension.

Tristan était là, en face d'elle, les yeux rouges, le souffle court, comme s'il attendait une sentence. Comme s'il allait tomber à genoux.

Mais rien ne venait. Rien ne sortait.

Elle avait envie de fuir. Et en même temps, elle voulait rester. Parce que malgré tout… malgré tout ce qu'elle venait d'apprendre… elle l'aimait.

Mais est-ce qu'on peut encore aimer quelqu'un après ça ?

Elle n'en savait rien.

— J'ai besoin de temps, Tristan… murmura-t-elle enfin, d'une voix presque éteinte. Juste… du temps.

Il voulut parler, elle leva la main.

— Pas maintenant.

Et elle se leva. Elle ne savait même pas où elle allait. Dans la chambre ? Dehors ? Elle avait juste besoin de respirer, d'être ailleurs que dans ce salon saturé de souvenirs qui venaient de s'écrouler.

Tristan ne la suivit pas. Il resta là, seul, le visage entre les mains.

Et le silence revint.

Lourd. Poignant. Inévitable.

CHAPITRE 49

Liana sortit. Elle n'avait pas pris de veste. Elle voulait juste respirer. S'éloigner. Sentir l'air sur son visage.

Ses pas la guidèrent sans qu'elle sache vraiment où elle allait. Le cœur encore battant, l'esprit brouillé par tout ce qu'elle venait d'entendre. Elle ne savait même plus si elle avait mal ou si elle était juste vide.

Et puis, dans une rue calme, un bruit de moteur la fit sursauter.

Un gros 4x4 noir s'arrêta lentement à sa hauteur. Les vitres teintées descendirent doucement, révélant quatre hommes à l'intérieur. Peau foncée, regards appuyés, l'un d'eux arborait un large sourire et une dent en or qui brillait dans la nuit.

— Hey princesse, t'es perdue ? lança l'un d'eux en la détaillant des pieds à la tête.

Liana garda son calme. Elle s'arrêta à peine, esquissa un petit sourire poli.

— Non, je vais juste marcher un peu. Merci.

— Toute seule comme ça ? C'est dangereux pour une jolie fille. Monte, on te dépose quelque part.

Elle secoua la tête doucement, mais sans agressivité.

— Non vraiment, ça va. Merci.

Ils roulèrent lentement à côté d'elle, sur quelques mètres.

— T'as pas un petit numéro à me filer au moins ? Tu ne vas pas nous briser le cœur comme ça…

Elle sentit un frisson lui remonter la colonne. Elle regarda autour. Personne.

Alors, elle fit ce que bien des filles avaient appris à faire.

Elle sourit doucement, et récita un faux numéro. Sans trembler. Sans montrer qu'elle avait peur. Juste pour qu'ils partent.

— Voilà. Bonne soirée.

— J'espère qu'on se reverra, princesse.

Et le 4x4 finit par repartir, les rires masculins se perdant dans le lointain.

Liana resta immobile quelques secondes. Inspirant. Expirant. Juste pour chasser cette angoisse.

Puis elle reprit sa marche.

Quand elle rentra enfin à l'appartement, la fatigue s'était abattue sur elle comme un poids. Elle poussa doucement la porte. Tristan était là. Assis sur le lit, les yeux rouges, le dos voûté.

Elle ne dit rien de plus.

— Je vais me coucher.

Il ne répondit pas. Elle entra dans la chambre, s'allongea sur le lit, du côté droit. Lui resta quelques instants figé, puis finit par venir s'allonger à côté d'elle, de l'autre côté. Sans se toucher. Sans se regarder.

Et le silence retomba. Encore.

Mais cette fois, il avait le goût du vide.

***

Le lendemain matin, la lumière du jour filtrait à peine à travers les rideaux. Liana se réveilla en sursaut, la tête lourde, les pensées confuses. La nuit avait été longue, le silence dans la chambre pesant, lourd. Elle avait cru s'endormir, mais l'absence de Tristan à ses côtés lui indiqua qu'il avait probablement quitté la chambre au petit matin.

Elle se leva lentement, ses jambes un peu tremblantes sous le poids de la fatigue accumulée et de la nuit agitée. Il fallait qu'elle sorte de cette torpeur, qu'elle reprenne le contrôle. Elle se rendit à la salle de bain, se passant de l'eau froide sur le visage. Ses yeux étaient rouges, sa peau pâle. Le miroir ne mentait jamais. Elle avait l'air épuisée. Et l'idée que tout cela avait commencé avec un mensonge, avec cette situation qui lui semblait de plus en plus floue et injuste, la foudroya à nouveau.

Elle se redressa et se regarda une dernière fois dans le miroir, avant de sortir de la salle de bain.

Tristan était là, dans le salon, dos à elle, les yeux rivés sur la table basse, l'air préoccupé. Il ne l'avait même pas entendue arriver. Liana s'arrêta un instant dans l'embrasure de la porte, puis s'avança.

— Tristan…

Il se tourna rapidement, comme s'il n'avait pas osé la regarder pendant toute la nuit. Son visage, fatigué et abattu, se figea.

— Je… Je suis désolé pour hier soir. Il posa la tête dans ses mains, son ton lourd. C'est… tout est compliqué, Liana. C'est compliqué pour moi aussi.

Liana se mordit la lèvre, ses yeux brillants d'une émotion qu'elle ne pouvait plus réprimer.

— Compliqué ? répéta-t-elle doucement. Compliqué ? Tu m'as menti pendant des mois. Et là, tu me parles de complication, Tristan ?

Elle s'éloigna de lui, sentant cette boule dans sa gorge se resserrer. La colère, la douleur, tout s'entremêlait.

— Je sais que je t'ai fait du mal, mais tu... tu dois comprendre que ce n'est pas aussi simple que ça. Kelly... elle est venue vers moi. Elle m'a dit qu'elle avait besoin de moi. Il baissa la tête, l'air abattu. J'ai été faible, Liana. Je sais. Mais je suis aussi humain. Je suis désolé.

Liana tourna la tête, incapable de le regarder dans les yeux plus longtemps. Ses pensées tourbillonnaient dans sa tête. L'incompréhension, la déception, la trahison. Elle s'efforça de garder le contrôle, mais une larme échappa. Elle s'essuya vite, comme si ça pouvait effacer ce qu'elle ressentait.

— Et moi, Tristan ? T'as jamais pensé à moi ? A ce que ça me ferait, de tout savoir ça ?

Elle fit quelques pas dans le salon, se forçant à respirer. Elle avait besoin de lui dire, de sortir tout ce qu'elle avait en elle, tout ce qu'elle n'avait pas dit.

— Je pensais qu'on était sur la même longueur d'onde, qu'on avait construit quelque chose de sincère. Et là, je me retrouve à me demander si j'ai été qu'une diversion, une petite consolation en attendant que tu te rendes compte de tes erreurs.

Il se leva brusquement, s'approcha d'elle d'un pas hésitant.

— Non, Liana, ce n'est pas ça du tout. C'était toi. C'était toujours toi. Mais je… je me suis perdu dans tout ça. Il tenta de la prendre par les bras, mais elle le repoussa doucement.

— Mais tu as disparu. Tu m'as laissée dans l'ombre, sans explication, sans raison. Et je me suis retrouvée seule avec mes questions. C'est ça que tu veux que je comprenne ?

Elle serra les poings, essayant de contenir cette colère qui montait en elle, cette frustration qu'elle n'arrivait plus à gérer.

Il baissa les yeux, n'osant plus la regarder.

— Je sais que je t'ai déçue. Je sais. Et je n'ai aucune excuse. Mais… je t'en prie, Liana, ne me quitte pas à cause de ça. Je… Je vais tout faire pour réparer ce que j'ai détruit. Sa voix tremblait, presque implorante.

Liana le regarda, toujours aussi perdue. Elle avait l'impression d'être dans un tourbillon, une spirale qui l'entraînait sans qu'elle puisse s'en sortir.

— Je ne sais pas, Tristan. Je… Elle prit une profonde inspiration, les larmes revenant. Je t'aime, mais là, c'est trop difficile. Je n'arrive même plus à savoir ce qui est vrai et ce qui ne l'est pas.

Il s'approcha encore, la main tendue, mais elle se détourna avant qu'il ne puisse la toucher.

— Je ne sais pas, Tristan. Je… je ne sais plus quoi penser.

Le silence s'installa de nouveau, lourd. Et Liana resta là, sans savoir si elle était prête à faire face à ce qu'il venait de lui révéler.

***

Quelques heures après le départ de Tristan, le silence régnait dans l'appartement. Liana était assise sur le canapé, un plaid sur les genoux, un mug de thé froid entre les mains. Elle n'avait pas bougé depuis un long moment. La révélation de la veille tournait en boucle dans sa tête, comme un disque rayé. Son regard était vide, perdu entre les souvenirs, la douleur, les doutes.

Puis, soudain, on sonna à la porte.

Elle sursauta. Une légère crainte l'envahit — après ce qu'il s'était passé la veille, elle n'attendait absolument personne. Elle se leva lentement, s'approcha de la porte et jeta un coup d'œil par le judas.

Juliette.

Liana hésita, puis ouvrit. Juliette, droite, impeccablement coiffée comme toujours, lui adressa un sourire timide, presque maladroit.

— Salut, dit-elle doucement.

— Salut… répondit Liana, un peu surprise. Tristan n'est pas là.

— Je sais. C'est toi que je viens voir.

Un petit moment de flottement s'installa. Puis, Liana s'effaça pour la laisser entrer. Juliette pénétra dans l'appartement, regarda autour d'elle, puis se posta près de la table du salon, droite, un peu nerveuse.

— Je… Elle prit une grande inspiration. Je suis désolée, Liana.

Liana haussa légèrement les sourcils, ne s'attendant pas à ça.

— Désolée pour quoi ?

— Pour tout. Pour mon comportement depuis le début. Pour t'avoir regardée de haut, pour avoir été froide. Ce n'était pas contre toi.

Elle fit une pause, le regard ailleurs.

— C'est juste… Kelly, c'était plus qu'une belle-sœur. C'était ma meilleure amie. Ma confidente. Ma sœur de cœur. Et elle a détruit ma famille.

Liana baissa un peu les yeux, touchée malgré elle.

— Quand elle est arrivée dans notre vie, j'étais jeune, insouciante. Elle me faisait rire, elle était brillante, douce… je l'adorais. Et je l'ai vue trahir Hadrian. Je l'ai vue trahir Tristan. Je l'ai vue semer le chaos.

Juliette s'assit finalement, lentement, comme si elle venait de déposer un poids énorme.

— Je t'en ai voulu d'être là, je crois. Parce que tu es tombée dans sa ligne. Dans l'histoire. Et j'avais peur que tu sois un nouveau mensonge, une nouvelle erreur. Mais j'ai compris, avec le temps. Je t'ai observée, Liana. Et j'ai vu que tu aimais vraiment Tristan. Et surtout, que lui t'aimait, vraiment.

Elle plongea enfin son regard dans celui de Liana.

— Je suis contente qu'il ait fini par te dire la vérité. Ce n'était pas à moi de le faire, même si ça me démangeait. Il fallait que ça vienne de lui. Parce qu'une relation ne peut pas tenir sur des silences ou des cachotteries. Même quand elles sont faites par amour.

Elle se leva doucement, reprenant son calme.

— Je voulais juste que tu saches que je ne te déteste pas. J'ai juste été blessée. Et je veux que

Tristan soit heureux. Même si je lui en veux encore, je l'aime. C'est mon frère.

Un silence, puis :

— Et je sais que toi aussi, tu l'aimes. Ne le condamne pas trop vite. Il souffre plus que tu ne l'imagines. Il s'en veut depuis des années.

Liana l'écoutait en silence, émue, mais troublée. Juliette s'approcha doucement d'elle.

— C'est aussi pour ça que je n'ai jamais rien dit à mes parents. Je ne leur dirai jamais. Ils ont déjà perdu un fils. Je refuse de leur faire perdre l'autre.

Juliette la regarda une dernière fois, avec une sincérité nouvelle, presque fragile.

— Merci de m'avoir écoutée.

Puis elle s'éloigna, laissant Liana là, seule dans l'appartement, bouleversée par cette nouvelle vérité. Encore une.

***

Liana était assise sur le canapé, le regard perdu dans le vide, l'ordinateur encore ouvert devant elle. Le mail était là, affiché en grand, comme une échappatoire aussi brillante qu'inattendue. Une réponse rapide, polie, pleine d'enthousiasme. Le chef d'entreprise du Sri

Lanka lui proposait un entretien dans les prochains jours. Il semblait vraiment intéressé par son profil.

Mais tout en elle criait qu'elle ne voulait pas partir. Ce n'était jamais son plan. Son plan, c'était Londres. Sa vie ici. Tristan.

Elle ferma l'écran d'un geste lent, juste au moment où elle entendit la clé tourner dans la serrure. Tristan entra, un peu fatigué, les traits tirés, mais dès qu'il vit Liana, il tenta un sourire, presque inquiet.

— Salut… murmura-t-il. Ça va un peu mieux ?

Elle hocha la tête, doucement.

— Juliette est passée.

Tristan se figea.

— Elle m'a parlé. Elle m'a expliqué des choses. Je pense qu'elle a voulu bien faire, même si… c'était brutal.

Il s'approcha lentement, s'assit à côté d'elle.

— Je suis désolé, Liana. Vraiment. Je sais que j'ai tout gâché… que j'ai failli tout perdre. Je t'aime, putain. Et je veux qu'on construise quelque chose ici, tous les deux. Je ferai tout ce qu'il faut pour réparer ce que j'ai cassé.

Elle baissa les yeux.

— J'ai eu une réponse du Sri Lanka.

Un silence lourd s'installa.

— Le poste ? demanda-t-il à voix basse.

Elle acquiesça. Il serra les poings sans même s'en rendre compte.

— Ils veulent me rencontrer.

— Et… tu comptes y aller ?

Elle leva les yeux vers lui, troublée.

— Je ne sais pas, Tristan. Je n'ai jamais vraiment voulu y aller. Mais maintenant, tout est flou. J'ai besoin de réfléchir.

Il posa sa main sur la sienne, les yeux brillants.

— Ne pars pas, Liana. S'il te plaît. Je t'en supplie. Je t'aime. On peut encore tout réparer ici. Ne fuis pas. Pas comme ça.

Elle sentit son cœur battre trop fort, trop vite. Elle l'aimait, oui. Mais elle avait aussi peur. Peur d'être de nouveau blessée. Peur de tout ce poids qui les entourait.

Mais elle ne répondit pas. Pas encore. Elle garda sa main dans la sienne, sans savoir de quel côté elle allait pencher.

Le lendemain matin, Liana ouvrit les yeux lentement, comme tirée d'un rêve trop dense, trop chargé. Elle mit quelques secondes à se souvenir où elle était. Puis elle sentit la chaleur contre elle. Tristan. Son bras l'enlaçait doucement, son souffle calme effleurait sa nuque. Et malgré tout, malgré les révélations, la douleur, les doutes, elle était bien. Là. Dans ses bras.

Elle aurait voulu rester comme ça. Juste ça. Le monde arrêté. Le passé oublié.

Mais sa poitrine se serra.

Est-ce qu'on peut vraiment tout effacer ?

Est-ce qu'un cœur brisé peut aimer comme avant ?

Elle tourna la tête, doucement, pour le regarder. Il dormait encore. Calme. Paisible. Comme si la nuit avait tout réparé.

Et elle, elle l'aimait. Elle le savait. C'était plus fort que tout. Il y avait dans ses gestes, dans ses silences, dans ses failles, tout ce qu'elle avait toujours attendu.

Mais alors pourquoi autant de douleur ? Pourquoi ces secrets ?

Est-ce que l'amour suffit quand la confiance s'effrite ?

Elle posa une main sur son torse, très lentement.

Est-ce qu'un homme peut changer ?

Est-ce que Tristan changera ?

Elle ne voulait pas d'un amour imparfait. Elle voulait un amour vrai, solide, pas un qui s'effondre à la moindre bourrasque du passé. Et pourtant… c'était avec lui qu'elle voulait bâtir.

Elle ferma les yeux à nouveau. Juste quelques minutes de plus. Juste encore un peu d'illusion de paix. Après, elle réfléchirait. Elle ferait des choix. Mais pas maintenant.

Pour l'instant, elle se contentait de sentir son cœur battre contre le sien.

CHAPITRE 50

Ce soir-là, Liana attend que Tristan rentre du travail. Elle a retourné la question dans tous les sens. Elle n'a pas envie de partir. Mais elle doit le faire. Ne serait-ce que pour se prouver qu'elle en est capable. Et parce que tout ce qu'elle vient de traverser lui a appris une chose : elle ne peut plus dépendre uniquement de quelqu'un d'autre pour son avenir.

Quand Tristan franchit la porte, fatigué, il dépose machinalement ses affaires, puis la regarde. Elle est debout, immobile, au milieu du salon.

— Il y a un truc, dit-il tout de suite. Qu'est-ce qu'il y a, Liana ?

Elle inspire.

— J'ai été recontactée par l'entreprise du Sri Lanka. Ils veulent me rencontrer absolument. Ils m'invitent à venir quatre jours pour un entretien, pour découvrir les lieux, les conditions, rencontrer l'équipe… Tout ça.

Tristan la fixe, interdit.

— Tu veux dire… Tu vas y aller ?

— Oui. Juste pour voir. Pour me faire ma propre idée. Je dois le faire pour moi. Pas pour y rester. Pas forcément. Juste… pour savoir.

Il s'approche, un peu secoué, la mâchoire crispée. Il la regarde comme s'il avait peur de la perdre une deuxième fois.

— Tu pars combien de temps ?
— Quatre jours. C'est tout. Je pars mardi matin, et je reviens vendredi soir.

Silence.

Puis Tristan soupire et baisse les yeux.

— D'accord, dit-il doucement. Je ne veux pas te retenir. Mais… reviens-moi, Liana. Reviens-moi. Je tiendrai le coup. Mais je ne veux pas que ça t'éloigne de moi.

Elle hoche la tête, les yeux humides.

— Je reviens, Tristan. Promis.

***

Le jour du départ est arrivé plus vite qu'elle ne l'aurait cru. À l'aéroport, Liana serre fort son passeport entre ses doigts. Sa valise à ses pieds, elle lance un regard à Tristan, juste à côté d'elle. Il ne dit rien, mais ses yeux disent tout. Il a cette expression tendue, inquiète, qu'il essaie de dissimuler sous un sourire.

— Tu vas m'écrire ? demande-t-il.

— Tous les jours. Et je t'appelle dès que j'atterris.

Il hoche la tête et l'enlace longuement, comme s'il essayait de graver son odeur, sa présence, ses battements de cœur.

— Quatre jours, souffle-t-il. Je compte les heures.

Elle lève les yeux vers lui.

— Moi aussi.

L'instant est suspendu. Puis la voix dans les haut-parleurs annonce l'embarquement. Il faut y aller.

Elle embrasse Tristan une dernière fois. Puis elle disparaît dans la foule.

Quelques heures plus tard, au Sri Lanka, la chaleur est moite, étouffante. Dès qu'elle met un pied hors de l'aéroport, Liana est enveloppée par une atmosphère totalement différente : l'air, les odeurs, les couleurs, les bruits… Tout est nouveau, presque irréel.

Une jeune femme l'attend avec une pancarte à son nom. Elle s'appelle Meena, elle parle parfaitement anglais, avec un accent chantant.

— Ayubowan ! Bienvenue au Sri Lanka, Liana ! Comment s'est passé votre vol ?

— Long mais bien merci.

Meena lui sourit chaleureusement.

— Nous sommes ravis de vous accueillir. L'entreprise est prête à vous montrer tout ce qu'elle a à offrir. Venez, la voiture vous attend.

Elles montent à bord d'un SUV climatisé. À travers les vitres, Liana découvre un monde qu'elle ne connaît pas. C'est vivant, bordélique, fascinant.

En moins d'une heure, elles arrivent devant un grand bâtiment moderne, imposant, au design épuré. Liana est impressionnée.

— C'est ici que vous pourriez travailler, Meena lui dit avec un sourire. Nous prendrons grand soin de vous.

À ce moment-là, elle reçoit un message de Tristan. Un simple :

« Tu me manques déjà. »

Et elle, là, au cœur d'un pays lointain, avec une opportunité incroyable devant elle, ne sait plus quoi penser.

Dès son arrivée à l'hôtel, Liana est frappée par le contraste. Le bâtiment est immense, avec des baies vitrées donnant sur l'océan, une piscine turquoise à débordement, un hall d'entrée en marbre et du personnel souriant aux petits soins. Meena, toujours à ses côtés, veille à ce que tout soit parfait.

— C'est votre chambre, Mademoiselle Liana, dit-elle en ouvrant la porte d'une suite luxueuse, dotée d'un balcon avec vue sur la mer. Profitez de votre séjour.

Liana, un peu hébétée, fait le tour de la chambre, touche les coussins brodés, ouvre les rideaux en lin. Elle n'a jamais connu ça. C'est un autre monde. Un monde qui semble l'appeler.

Le lendemain matin, une voiture avec chauffeur vient la chercher. Direction les locaux de l'entreprise. Un bâtiment gigantesque, moderne, entièrement vitré, situé dans un quartier d'affaires réputé de Colombo.

Dès son entrée, elle est accueillie avec respect et chaleur. Tout le monde semble la connaître, ou au moins savoir qu'elle est « la candidate française ».

Les journées s'enchaînent.

On lui fait visiter les différents départements, elle rencontre plusieurs membres de l'équipe dirigeante. On lui pose des questions, mais surtout, on l'écoute. Elle parle avec assurance, elle exprime ses idées, ses envies, sa vision. Sa personnalité séduit.

— Vous êtes intelligente et vous êtes réelle, lui glisse un cadre le troisième jour. C'est rare. Vous seriez à votre place ici.

On lui montre aussi les coulisses : le restaurant interne de l'entreprise, presque gastronomique, les espaces de repos, la salle de sport réservée aux employés, les bureaux avec vue sur la mer. Tout est pensé pour le confort et l'excellence.

Le dernier jour, Meena l'emmène déjeuner dans un rooftop avec le directeur des ressources humaines. L'ambiance est détendue.

— Liana, nous sommes impressionnés. Si vous voulez ce poste, il est pour vous.

— Nous vous formerons et vous accompagnerons. Notre package salarial comprend un appartement haut de gamme, une assurance maladie, des primes et… deux semaines de congés tous les deux mois et demi.

— Vous feriez partie de quelque chose de grand ici.

Un contrat lui est tendu.

Elle a une semaine pour réfléchir.

De retour dans sa suite, Liana s'assoit face à l'océan. Le ciel est orangé, le soleil descend lentement. Elle relit les propositions, les chiffres, les avantages.

C'est tentant. Tout est si tentant.

Mais alors qu'elle ferme le dossier, son regard se pose sur son téléphone. Un message de Tristan clignote :

« J'espère que ta journée s'est bien passée. Je pense à toi. Reviens vite. »

Elle pose le téléphone, incertaine.

Le rêve… ou l'amour ?

Elle a sept jours pour choisir.

***

Arrivée à Londres — Aéroport Heathrow, elle descend de l'avion, le cœur battant. Les quatre jours au Sri Lanka lui ont ouvert les yeux sur un monde nouveau, mais aussi sur ce qu'elle a laissé derrière elle.

Dans le hall d'arrivée, elle le cherche du regard. Et là, au fond, il est là. Tristan. Les mains dans les poches, l'air tendu, mais dès qu'il la voit, son visage s'éclaire.

Elle lâche sa valise et court presque vers lui. Il l'enlace fort, longtemps, comme s'il voulait rattraper tous les jours perdus.

— Tu m'as manqué, dit-elle en murmurant, les yeux fermés contre sa poitrine.

— Toi aussi. J'ai compté les heures.

Il embrasse son front, ses cheveux. Elle se sent chez elle, là, dans ses bras. Tout ce qu'elle a vécu là-bas s'efface un instant. Il reste son ancrage, malgré les douleurs, malgré le passé.

Le soir-même , Liana alla chez Marion.

Alex est déjà là, installé à table. Liana entre avec un grand sourire, accueillie par les cris enthousiastes de ses deux amis.

— Alors ?! lance Marion en se précipitant vers elle.

— T'as bronzé ! ajoute Alex en riant.

— Vous n'avez pas idée, souffle Liana. C'était… un autre monde.

Elle leur raconte tout : l'entreprise luxueuse, la chambre d'hôtel avec vue sur la mer, le salaire incroyable, les gens adorables, les avantages de folie. Alex ouvre de grands yeux.

— Attends, attends… tu veux dire que t'aurais des vacances tous les deux mois et demi ?

— Ouais. Et un appart payé, des primes, une formation complète. Tout

— Mais c'est un rêve, dit Marion, bluffée. C'est le genre d'opportunité que tu croises une fois dans ta vie.

— Je sais. C'est ça le problème. J'ai une semaine pour dire oui. Ou non.

Un petit silence s'installe.

— Et Tristan ? demande doucement Alex.

Liana regarde son verre, perdue.

— Il m'a manqué… tellement. Quand je l'ai vu à l'aéroport, j'ai su. Mais… il y a eu tellement de choses. Et là-bas, tout était si… facile.

— Ouais, mais ce n'est pas parce que c'est plus facile que c'est mieux, fait remarquer Marion.

— C'est à toi de savoir ce que tu veux vraiment, Liana, ajoute Alex. Le confort ou l'amour. Et ce n'est pas une critique, hein. Juste… ce sont deux vies différentes.

Liana les regarde, émue. Elle sait qu'ils ont raison. Et qu'elle est seule à pouvoir faire ce choix.

**

Les jours suivants à Londres, Liana déambule dans l'appartement, le regard un peu vide. Elle pensait que revenir l'apaiserait, mais plus les jours passent, plus l'hésitation grandit. Le Sri Lanka la hante. Elle se surprend à repenser à la douceur des lieux, à cette sensation de sécurité et de nouveauté. Mais surtout… elle pense à la tranquillité. À un avenir sans passé trop lourd.

Tristan, lui, tente de faire bonne figure. Il la couvre de petites attentions, l'embrasse dans le cou au petit-déjeuner, rentre tôt du travail. Mais elle sent que parfois, son regard se perd. Il y a encore quelque chose.

Le samedi soir , un dîner est prévu chez les parents de Tristan.

La maison sent le rôti, les rires résonnent dans la salle à manger. Juliette est là, plus douce qu'à l'habitude. Le repas se passe dans une belle harmonie, presque nostalgique.

— Tu te souviens, Tristan, la fois où Hadrian avait essayé de cuisiner ? lance Juliette avec un petit sourire.

— Il avait failli foutre le feu à la cuisine, éclate de rire leur père.

— Et pourtant il avait l'air si sûr de lui, ajoute leur mère, les yeux pétillants.

Tous rient. Liana aussi, timidement. Mais à l'intérieur, elle sent un poids dans sa poitrine. Ces gens-là… ils rient, ils aiment Hadrian, ils se souviennent avec tendresse. Ils n'imaginent même pas ce qu'il s'est réellement passé. Ils ne savent pas que la vérité est là, assise à cette table, en silence.

Elle observe Tristan. Il sourit, mais ses yeux fuient les siens parfois. Elle serre les doigts sous la nappe. Ce mensonge la ronge mais elle sait que c'est pour le bien du reste de la famille.

Plus tard dans la soirée, dans leur appartement, Liana sort de la salle de bain, encore un peu troublée par le dîner. Tristan est sur le canapé, le téléphone en main. Il sursaute quand elle entre.

— Qu'est-ce qu'il y a ? demande-t-elle.
— Rien, juste un message…

Il repose le téléphone sur la table, un peu trop vite. Liana s'approche.

— C'est elle, pas vrai ?

Il ne répond pas. C'est suffisant.

— Encore ? souffle-t-elle, fatiguée. Mais pourquoi tu ne la bloques pas, Tristan ? Pourquoi tu réponds encore ? Qu'est-ce qu'elle cherche ? Et qu'est-ce que toi tu veux, en fait ?

— Je ne lui ai pas répondu, dit-il en relevant les yeux vers elle. Je te jure, Liana, je ne lui ai pas répondu. Mais… je n'arrive pas à la bloquer. J'ai peur qu'elle revienne un jour et que tout recommence. Je veux avoir un œil dessus.

— Tu veux contrôler ? C'est ça ? Parce que moi, j'ai l'impression qu'elle a encore du pouvoir sur toi.

— Non ! Il se lève, passe une main dans ses cheveux. Ce n'est pas ça. J'ai honte, d'accord ?

J'ai honte de ce que j'ai fait. Et parfois, je ne sais pas… je pense que je mérite qu'elle me rappelle ce que j'ai fait.

Liana le regarde, un nœud dans la gorge.

— Et moi, dans tout ça ? Je dois vivre avec ton passé, tes regrets, tes erreurs. Mais moi, je fais quoi ? Je reste ? Je pars ? Et si je pars, est-ce que tu vas t'effondrer ou est-ce que tu vas courir la retrouver ?

— Non, souffle-t-il. Il s'approche, pose une main sur sa joue. Je t'aime, Liana. C'est toi que je veux. Mais je suis en train d'apprendre à être un homme bien. Et je sais que j'ai encore du chemin.

Le soir même, Liana avait pris sa décision. En silence. Sans éclat. Une certitude douce-amère au creux du ventre.

Le mail était envoyé. Le poste au Sri Lanka accepté. Dans une semaine, sa nouvelle vie commencerait. Deux mois d'essai, peut-être plus. Ou peut-être pas.

Mais elle ne voulait prévenir personne. Pas tout de suite.

Deux jours plus tard, elle alla chez Marion annoncé la nouvelle à ses amis.

— Quoi ?! Tu pars ?! s'étrangla Marion, les yeux ronds.

— Tu vas tout quitter ? Londres ? Tristan ?! enchaîna Alex, les sourcils froncés.

Liana, les mains autour d'une tasse de thé, gardait le regard baissé.

— Je pars juste deux mois. Ce n'est pas un adieu. C'est… un besoin. J'ai besoin de comprendre ce que je veux, qui je suis.

Marion soupira, adoucissant son ton.

— Tu sais qu'on te soutiendra quoi qu'il arrive. Mais… j'espère que tu ne fuis pas quelque chose.

— Peut-être que si, admit Liana en relevant les yeux. Peut-être que je fuis tout ce qui me fait trop mal.

***

Le jour du départ
L'appartement était silencieux.
Tristan était au travail.
Liana, valise prête, s'assit à la table de la cuisine. Elle sortit une feuille. Un stylo. Et elle écrivit.

_*"Tristan,*

J'ai longtemps hésité. Et puis j'ai compris que je ne pouvais pas rester sans savoir qui je suis en dehors de toi, en dehors de tout ça.

Je pars pour deux mois. Peut-être plus, peut-être moins. Je ne sais pas encore. Mais j'ai besoin d'y aller.

Ce n'est pas un abandon. Ce n'est pas une rupture. C'est une pause. Un souffle. Une respiration avant l'asphyxie.

J'espère que tu ne m'en voudras pas et que tu comprendras mon choix.

Je t'aime.

*Liana."*_

Elle posa la lettre sur la table, près de la tasse de café qu'il prendrait en rentrant.
Puis elle partit.
À l'aéroport d'Heathrow, les annonces défilaient dans les haut-parleurs. Le regard flou, Liana passait les contrôles, les étapes, comme dans un rêve.
Quand elle se retrouva devant sa porte d'embarquement, Liana s'y assit seule. Une

larme glissa sur sa joue. Elle l'essuya du revers de la main. Pourquoi était-ce si douloureux ? Une boule lui tordait le ventre. Elle regardait les gens autour d'elle, les familles, les enfants qui dormaient sur les valises, les couples enlacés. Elle, elle était seule. Et elle avait mal.

Ses yeux se remplirent de larmes. Elle pensait faire le bon choix. Elle le pensait…

— Liana !

Elle sursauta. Se retourna.

Il était là.

Essoufflé. Le visage tendu. Les yeux pleins d'un feu qu'elle n'avait jamais vu auparavant.

— Tristan… murmura-t-elle.

Il s'approcha, sans hésitation.

— Je t'ai cherchée partout…J'ai lu ta lettre. T'as vraiment cru que j'allais te laisser partir comme ça ?

— Ne monte pas dans cet avion. Je t'en supplie. Reste. Reste avec moi. On va s'en sortir. On va tout surmonter, toi et moi. Je t'aime, Liana. T'es ma vie. J'en peux plus de t'imaginer loin de moi. Pas maintenant. Pas comme ça.

Il s'approcha, baissa la voix.

— Je sais que j'ai merdé. Que j'ai fait des choses qu'on ne devrait pas pardonner. Mais je t'aime. Tellement. Et si tu pars… j'ai peur que ce soit fini. Que tu ne reviennes pas. Je suis désolé d'avoir mentis et de n'avoir rien dit.

Liana resta figée. Le billet à la main. Le cœur battant à s'en étourdir.

Ses yeux s'embuèrent. Elle recula d'un pas.

Regarda l'avion. Puis Tristan.

Et là …

À suivre…

Un dernier mot

Merci d'avoir suivi Liana jusqu'ici.

Si cette histoire vous a touché(e), n'hésitez pas à en parler, à la faire voyager, ou à m'écrire.

Vous pouvez me retrouver ici :
Instagram : leapoupelin
Email : poupelin.lea@gmail.com

Merci à ma famille, qui a toujours cru en moi, pour leur soutien, les encouragements et l'amour sans conditions.

Et à toi maman, toujours dans mon cœur et mes souvenirs. Partie trop tôt.

À bientôt pour la suite des aventures de Liana…

Léa